行藏集

XING CANG JI

王亮 ◎ 著

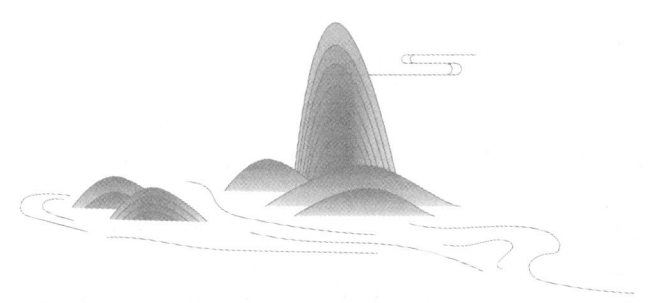

北方文藝出版社

·哈尔滨·

**图书在版编目（CIP）数据**

行藏集 / 王亮著 . —— 哈尔滨：北方文艺出版社，2022.7

ISBN 978-7-5317-5571-5

Ⅰ.①行… Ⅱ.①王… Ⅲ.①散文集－中国－当代 Ⅳ.①I267

中国版本图书馆 CIP 数据核字 (2022) 第 084688 号

## 行 藏 集
XING CANGJI

| | |
|---|---|
| 作　者 / 王 亮 | 装帧设计 / 树上微出版 |
| 责任编辑 / 富翔强 | 文学顾问 / 王惠蕾 |

| | |
|---|---|
| 出版发行 / 北方文艺出版社 | 邮　编 / 150008 |
| 发行电话 / (0451) 86825533 | 经　销 / 新华书店 |
| 地　址 / 哈尔滨市南岗区宣庆小区 1 号楼 | 网　址 / www.bfwy.com |

| | |
|---|---|
| 印　刷 / 武汉市籍缘印刷厂 | 开　本 / 710×1000　1/16 |
| 字　数 / 240 千 | 印　张 / 17.25 |
| 版　次 / 2022 年 7 月第 1 版 | 印　次 / 2022 年 7 月第 1 次印刷 |
| 书　号 / ISBN 978-7-5317-5571-5 | 定　价 / 68.00 元 |

子谓颜渊曰:"用之则行,舍之则藏。"

——《论语·述而篇》

# 序一

## "行"与"藏"的王亮

◎ 高政锐

　　大约十天前收到了王亮的《行藏集》文稿,且读且思,颇难下笔。"行藏"一词出自《论语》,是孔子表扬他得意弟子颜回的话,"用之则行,舍之则藏,惟我与尔有是夫。"在对弟子赞许的同时,孔子也表现了一种自我认知。比之于王亮,"行藏"或许是他的一种生活态度,也是一种写作态度。

　　早在 2006 年,在王亮读大二的时候,我给他们班上中国古代文学课,他虽然是班长,我却很长时间都不认识他,他默默地"藏"在众同学之间。直到转年的春天,在讲江淹的《别赋》时,我把《别赋》中的七种离别分配给七个同学当堂讲授,大家几乎没有准备的时间。结果,一个高高胖胖而又颇显沉稳的男生讲得最好,后来我才知道,他就是王亮。大学时代的王亮,我和他接触并不多,但有两件事值得一记。某年,艺术学院的一位老师找到我,说他想创作一首校园歌曲,让我写词,而且要有画面感。我知道王亮会写诗,就把这个工作交给了他,结果他完成得又快又好,至于那首歌,最终却未完成。又某年,我结婚的时候,计划邀请几个同学表演节目,就请王亮创作了一首诗,准备让四个同学一起朗诵,但由于种种原因,我的婚礼没有请同学们参加,而王亮的诗却写成了,我当时读完,觉得他的诗具有一种浪漫而优雅的美。后来我想,每每有事的时候,我都能想起"隐藏"的王亮,这或许就是他不断"践行"的结果,这就是"行藏"中的王亮。

《行藏集》所载文章皆是王亮近年读书思考的结晶,其中大部分是对经典名著的解读,也有部分文字是对当代诗人的评论。作为一部有价值的文化随笔集,《行藏集》留下了王亮阅读的印记。在书中我能看到王亮颇为广泛的阅读旨趣。从《论语》到《大学》,从《庄子》到《世说新语》,乃至于《颜氏家训》《菜根谭》《呻吟语》等在民间极为流行却不被学界所重视的作品,都是王亮阅读的对象。在传统文化极为昌盛的当代,对经典的析读可谓多矣。其中不免鱼龙混杂,望文生义者有之,神侃胡聊者亦有之,与所谓的"江湖派"相比,王亮的文章具有一份踏实和厚重,他能够将多种文本进行有机结合,在对比中得出公允的观点。即使是讨论同一部经典的某个具体问题,他也尽量多视角地切入文本,所得的结论也具有多元化和开放性。如在讨论《论语》中的士人精神时,他引用了数章《论语》中关于士的论述,得出了士人精神的基本表征:铁肩担道、自信从容和德才兼备。《论语》的篇章之间是没有逻辑关系的,但文本内部的逻辑关系却极为紧密,王亮引用的《论语》文本来自不同篇章,但却指向了对"士"的认知这同一个问题,这种互文式手法的运用在《行藏集》中处处可见。

王亮的硕士读的是文艺学,博士读的是比较文学与世界文学,都偏重于理论,但他的行文却不枯涩,他不用高深的理论伪装自己,语言温润而灵动,这或许和他经常写诗有关吧。他的文字具有很强的代入感,他将自己的阅读转化为具体场景,继而向读者展示了一个个富有象征意义的立体空间。如在记述《岳阳楼记》文本生成过程的文章里,作者首先以叙述笔体营造了一个关于范仲淹的生活场景:"九月的花洲书院毕竟有些凉了。邓州不同苏州,庭院中手植的几株桂花树芬芳凋谢。但那又有何关系呢？书香不比花香更雅致吗？目送一班刚刚诵习经典的学子，范仲淹转身走进春风堂。放下书卷，几案上那幅《洞庭晚秋图》又牵出几番旧日思绪。"这种场景化的细致描写不仅密切关联着文章的主题，而且很容易将读者带入阅读情境中，这种写法源于王亮丰沛的情感，更源于他对史实深入的研读。

我和王亮的缘分很深，2010年的秋天，我们一起考入黑龙江大学读研究生，他读的是文艺学，我读的是中国古代文学，但我们被分到了同一间宿舍。一年多的同吃同住，使我认识了一个多才多艺的王亮。除去学业上的优秀，他还展现了方方面面的才华。研一的英语课，他组织同学们自编、自导了一部英文情景剧，从撰写剧本到后期剪辑全由他一人完成，受到了外教高度的好评。他精通电脑，各种软件运用得心应手。我的很多线上课的PPT（演示文稿）都是王亮制作的，制作PPT不仅是简单审美问题，更是对内容深刻理解之后的深度契合，在这方面，王亮做得极为优秀。每次材料发给他后，我都有一种审美期待，这种期待从未落空。

王亮的《行藏集》即将与大家见面了，这是他行走的结果。这或许只是一个开始，未来会更加精彩，他势必会走得更远，会经历更美的风景，而且我相信，他一定会把他理解的风景徐徐地展现给我们。

2021年3月3日

（作者为文学博士、大庆师范学院文学院副教授）

# 序二

## 温暖安宁的精神故乡

◎ 林青雨

二月的北方，乍暖还寒，窗外甚或飘雪，但屋子里暖暖的。家中的绿植开得正好，煮一壶老茶，屋子里全是老茶倾倒众生的香，像极了王亮的文字。他的文字，又轻盈又厚重，又飘逸又有力道，恰好的火候与温度，一眼看得透，一眼又看不透。

整部书的一大半文字，我几乎都充当了第一读者，从他为《醒狮国学》投稿到开设专栏、特约专题专稿，近十年间，与其说是王亮的编辑，我更多的或许还是他的读者、老朋友。还曾开玩笑说，这些年他为杂志写的文章，粗略算算，也有二三十万字，妥妥一部长篇了，越被压榨，越有灵感。说到"压榨"，那时每次催稿，确实心有不忍，他一路读研、工作、带团队、考博、读博，一边又工作，仿佛整个人都在与时间赛跑，奈何他的文章颇受读者欢迎，我也只能"大义灭友"，狠心催了。2018年，喜马拉雅音频平台与《醒狮国学》杂志签约有声书项目，经过一系列品读与调研，首先被喜马拉雅选中的栏目就包括王亮的"典籍品读"专栏，无论是文字还是声音，他都曾带给人们诸多的慰藉。

# 序二

人生所有经历都会为以后埋下伏笔。十年不长，亦不短，这些文字，无一不是时间的沉淀，也是他精神历程的一部小长篇了，历经捶打，信手拈来，从容不迫。书中的文字之所以曾经打动过许许多多的读者，在于王亮善于运用质朴、鲜明和细腻的文字，洋溢出一股诚挚而又深沉的感情。

拿到这部书稿，又带有新的惊喜，行与藏，进与退，在这些文字中见自己，见天地，见众生，见人心。这些文章，这些文字，经过重新修订审视、归类组合，竟发生了奇妙的变化。越走进它，越可以清晰地看到中国士大夫的理想人格，越会发现温暖安宁的人间情义。它告诉我们，田间陌上的花开了，你可以一边赏花，一边慢慢踱步，不要只顾赶路，而忘记欣赏沿途的风景，活着，就要感受每一个美好的瞬间。你可以以精神的丰盈抵抗世俗的粗糙，有懂得，有地阔天高。生命的进程是缓慢的，因为慢慢地，渐渐地，才给我们足够的时间接受成长和变化。生命孕育了我们最初的样子，而时光雕琢了我们每时每刻的模样。读书，不断塑造着一个人灵魂的模样。

虽然古人和我们一样，也是从小读书，但他们读的大多是有智慧的书，而我们从小读的只是长知识的书。重温经典，会让一个人的心胸广阔。一位读者朋友曾告诉我，某一期的杂志他读了《吾心空明大道自至——与＜传习录＞的不期而遇》，很受触动，于是买来了这本书，逐一阅读，那也是他与《传习录》的不期而遇。如果该为写作寻找意义，王亮的笔耕不辍，大概只是为了人与书的相遇吧。

那些洒脱的言行、美好的品格、隽永的智慧、玄远的深情，读来，乃表里澄澈、一片空明，建立了最高的美的意境。见自己，向内，发现心性自由之美；见天地，向外，发现山川自然之美；观众生与人心，发现人的内在智慧和品格。在此，我自不必赘述书里的内容，从这些文字中，每个人都会读出自己内心的一片天地来。也不必过多地介绍作者，因为，王亮的文字就是他的精神样貌，他的纸质年华，到老都有赤子之心，此生都是春风少年。

纸始终不会消失，它一直都是时代的温存之物。这一份温存的梦想，永不停止。

2021年2月28日

（作者为《醒狮国学》杂志编辑）

# 目录
CONTENTS

## 卷一·见自己

心若向阳　四时春风——《论语》中的道德秩序 ........................3
仁为己任　任重道远——《论语》中的士人精神 ........................7
物喜己悲何足道　天下忧乐在士心——《岳阳楼记》的命运凯歌 ........11
持德之本　达善之境——《大学》心得一 ..............................15
欲正天下　先正己身——《大学》心得二 ..............................18
不日新者必日退——《大学》"创新"论 ................................21
克己明理　浩气长存——《近思录》中的克己之功 ......................25
德为才之基　修己以安人——《世说新语》中的"孔门四科" ..............28
道德仁义礼　其为人之本——品读《素书》 ............................32
至诚恭俭生智　安贫闲吟泰然——《挺经》中的内圣四境界 ..............35
东林有道　万松唱酬——回望东林书院的历史瞬间 ......................39
开卷遇良朋　习诵清风生——《读书十六观》中的读书之乐与读书之法 ....41
得闲读书　山青水白——《小窗幽记》中的读书境界 ....................44
为己而学　知行合一——《呻吟语》中的为学之道 ......................48
学者为人　行道利世——《颜氏家训》中的学习观 ......................51

- 1 -

一口菜根苦　万世金玉言——《菜根谭》的滋味 ................ 54

岁月本长　忙者自促——《菜根谭》的慢生活智慧 ................ 58

藜口苋肠菜根香——《菜根谭》的疏食之乐 ................ 61

养德寡欲　自爱自全——《呻吟语》中的养生之道 ................ 64

吾心空明　大道自至——与《传习录》的不期而遇（上） ................ 67

我心阳明　轻快洒脱——与《传习录》的不期而遇（下） ................ 70

俗中求雅　在俗超俗——《闲情偶寄》中的雅致生活 ................ 73

香芽嫩茶清心骨　洗尽古今人不倦——浸润在茶汤中的修行 ................ 76

静里乾坤大　闭门即深山——《小窗幽记》中的归隐之心 ................ 80

尘嚣何足道　归路在尔心——探寻归隐的心路 ................ 83

若无悠然　何见高山——陶渊明小传 ................ 87

## 卷二·见天地

拂袖名利场　纵浪大化中——庄子的理想人生 ................ 93

凭窗幽念　万物恬然——与《小窗幽记》相遇 ................ 97

幽梦邀风月　山水逐影来——品读《幽梦影》中的风物 ................ 100

斫心为绿绮　时时有清音——《幽梦影》中听觉描摹的世界 ................ 103

君子比德于玉——探寻"玉德"文化 ................ 106

瓷心如玉　窑火千年——传世珍品鸡缸杯后的人与事 ................ 109

大美百湖城——绿色油化之都掠影 ................ 114

长安珍馐美千年——古都西安的味觉记忆 ................ 118

## 卷三·见众生

天命至伟　下佑万民——《尚书》中的天命观 ......... 125

求权去德　黎民咸怨——《尚书》中的权力观 ......... 129

敬天保民　君之命也——《尚书》中的民本主义 ......... 132

莫计眼前利　知本须正心——《智囊》中的利弊观 ......... 135

鹖冠摇摇　圣心昭昭——《鹖冠子》的人本思想 ......... 138

立俗举贤　大同之国——《鹖冠子》的理想社会蓝图 ......... 141

修德虑祸　安身立命——《颜氏家训》中的人文关怀 ......... 144

恻隐发于中　此义之性也——有情有义的《白虎通义》 ......... 147

诸葛亮的管理哲学——《便宜十六策》品读 ......... 150

循天以行　天下为公——《尔雅》中的"天"与"人" ......... 153

梦断天一涯　魂系国与家——元散曲中的天涯 ......... 156

愿为耕读孝友家——《挺经》中的齐家之道 ......... 160

积善有余庆　修德可齐家——《围炉夜话》中的齐家之道 ......... 163

家有贤母　天下太平——浅谈中国的母教传统 ......... 166

行合趋同　千里相从——《幽梦影》中的交友之道 ......... 170

对人对事　公正客观——《论语》中的君子交往之道 ......... 174

远怨之道　责己恕人——《省心录》中的交往之道 ......... 177

口乃心门　真恳言之——《菜根谭》中的语言艺术 ......... 180

不拘虚名与常道　狼虎丛中也立身——《荣枯鉴》的圆通之道 ......... 183

悦纳忠言戒机心　积善成德心自安——《近思录》品读一 ......... 186

## 卷四·见古今

引来"诗意"享自在——拨开今人的诗意 ..... 191

千古繁华梦　诗眼倦天涯——元曲中的"梦" ..... 193

千古是非心　一夕渔樵话——闻散曲 识白朴 ..... 196

弃名心快哉　一笑白云外——贯云石曲中的酸与甜 ..... 199

香山千载经幡动　居士一声阿弥陀——香山寺与白居易 ..... 203

一夕挑灯看剑　千古义胆忠肝——侠者辛弃疾 ..... 207

拒权抛浮名　寻梦发梅根——汤显祖的寻梦人生 ..... 211

打磨时间　接榫生命——工匠精神 ..... 215

北方的两棵树——李枫诗集《向北方》序 ..... 219

向北，诗意地回归——张康《北·回归》序 ..... 223

爱路上跋涉的歌者——贺青雨诗集《素颜》出版 ..... 226

乡土与现代性的有机结合——论王勇男的现代乡土诗的创作 ..... 229

现代战争的个人经验书写——读李枫的《在躲避战争的日子里》 ..... 236

从"走出去"到"走出来"——对文学理论研究的一点思考 ..... 241

增强文化认同　书写历史冷暖——浅谈如何指导学生从事历史写作 ..... 244

凝视窗外——一种诗意的随想 ..... 250

秋　叶——一场秋梦 ..... 253

**代后记**　我的纸质年华 ..... 255

# 卷一·见自己

悟者，吾心也。能见吾心，便是真悟。

——《呻吟语·学问》

电影《一代宗师》中讲习武之人的三个境界是："见自己，见天地，见众生。"人与人世百态对话，与天地自然对话，最终还是要圆融到自己的内心。当真有那么几刻能静下来认真审视自己的内心，一个人才可能真正发现此前所见种种之中的玄机来，一个人才会真正地成长。

# 心若向阳　四时春风
——《论语》中的道德秩序

曾国藩有一天在军中与某人聊天，那人说："胡润芝办事精明，人不能欺；左季高执法如山，人不敢欺；公虚怀若谷，爱才如命，而又待人以诚，感人以德，非二公可同日语，令人不忍欺。"人不忍欺，近乎圣人。但问题是，曾国藩最后还是被欺而亡。很多人会唏嘘：这个世界太糟糕了，还是有那么多人不会不忍欺。问题来了：当我们心存善念，仁爱众生之时，却发现前路越走越窄，头顶越来越暗，直至感叹"没有好人走的道了"的时候，该怎么办？这，就是所谓的道德困境。

## 【壹】世界冰冷　内心温暖

子曰："不逆诈，不亿不信，抑亦先觉者，是贤乎！"
——《论语·宪问第十四》

孔子主张不要主观预设别人是狡诈、不信之徒。也就是说一个人内心还是应该阳光一点，多想想世界光明的一面，少一点猜疑。然而问题来了：面对复杂的世界，"人善被人欺，马善被人骑"。无数过来人以血淋淋的经验教育下一代："害人之心不可有，防人之心不可无"，"画龙画虎难画骨，知人知面不知心"。因此，当我们看到大街上那些冷漠的看客脸上麻木的表情，还有面对陌生人时提防警觉的眼神似乎也就容易理解了。价值观在现实面前似乎已然败下阵来。圣人难道错了吗？绝对没有！因为还有后面一句"抑亦先觉"。什么叫先觉？比一般人早察觉。你不是想骗我吗？好，我已经知道了，你就无法骗我了。或许你要说，原来做好人这么难啊，还要练就火眼金睛？是的，"君子固穷"。做好人、做善人、做有德行的人本来就难，一定会遇到诸多困境。在这样的情况下你是否还选择做好人呢？此时的选择决定了你是否是一个真的好人。真正的好人即使处处面对碰壁、时时被人误解，仍会义无反顾地坚守下去。因为先觉者有一个重要使命在身：觉后觉——为尚未觉醒者打开大门，让阳光进来。

## 【贰】荆棘刺丛 蹈刃徐行

> 微生亩谓孔子曰："丘，何为是栖栖者与？无乃为佞乎？"
> 孔子曰："非敢为佞也，疾固也。"
> ——《论语·宪问第十四》

微生亩这样的隐士永远也无法理解孔子。当自己的价值观与世俗无法调和时，隐士们选择绝望地放弃世俗，认为在远离尘俗的山野坚守内心的净土是唯一选择。殊不知，在俗超俗才是至高境界。如五柳先生所言："结庐在人境，而无车马喧，问君何能尔？心远地自偏。"大隐隐于市，小隐隐于野。对真正的隐士来说，静里乾坤大，闭门即深山。这需要像千里马一样，有坚忍不拔的德行，还需要有一颗广博仁爱的赤诚之心。所以夫子说："骥不称其力，称其德也。"

老子的道确实高，那是洞悉天地宇宙万物的至高学问，这位先知先觉者面对世人仿佛总会眯起眼睛笑一笑，然后意味深长地说："你不懂就算了，你都懂了还叫作道吗？但是迟早你会懂的。"他的目光总是遥遥地投向彼端。孔子则不同，虽然一边感慨着"知我者其天乎"，一边还是把目光投向此处，不怨天，不尤人，但求下学人事以达天命就够了。

庄子留给世界的，是一个渺远的背影。在对这个世界绝望之后，他选择离开，如蝶一般，飞入一个缥缈的梦境，或许那才是他认为的现实。而孔子，知其不可之时，还是把慈爱的目光投向众生，像一个被屡次犯错的孩子气坏了的父亲，摇了摇头之后无奈地说："没办法，我还是担心他固执地不肯悔改。"

## 【叁】以直报怨 知恩报恩

知其不可而为之是一种绝对道德，不需要前提，当然也不求有回报。但儒家追求的当然不仅是生命个体的圆满，而是社会伦理的和谐有序。所以，要保护善者，要鼓励善行。《吕氏春秋》记载了这样一段故事：子路救了一位溺水者，被救者送给子路一头牛以示感谢。子路收了。孔子对"子路拯溺得牛"事件如是评论：鲁国人从此将喜欢救人于危难之中。子贡因为替一位奴隶赎身，得到政府奖励，却拒绝了，认为做好事求回报不道德。孔子却这样评说：鲁国将不再有人愿做这种替人赎身的好事了。"子路受人以劝德，子贡谦让而止善。"

孔子认为，以德报德是道德领域最好的标准。投桃报李，理所当然。以怨报怨当然不可取，以牙还牙、以眼还眼、睚眦必报，冤冤相报何时了？但是以德报怨呢？对于施德者而言，似乎自身道德修养提升了，但也存在姑息养奸的隐患。设想，当"以德报怨"成为道德准则时，打人者就会说："我虽然打了你，但你该以德报怨，否则就不道德。"这样的价值判断，岂不乱了吗？所以夫子给出了合理的标准：以直报怨。何为直？《左传》说得好："正直为正，正曲为直。"（正曲，即正人之曲）以直报怨，就是以公正的态度让其了解自己过错并为此承担责任。或好或坏，每个人都该为自己的行为负起相应的责任，"积善之家必有余庆,积不善之家必有余殃"才是公正的道德秩序。

　　佛家有句话说得很在理:"菩萨心肠,金刚手段。"法律的目的是保护良善者。如果一个社会的良善者都寒心了,那么这个社会也就变成刺骨寒冷的严冬了。所以我们呼唤良善之风时时吹遍,让道德的春天常驻人间。

# 仁为己任　任重道远
——《论语》中的士人精神

士者，事也。上古时期，是掌刑狱之官。先秦时期，为贵族阶层中最低的一级，"四民"（士、农、工、商）中的最高一级。春秋时，士大多为卿大夫的家臣，有的以俸禄为生，有的有食田。战国以后，逐渐成为统治阶级中知识分子的通称，是脱离生产劳动的读书人。在《论语》中，孔子及其弟子多次谈到士，这些学说对士做出的种种要求形成了士人精神，奠定了中国传统知识分子的精神品格。

## 【壹】铁肩担道

子曰："士志于道，而耻恶衣恶食者，未足与议也！"
——《论语·里仁第四》

此章是孔子的立志教育。作为士人，首先要清醒地认识到：读书学习的目的是什么？非为谋求权力与财富，而是谋求天下大道。一个人的眼界要宽、格局要大、境界要高，如此方可有大成就。或许有人会说，这个道究竟是什么呢？这样空谈道是不是有唱高调的嫌疑呢？其实在《子罕第九》的开篇就给我们答案了："子罕言利，与命与仁。"其实社会上的大多数人着眼的还是眼前的利，道似乎太过遥远了，甚至根本就意识不到道的存在。孔子很少谈到利益，但并非不谈。所谓"与命与仁"，指的是孔子所言之利，皆为顺应天命与仁德之利，而非蝇营狗苟之私利。天命利万物，仁德利他人。只低头盯着自己的小利，目光就被局限住了，此人就难免计较、琐碎。所以夫子才会说"士而怀居，不足以为士矣"（《宪问第十四》）。留恋安逸的人是不配称为士的。一旦放眼家国、天下、苍生，谋求普世的价值，虽九死其犹未悔，大家的利都得到了，自己又怎会吃不饱、穿不暖呢？所以孔子教导学生：作为一个士人，要把求道放在首位，如果这样做了，却嫌弃衣服和饭食不好，就不配称为士人，也没有必要和他们商议大事了。

士因为内心有道，可以非常自信。那些极力地用华服、美食、香车、豪宅来包装自己的人，恰恰是内心空虚的表现。在这一点上孔子就曾高度赞扬过子路。

## 【贰】自信从容

> 子曰："衣敝缊袍，与衣狐貉者立，而不耻者，其由也与！"
> ——《论语·子罕第九》

穿着破旧的衣服，却能从容自若地与穿着狐貉皮衣的人站在一起，并且不感到羞耻，大概只有子路能做到吧？这一份自信，皆因心中有道，目光远大。

曾子在听过老师谈论评判士的标准后说："士不可以不弘毅，任重而道远。仁以为己任，不亦重乎？死而后已，不亦远乎？"（《泰伯第八》）曾子将士的精神品格概括为两个字——"弘毅"。刚强、有毅力，唯其如此，方可抵制住种种诱惑固守大道。为什么一定要坚守呢？因为士人肩膀上有重任等待着他去担起，脚下有远道等待着他去践行。担子为何重？因为要把实行仁德作为自己的责任。道路为何远？因为这担子只要挑起就必须至死方能放下。读过这一段之后，我对很多人把"士"简单机械地翻译成"读书人"就更加不敢苟同了。这样的铁肩担道义，如此的肩挑古今愁，怎是任何读书人都可做到的呢？士就是士，只能仰望，不可翻译。

士是孔子教育的培养目标，但是士的标准那么高，一般的读书人应该从何做起呢？

## 【叁】德才兼备

> 子路问曰："何如斯可谓之士矣？"子曰："切切偲偲，怡怡如也，可谓士矣，朋友切切偲偲，兄弟怡怡。"
> ——《论语·子路第十三》

子路问孔子怎样做才算真正的士，孔子告诉他两条标准：一是与朋友相处可以切磋琢磨、批评勉励。二是与兄弟相处可以兄友弟恭、和睦亲近。为什么这个标准似乎很低呢？其实大有深意。孔子因材施教，子路为人勇武刚直，执行力很强。只要老师告诉他怎样做是对的，他一定会践行至死。（从他在战场上为了践行"君子死而冠不免"而下马捡帽子被杀死就可以看出。）但是缺点是有时太过鲁莽，所以夫子教育他只要和朋友在一起时能够虚心接受批评，和兄弟在一起能够性格温和一点，维持好和谐的关系就可以成为真正的士了。但是于此章我们也能品味士人的相处之道。

子贡问过同样的问题：

子贡问曰："何如斯可谓之士矣？"子曰："行己有耻，使于四方，不辱君命，可谓士矣。"曰："敢问其次。"曰："宗族称孝焉，乡党称弟焉。"曰："敢问其次。"曰："言必信，行必果，硁硁然小人哉！抑亦可以为次矣。"曰："今之从政者何如？"子曰："噫！斗筲之人，何足算也？"（《子路第十三》）

最高一等的士首先做事有羞耻心，有羞耻心就会有责任感，出使四方就会极力尽好本分，不使君命受辱，不给国家抹黑。有人格的同时，还有能力。次一等的能够有良好的人际关系、群众基础，宗族之人称赞其孝父母，同乡之人称赞其敬兄长。最下等的虽然被称为小人，是因为有些不问是非、固执己见，但是能够做到言必信、行必果，也算有些修养了。在最后，夫子对当时的从政者表现出了极度的失望，原因何在？境界太低，器量太小。

对照孔子所言的士之标准，当代社会的每一位学士、硕士、博士，护士、战士甚至男士、女士，等等，可以想一想，怎样才能做一个真正的士呢？道传数千年，精神从未变。在知识爆炸的信息时代，每一位知识分子是否感到肩上的担子更重了，脚下的路更远了呢？圣人的目光一直注视着我们，从未离开。

# 物喜己悲何足道
# 天下忧乐在士心
## ——《岳阳楼记》的命运凯歌

九月的花洲书院毕竟有些凉了。邓州不同苏州，庭院中手植的几株桂花树芬芳凋谢。但那又有何关系呢？书香不比花香更雅致吗？目送一班刚刚诵习经典的学子，范仲淹转身走进春风堂。放下书卷，几案上那幅《洞庭晚秋图》又牵出几番旧日思绪。

## 【壹】日星隐耀 去国怀乡

庆历三年（1043年），朝政时弊令他极为痛心，当酝酿多时的《十事疏》上奏仁宗后，圣上明朗的态度令他欣喜不已——采纳建议，立即施行，"庆历新政"轰轰烈烈地开始了。然而好景不长，新政触及大官僚利益，不久就因保守派的反对而夭折了，他也因此被贬至陕西四路宣抚使。贬谪这种事他经历得太多了，还是秀才时就多次上书批评宰相，因而三次被贬。友人梅尧臣曾劝他慎言，少管闲事，他在《灵乌赋》中直言："宁鸣而死，不默而生。"一身傲骨，宁折不弯。然而同是锐意革新的好友滕子京竟被诬告"在泾州费公钱十六万贯"（《宋史》卷三百三），庆历四年春降官知岳州。这个好友他是了解的，"尚气，倜傥自任"，一直担心他闹出事来，常想劝慰一番。怎奈庆历五年，自己的参知政事又被罢免，改知邠州，不久改知邓州。颠沛迁徙中，好多事也只好交给时间了。

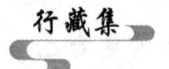

## 【贰】花洲春长 宠辱偕忘

庆历六年（1046）正月，五十八岁的范仲淹正式赴任邓州，此时他的身体状况不佳。大凡遭际若公者，难免生出"老病孤舟"的慨叹，但是由"处庙堂之高"的参知政事被贬任"处江湖之远"的邓州知州的范仲淹却并没有气馁和悲观。宦海沉浮中，少时猛志从未摧折。虽不能将改革在全国贯彻，但他仍希望能在邓州这片小天地实现富民强国的梦想。如其在《邓州谢上表》中所言："求民疾于一方，分国忧于千里。"

邓州城东南的湍河畔有处小洲，原本景色绝佳，但因疏于修整，现出破败之景。他重新组织规划，一座公园神话般展现在邓州百姓面前。百花齐放，绿树成行，众鸟栖集，啁啾鸣唱，流水潺湲，如调素琴，"百花洲"名声再起，百姓无不拍手称快。以此为契机，他又重修"览秀亭"，建造"春风阁"，景致秀美，如临江南。在野言教，政在教中。他兴办"花洲书院"，闲暇之时常去执经讲学，使该书院成为当地的人才培养基地，邓州后来人才辈出和他的这些努力是分不开的。除此之外，他组织兴修水利，保土安民，政绩斐然，真正做到了为官一任，造福一方。并且始终深入民间，体恤民力，因此即使是乡野和街巷的平民百姓，也都能叫出他的名字。自此，他才真正感到了欣慰。

## 【叁】属文记胜 规箴知己

庆历六年六月，好友滕子京派人来见范仲淹，求他为自己整修的江南名楼岳阳楼作记以传久远。信中说："楼观非有文字称记者不为久，文字非出于雄才巨卿者不为著。"他还得知滕子京贬官岳州后，经过两年的苦心治理，政绩卓著，岳州出现了欣欣向荣的面貌，这令他非常高兴。

随信带来的还有一幅《洞庭晚秋图》，除了修葺一新的岳阳楼，画面上那"衔远山，吞长江，浩浩汤汤，横无际涯"的气象，让身处邓州的他思绪万千。范仲淹的朱姓继父曾任洞庭湖畔的安乡县令，他跟随继父在洞庭湖畔度过了少年时代，洞庭湖优美的风光在他心中留下了深刻的印象，对那里，他是有感情的，自不必说现在那是好友所在之地了。受此重托，不敢怠慢。然而他并未亲登重修之楼，且此楼自唐代以来就成为誉满天下的名胜了，唐宋之际，朝廷贬官又大多远谪西南，历代失意官吏与迁客骚人，多会于此，前人之述备矣。若想不落窠臼只有另辟蹊径了。

九月十五日这一天，仿佛命运安排好了一般，他突然有了灵感。观览图卷片刻，抬头望向天边，他想到了站在岳阳楼上远眺洞庭湖的壮阔景色，想到了滕子京贬官后为治理好岳阳所做的艰苦努力，想到了自己在邓州做地方官的感受，想到了自己遭受挫折的治国平天下的抱负，于是，墨迹在纸上绽放了。

简略介绍作文缘由及岳阳楼之大观后，他首先想到的是自己和好友相同的遭遇，不正像"淫雨霏霏"的时节里，湖面上"阴风怒号，浊浪排空"的景象吗？此时人最容易感到迷茫，再登楼凭栏，看到的只有"日星隐耀，山岳潜形"，辨别不了方向，看不到希望，怎能不怀"去国怀乡，忧谗畏讥，满目萧然，感极而悲"之愁绪呢？难怪杜甫要"凭轩涕泗流"呢！此中有悲苦，古今人皆同。

而当"春和景明"之时再登楼，放眼望去，那般"波澜不惊，上下天光，一碧万顷"，悦人眼目；沙鸥、锦鳞、岸芷、汀兰，点染在壮阔的画面中，顿时显得灵动非常。待到"长烟一空，皓月千里，浮光跃金，静影沉璧"，夜色中的那份静谧因了"渔歌互答"更显出万籁俱寂时自然雄奇的感染力。此乐何极！怎能不心旷神怡，宠辱偕忘？更别说把酒临风了，真的只有"喜洋洋"这样充满世俗气息的词可以形容贴切了。

然而世俗之人的悲喜放到自然面前，总显得那么不值得一提，更别说放到历史的巨浪惊涛中了。那么古代的圣贤仁者会如何呢？"用之则行，舍之则藏。""邦有道则仕，邦无道则可卷而怀之。""进不入以离尤兮，退将复修吾初服。"当这些经典的语言飞入脑海，一切都清晰了。他不禁慨叹："嗟夫！""不以物喜，不以己悲"八个字顺理成章地落在纸上。外物和个人的悲喜何足道也？在位自当陈力就列，在野又能怎样？只要想为国效力，为民谋福，在哪里都能做到。有感而发，他继续写道："居庙堂之高，则忧其民；处江湖之远，则忧其君。""是进亦忧，退亦忧"太过消极愁苦了，乐从何来呢？想想岳州，看看邓州，相隔何止千里万里？两个贬谪之人却都在做着同样的事，务必鞠躬尽瘁，使政通人和。这不是乐吗？对，这就是吾辈应有之忧乐观："先天下之忧而忧，后天下之乐而乐。"既然身为一方父母，怎敢辜负黎民之盼？誓磨铁肩，担起天下！"噫！微斯人，吾谁与归？"文末一句有劝勉滕子京之意，但谁说这不是对天下所有人的一种规箴呢？

　　真如滕子京所言，岳阳楼从此跟范仲淹紧紧联系在一起。那赤胆忠心跃然纸上，《岳阳楼记》风行千古，成为后世无数仁人志士身体力行的行为准则。范仲淹更是用他的生命为这篇豪壮的美文做了一个最好的注脚。

　　今日的邓州街头还耸立着范仲淹的巨型塑像，他当年创办的花洲书院已成为当地享有盛名的邓州市第四高级中学的一部分，琅琅书声穿越千年的时空，依旧在古老的花洲书院中响起。

卷一·见自己

# 持德之本　达善之境
—— 《大学》心得一

《大学》成书于春秋时期，是《礼记》中的一篇，作者曾参，字子舆，十六岁拜孔子为师，比孔子小四十六岁，是孔子的得意门生之一。其为人愚钝，但终以好学精神领悟到孔子学说中的精髓部分，故世称曾子，在配享孔庙祭祀时被尊为"宗圣"。

"大学"在传统文化中有两种含义：一种指广博的学问，一种是相对于"小学"而言的。古人十五岁之前学习"洒扫应对进退，礼乐射御书数"等文化基础知识，十五岁之后即学习伦理、政治、哲学等"穷理正心、修己治人"的"大人之学"。要想了解《大学》这本书究竟要告诉我们什么，其实很简单，因为它第一章就开章明义地说了："大学之道，在明明德，在亲民，在止于至善。"

## 【壹】培育德之种

我们为什么要学习大学呢？曾子说是为了"明明德"。第一个"明"是动词，是彰明、弘扬之意。"明德"就是光明的德性。其实每个人的内心都有一颗德之种子，用王阳明的话说就是"良知"。我们称罪大恶极之人是"良知泯灭"，也就是说人心底最质朴的那份善已经荡然无存了。这是从性善论的角度出发所说的。《三字经》讲："人之初，性本善。性相近，习相远。"每个孩子刚出生的时候都带着一种天性赋予的真纯本性，所以我们说孩子"天真无邪"。"无邪"这个词孔夫子在评价《诗经》的时候用到过："诗三百，一言以蔽之，曰：

'思无邪'。"就是说《诗经》里面所抒发的情感因为都是天性使然，所以毫无淫邪的成分。所以一个人能"永葆童心"是十分可贵的，就是因其真，因其善。

但是为什么长大后人的品性会相差那样悬殊呢？墨子经过染坊时看到白色的布放到什么颜色的染缸里就变成什么颜色而悟到，是生活环境的影响使人"习相远"。但曾子认为，即使环境会使人改变，人性中光明的德性也永远都不会被掩盖。我们只要使它更加彰明，发挥出最大的作用，人性也就修养完整了。朱熹认为，人的"明德"通过学习与实践的砥砺，以及人情的练达，通达礼仪规范，就可以在为人处事中做到中规中矩，为人称述。

## 【贰】小民与天下

"在亲民"的"亲"有两种解释，一曰"亲近"，程子曰："亲，当作'新'。"我们把它综合起来理解。所谓"道不远人"，大学之道强调要亲民，就是说你将自己的德种培育好了之后要亲近人民，以自己的德行去影响他人，使你光明的德行可以帮助他人革故取新，也将人格修养完整。

《大学》是君子之学，是修身、齐家、治国、平天下的学问。首先将自己的人格修养完美了，再让家庭和谐，具有足够的能力之后就可以辅佐君主治理国家，最终实现天下太平、河清海晏的理想。儒学专家孔祥语老师说："圣贤的学问就是要让我们形成大思想、大格局、大境界、大责任、大担当。"我们往往认为我们平凡小民能为天下做的事太少了，其实我们能管理好自己、管理好自己的家庭、管理好身边人、就已经是在为天下做贡献了。正如《尚书》所云："克明峻德，以亲九族。九族既睦，平章百姓。百姓昭明，协和万邦。"

## 【叁】持善而化人

"在止于至善"是告诉我们学习的最终目的应是达到至善的境界。这是告诉读书人内心要有所坚持。这份坚持不是满足自己的物欲,而是通过"独善其身",进而"兼济天下"。子曰:"古之学者为己,今之学者为人。"为己之学强调修身,为人之学强调功利。带着物欲追求去学习是永远也不会快乐的,因为物欲的满足之后是不尽的空虚,而完善的人格修成之后是无限的充盈。

圣贤的教育首先是人格的教育。因为圣贤太明白"人治则国治"的道理了。历史上人类大规模死亡最大的原因往往不是天灾,而是人祸。如果每个人都修养成谦谦君子,这个国家自然就和谐了。所以说中国传统哲学对于生命问题的思考,其功用不在于增加外界的知识,而在于提升心灵的境界。

子夏曰:"贤贤易色;事父母,能竭其力;事君,能致其身;与朋友交,言而有信;虽曰未学,吾必谓之学矣。"一个人对贤者和颜悦色,说明他义;对父母竭尽全力,说明他孝;对国家勇于牺牲,说明他忠;对朋友言而有信,说明他信。忠、孝、信、义都做到了,这就是善,这就是将自己德的种子培育成参天大树了。这样的人,即使没受过教育,我们也要说他是有教养的人。

弘扬光明的德性,用这种光明照耀到别人,进而达到人格完美的境界,这就是大学培养人的目的。拿到大学毕业证的你想一想:你真的读过大学了吗?

行藏集

# 欲正天下　先正己身
——《大学》心得二

古之欲明明德于天下者，先治其国；欲治其国者，先齐其家；欲齐其家者，先修其身；欲修其身者，先正其心；欲正其心者，先诚其意；欲诚其意者，先致其知；致知在格物。

——《大学·第一章》

这恐怕是《大学》中最为人熟知的一段文字了，"修齐治平"是一种人生理想，更是一种思想境界。在儒家看来，想达到齐家、治国、平天下的理想都要从修身开始，我们所熟知的"一屋不扫，何以扫天下"正是这个道理。修身，必须要从正心、诚意、致知、格物入手，而且都有非常严密的逻辑关系。正所谓"物有本末，事有终始，知所先后，则近道矣"。

## 【壹】诚意正心　发展之本

一个人做事若想成功，首先心要正。心术不正之人做事即使一开始顺利，也行之不远。怎样看一个人是否心思端正呢？就要看这个人的意念是否真诚。心里怎么想的就怎么说，怎么说的就怎么做了就叫"诚"。心里明明讨厌一个人却当着他的面说些讨好的话，这就是虚伪，也就是孔子所说的"巧言令色"。夫子通过这一点就能判断这个人是很少会有仁德之心的："巧言令色鲜矣仁。"关键就是这个人没有做到诚。

诚信是道德的基础和根本，是社会发展的基石。历史虽然没有停下前进和发展的脚步，但是在这段路程中，也产生了不和谐的噪音。市场经济的大潮除了带来了银白色的浪花，也带来了浑浊的泥沙。急于敛财，唯钱是举，欺诈造假，见利忘义，损人利己，皆为诚信之缺失。我们总说"无商不奸"，是我们已经认同了只要是商业行为就存在着奸猾和机巧。殊不知这个词实为杜撰。原词为"无商不尖"，最初是指卖家在量米时会以一把红木戒尺削平升斗内隆起的米，以保证分量准足。银货两讫之后，商家会另外在米筐里氽点米加在米斗上，如是已抹平的米表面便会鼓成一撮"尖头"。量好米再加点添点，已成习俗，即但凡做生意，总会给客人一点添头。这一个字的变化让人心寒脸热，其造成的社会危害，我们感同身受。

《程氏遗书》有云："学者不可以不诚，不诚无以为善，不诚无以为君子。修学不以诚，则学杂；为事不以诚，则事败；自谋不以诚，则是欺其心而自弃其忠；与人不以诚，则是丧其德而增人之怨。"可见，谋万事不以诚，则万事不成。

## 【贰】格物致知 正己修身

在儒家的道德观中，物是指"天下万物之理"；格是指"穷尽"。就是说我们要研究、探究、穷尽一切事物的发展规律，这叫作格物。致知是指更深地发展我们的知识学问。对外界事物进行深入的认识，使我们对一切事物都能够明白通晓，这叫作格物致知。

当然，穷尽天下事物之理是任何个人都无法做到的。其实，"格"还有"格除"之意，唯有格除物欲，才能使我们的心灵回归宁静。老子也说过："涤除玄览，能无疵乎？""玄览"指人的机巧之心，人心如镜，拭去杂尘方能澄明见智。

修己安人或修齐治平，是儒家治国哲学的基本条件。人作为历史的存在、道德的存在，参与天地化育、社会改造，就需要孜孜不倦地自我省察及努力。那么如何去做？从哪里做起？从"格物"做起，从"致知"

做起。

世称"伊川先生"的程颐就主张"涵养须用敬，进学在致知"的修养方法。他认为，人的道德情操和思想境界的修养，主要依赖"敬"，即排除杂念，把注意力集中到内心，使心志专一，始终保持敬畏的心态。同时，通过"格物穷理"，具体研究天下万事万物所蕴含的道理，不断充实自己，使自己的思想合乎理义。他提出的"格物致知说"注重知、行的结合，主张以知为本，先知后行，能知即能行，行是知的结果。

程颐二十七岁廷试落第，之后就没有参加过科举考试。自谓"自少不喜进取，以读书求道为事"，"未有意于仕也"。青年时期的他即以学识、品行蜚声海内，不少朝廷大臣多次举荐，他都以"学之不足"为由而不仕。五十三岁时在司马光、吕功著的力荐之下，出任汝州团练推官，并任国子监教授，后被委以崇政殿说书。他向皇上上书说："见解与知识一起增长，品德与思想同时养成。现在，普通老百姓都聘请品德高尚、知识渊博的名士做家庭教师，教育子女，熏陶培养他们的习惯。何况陛下现在还很年轻，即使天资聪颖，也应力学不倦，名师教诲的作用是从来也不能忽视的啊。希望陛下挑选一批名儒到宫中讲学。让他们轮流值班，以备陛下问难解疑。日积月累地坚持下去，高尚的品德一定会养成。"

当他听说皇上曾在洗脸时躲开蚂蚁，不让水沫淹没它们，就询问皇上是否有这样的事。皇上回答："我只是怕伤害它们而已。"程颐立即说："陛下，您如果能推广这种仁爱之心来爱护百姓，用之处理天下大事，那么您就得到治理天下的要领了。"

泱泱天下和升斗小民之间或许只隔着那么一个"尖"。当我们以真诚的意念将心端正，正心诚意地去格物致知，慢慢地推己及人，那么家齐、国治、天下平就不只是朴素的理想，而将成为我们普遍认同的公理。

卷一·见自己

# 不日新者必日退
## ——《大学》"创新"论

大学之"大",有广博之义,有年长之义,其实还有高远之义。学习这部书,我们知道,要想将本性中至光至明之德弘扬光大,必须博览群书,方能明辨是非曲直、善恶忠奸,涤除玄览,格去机心物欲。小学修的是人情之练达,可人情练达也容易走向一个极端,那就是阿谀谄媚、曲意逢迎,所以"大学"就像一把戒尺,时时警策着人心。可只把自己修养完善就够了吗?"是以君子有絜矩之道也"帮我们回答了这个问题。"推己及人"才是一个大人应做的事。如果说"明明德"是完善自我,新民则是完善他人,民又能新民,最终达到新国、新天下的目标,也就是"止于至善"。所以说儒家的学问永远不是局限在个人的小荣辱、小得失,儒者之心包举宇内。因此我们看到"新民"这一部分的时候,就可以明白简单的三句话所包含的宏大意旨。

## 【壹】新自身

汤之《盘铭》曰:"苟日新,日日新,又日新。"

盘其实就是洗脸盆,铭是刻在盆上自警的言语。商王成汤认为人心本来是清明的,却被私欲污染了,必须像洗脸一样洗去那私欲,方能使其重归清明。

这真是极妙的主意!脸是每天都要洗的,一洗脸就看到这番话立即提醒了自己:脸上的污垢可以洗去,昨日留在心灵上的污垢去除了吗?其实我们需要洗濯掉的又何止私欲?任何影响我们做事的负能量不都应该洗去吗？多少人的心灵就是因为背负太多的垃圾而郁郁寡欢甚至得了精神疾患？昨天的种种不快就都随清晨的一盆清水洗去吧，给自己洗一张笑脸，洗一双清亮的眼睛，你就变得如太阳一般崭新了。

"不日新者必日退。"有了日新的自觉性远远不够，还须日日坚持。否则今天进一尺，明日退一丈，岂不是更大的倒退吗？从发展的角度讲，不进取就是一种倒退。今日改掉一点过失，明日又改正一个错误，以内心的至诚砥砺自己，以修养成就自己美好的德行，从而保持精神的纯粹与高洁，固守人格的完美与高贵，这难道不是一种最快乐又最酷的事吗？这样的人即使可以在肉体上被打倒，精神也会永远屹立着。"苟日新，日日新，又日新"，展现的是一种革新进取的姿态，是自觉弃旧图新的道德升华。洗礼精神，修炼品德，提升境界，铸造人格，不正应如此吗？

## 【贰】新吾民

《康诰》曰："作新民。"

朱子云："鼓之舞之谓之作，言振起其自新之民也。"

《康诰》是《周书》篇名，武王告弟康叔的话。张居正是这样解释这句话的：《康诰》说："百姓们，旧日虽为不善，而今若能重新为善，为人君者，就当设法去鼓舞振作他，使之欢喜踊跃，乐于为善。曾子引此，以明新民之事。"如果说成汤之《盘铭》是帝王对自己的要求的话，那么《康诰》的对象就扩大了，是一大群人，即新的政权周朝对上一个政权殷的遗老遗少的要求——"作新民"。

革新，是社会发展的必然要求。人既是历史的继承者，又是现实的承担者，更是未来的开创者。因此，不应停留在单纯继承前人文化遗产的阶段，而应当以自己创造性的进取精神，确立和发展新的思想，创造和发展新的文化，做一个对历史负责的新人。面对传统文化，取其精华去其糟粕还不够，还应变糟粕为精华，变精华为新精粹。

今天对于昨天来说，是新的；现实对于历史来讲，同样是新的。人类社会的发展、国家的振兴、民族的进步，其动力就在于不断地创新。抛弃历史的创新是空想，是无源之水，无本之木，而那些刻意而为的标新立异的所谓创新，更是一种倒退。

## 【叁】新吾邦

《诗》曰："周虽旧邦，其命维新。"

《诗经》说："周朝虽然是一个旧邦国，但其因时代的趋势而成为一个新的邦国。"朱子云："《诗·大雅·文王》之篇。是说周国虽旧，至于文王，能新其德以及于民，而始受天命。"

推翻殷商政权的周并不是新出现的政权，而是一个历史悠久的国家，但为何同为旧邦，殷商腐朽没落了，周却能成为一个新兴的政体并绵延八百载呢？就在于它能不断地革新自己。

面对客观现实，我们总会受到各种条件的束缚，无从摆脱。但是，反观我们的心灵，我们却是自由的，我们可以修养自己，让心灵充盈快乐，做出我们力所能及的努力。

人们总是习惯于沉浸在旧有的秩序之内，安于眼前的安逸，不思进取，既局限了自身的发展，也于事业无益。回顾历史的发展，人类的每一次创新，不论是自然科学领域还是社会科学方面，都必然引起相应的社会变革。它推动社会前进，也使人类从自然的桎梏中解放出来，从必然王国向自由王国前进，走向自由的天地。

社会唯有创新才能产生不竭的发展动力。公元前230年至公元前221年，秦先后灭韩、赵、燕、魏、楚、齐六国，完成了中华统一大业，建立起一个空前统一的多民族封建中央集权国家。在李斯的建议下，秦始皇废除了分封制，在全国推行郡县制，车同轨，书同文。这样，秦朝在全国范围内建立起中央到地方的严密统治网，大大强化了国家的中央集权。尽管秦朝两位皇帝的残暴令秦朝的统治无法长久，但秦始皇治国理政的制度创新，仍然值得中国历代皇帝借鉴和参考。可见只有创新与发展，才是历史发展的基本趋势。也只有创新，才能推动历史发展，进而改变人类命运，同时改变创新者自身的命运。

卷一·见自己

# 克己明理　浩气长存
——《近思录》中的克己之功

每个人的周围肯定都有这样一些人：他们特别喜欢跟你聊天，一聊天就大吐苦水。上司如何冷血讨厌，把人当牛马使唤；同事下级如何愚蠢懒惰，为此总需要多做很多工作。仿佛他的工作是最差的工作，他付出很多却总有人跟他作对。

还有另一些人，他们叫作同事。在你接受领导安排的一项又一项工作的时候他们会跑过来以前辈的身份语重心长地教导你："别那么傻！他们凭什么这样使唤人？给你多发多少薪水，值得你这样拼命啊？"

无论哪一种人，都是满满的负能量。朋友圈被他们的各种怨妇似的抱怨刷屏，朋友聚会时也常常会听到他们义愤填膺、面目狰狞的哭诉。为什么总有这么多人不快乐？他们为什么总用别人来折磨自己？有什么方法可以使他们解脱出来呢？读完《近思录·克己篇》我们或许会找到答案。

## 【壹】气狭胸窄　难当重任

抱怨和指责多源于"小气"，此"小气"不单指对金钱的吝啬，而是对任何事都计较。与之相对，我们说一个人"大气"，即指其心胸开阔，有容人之量。孟子曰："吾善养吾浩然之气，其为气也，至大至刚。"浩然之气即为浩大刚正的精神，其之大，可纳天地也。由此可见，有浩然之气才能少生气。《近思录》的克己篇所谈皆为修身之道。里面对生活中的这些"负能量"也做了精到的论述。

人不能祛思虑，只是吝。吝故无浩然之气。

不能祛除种种疑思杂虑的人，那是因为气量狭小，视野浅陋。这样的人当然没有浩然之气。气量狭小胸中就装不下太多气，只好咽到肚子里，那就变成了闷气。闷气积累到一定程度变成怒火冲上大脑就会蒙蔽双眼，视野自然浅陋了。那些看你做了太多工作而跑来劝你别太傻的人不一定是心存恶意，但一定是视野浅陋。此类人对上级有意见，却采取了最消极的做法：培养拉拢同样对上级有意见的人，然后聚在一起说上级的坏话，把大家都弄消极了，这又有什么好处呢？

明道先生曰：责上责下，而中自恕己，岂可任职分？

程颢说：责怪上司，责怪下属，轻易地宽恕自己的过错。这样的人，怎么能担任重要的职责呢？这句话给我们的警告是：反省自己要好过怨天尤人，抱怨的世界里没有成功者。那些整天抱怨自己身边小人多的人可曾想到过"物以类聚，人以群分"这句话？你身边都是小人，是不是因为你自己就是小人呢？

## 【贰】动心忍性 克己明理

尧夫解"他山之石，可以攻玉"。玉者，温润之物，若将两块玉来磨，必磨不成。须是得他个粗粝底物，方磨得出。譬如君子于小人处，为小人侵陵，则修省畏避，动心忍性，增益豫防。如此便道理出来。

邵雍解释"他山之石，可以攻玉"这句话的意思是说，玉是质地温润的东西，如果两块玉相互磨，一定磨不好。必须要一个粗糙的对象来磨，才能把玉磨得光洁。这就好比君子和小人相处，君子被小人欺凌，就会修身反省，避免过失，坚韧自己的意志，增强自身能力，加强预防。如此这般，君子就被磨砺出来了。就像张小娴所说："有的人来到你身边是告诉你什么是真情，有的人是告诉你什么是假意；就像有的人来到你身边是为了给你温暖，有的人是为了使你心寒。这一切都是生命的礼物，无论你喜欢与否都要接受，然后学着明白它们的意义。"

对积极的人而言，与任何人相处都可以成就自己。看见贤者向其学习，看见不贤者则反省自己是否也有同样缺点。然而反省也须适度，如果只因自己犯过错误就沉溺其中无法自拔，也是极其愚蠢的。正所谓："罪己责躬不可无，然亦不当长留在心胸为悔。"

谈到小人，我们常常会想到孔子说的"巧言令色"。说话虚伪的人是招人讨厌的，但有时我们也会见到这样一些人：心地善良，可是说话却让人不容易接受。这样的人虽说品质没有问题，但是气质上肯定是有缺陷的。

"人语言紧急，莫是气不定否？"曰："此亦当习，习到言语自然缓时，便是气质变也。学至气质变，方是有功。"

"一个人说话紧迫急速，这是不是心气不定的表现呢？"回答说："这也是应该加强修习的，修习到说话自然舒缓了，就是气质发生了变化。只有修习到气质有所改变，才能说有了成就。"不论情况多紧急，不论内心多愤怒，深深的话我们也要浅浅地说，正如长长的路我们要慢慢地走。气定神闲，温文尔雅，这样的人谁不愿意亲近呢？

我以为，说话过快往往都是内心有所恐惧，恐惧诞生出愤怒，越是恐惧就越强烈地想表达自己，说话也就越急躁。那么我们怎样才能消除心中的怒与惧呢？《近思录》告诉我们：

克己可以制怒，明理可以制惧。

克制自己可以抑制愤怒，明晰道理可以消除恐惧。其实世上每个人都很忙，哪有那么多时间专门和你作对呢？只要明白了这些道理，就可以使自己的内心平和下来，内心平和说话就会变得舒缓从容，气质就会随之改变。气质会在无形中约束一个人，从而真正达到克己的境界。

当你能够很好地克制自己，你就会得到更多。

# 德为才之基　修已以安人
——《世说新语》中的"孔门四科"

《史记·孔子世家》载，孔门弟子三千，贤者七十二。孔子循循善诱，因材施教，十分重视学生的个性差异并据此进行分类教学。按照学生不同的品行和专长，孔子曾把他们分为德行、言语、政事、文学四科。"孔门四科"只是表明孔子十分重视这四种能力，而其所教授的，则远不止这四门。而四科中德行列在首位，足见圣人的教育首先注重的是光明一个人的德行，在此基础上发展好其他三科，此人定成国之重器，此谓德才兼备；德行缺损，却有才华，必成国之妖孽，有才无德之谓也。

翻阅描摹魏晋世态人情的《世说新语》这部活泼生动的典籍，看到其章目在编排上前四章恰恰是"孔门四科"，在品咂那一则则妙趣横生的小故事时，我们可以看出两千多年前世人的价值观亦是由德行这根主线紧紧牵系着的。

## 【德行·崖边桂树】

有人问陈季方："令尊太丘到底有何功德，竟能担起天下人对他如此的仰慕？"陈季方回答："家父正如一棵生在泰山一隅的桂树，上有万仞山峰，下有莫测深渊；于此，上可享受甘露灌溉，下可汲取清泉滋润。此时的桂树只管优哉游哉地自顾自生长，哪里会去计较泰山有多高，泉水有多深呢？同样，家父亦然，他并不知道自己有多少功德。"

这则故事并未告诉我们令人赞叹的高功厚德，但陈季方的回答实在精彩，且具有极强的文学性。更重要的是，他说出了关于德行的一个重要道理：德之名不是刻意求来的，而是像崖边桂树、空谷幽兰般只为完善自己，不为谋求外物。《幽兰操》中云："不采而佩，于兰何伤？"是他们最为真实的写照。

凡俗之辈，无论有无功德，先看名誉地位和他人对自己的评价、看自己的眼光，功利性太强。一有成绩就争功求名，唯恐大卜人不知道。真正有德之人，从不计较这些，他们往往追求的是名利场之外的自由自在的生活。只求做好本分，清心寡欲，委运任化。

## 【言语·巧用譬喻】

木心在《文学回忆录》中谈魏晋文学时说："勿以为魏晋思想玄妙潇洒，其实对人格非常实用，对生活、艺术，有实效。譬如谈话。如能像魏晋人般注重语言，就大有意思。要有好问，好答，再好答，再好问。古之存在，即为今用。"陈季方的回答已经让我们初步了解到这样一点了，而赵景真在面对朋友的调侃时应对自若，更能看出魏晋名士对言语的讲究。

嵇康对赵景真说："你的眼珠生来黑白分明，大有白起的气势，只可惜就是小了点。"赵景真说："一尺长的标杆也可以测出四时天象，寸把长的竹管，也能定音，凡事讲究'准'字，何必要大？只看见识如何就可以了。"

眼睛的用途，无非是看，看世界、观势态、察人物。看而知，知可断。看清楚，断准确，眼睛就起到作用了。赵景真巧用譬喻，以世人皆知的道理说出自己的道理，反驳有理有据，令人心悦诚服。这种巧妙的回答完全得益于他的自信和内心的强大，一个人只要有自己正确的主见即可，外貌如何，别人对自己的评价如何都不必在意。那些仅以容貌取人的人，往往是些没有主见的肤浅之辈。

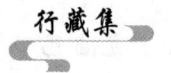

## 【政事·人伦为本】

陈仲弓担任太丘长的时候,有个盗贼行窃时杀害了财物的主人,主管刑律的官吏逮捕了他。陈仲弓在前往案发现场的路上听说有个民妇刚生完孩子就将其杀死了。陈仲弓立刻调转车头,准备处理这件案子。主簿见此,有些疑惑地问道:"盗贼杀人,夺取财物,这件案子更严重,应当先去审理。"陈仲弓回应道:"强盗杀死物主,哪里比得上骨肉相残严重呢?"

在法律不完善的时代,父母权力往往大于子女权力。父母如何对待子女,以及行为是否构成犯罪,很少有人去管。陈仲弓的主簿说孕妇杀婴没有盗贼杀人严重正是被这种社会文化所束缚。陈仲弓此时却表现出了思想的进步性,认为骨肉相残比盗贼杀人严重得多,这一理念无疑更符合人性。在社会中,女性应当承担的是一种温柔善良的角色,当其成为母亲,她的温柔善良和无私应该更加浓烈才对。虎毒不食子,她却心狠到杀死亲生骨肉,足见她的残忍无情。此等违背人伦的恶性事件不去处置,难保一方民风之淳朴。可见,陈仲弓在处理案件时秉持的原则是社会道德准则,也就是说法律实际上是来维护道德公序的。

## 【文学·学术为公】

郑玄想为《春秋左氏传》作注,但一直没有完成。有次出门,在客店听到一名男子与人交谈,说自己有注解《春秋左氏传》的想法。郑玄细听良久,发现许多想法与自己不谋而合。于是,他走到马车前,对男子说:"我好久以前就想注解《春秋左氏传》,只是尚未完成。于你言谈间发现很多地方与我相同,现在我把自己注解好的这部分全交给你。"此男子便是服子慎,后来就有了《春秋左传服氏注》。

作为经学大师,郑玄几乎对儒家所有经典都做过注。《后汉书》中说他:"正选囊括大典,网罗众说,删裁繁芜,刊改漏失,择善而从,自是学者略知所归。"孔子说:"君子成人之美。"君子要想方设法地帮助他人,促使他们实现自己的美好愿望。郑玄将自己尚未完成的作品交给服子慎是以学术为公器,诚恳无私的表现。他在文学上的成就也因其具有成人之美的君子风范,境界高远而愈加为人传颂。

德乃才之基,言语侃侃然,为政存道心,文与质须兼,凡此四科者,修己以安人,魏晋真风骨,丹桂卧崖间。

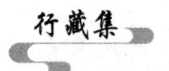

# 道德仁义礼　其为人之本
——品读《素书》

## 【一部奇书】

《素书》是中国历史上有名的一部奇书。它的作者和流传经历都闪现着传奇的色彩。

按《史记》所载：秦末，韩国少年张良为报秦国灭韩之仇，散家财物访求刺客，命其在博浪沙刺杀秦始皇。不幸刺客失手，被生擒后触柱而死。秦始皇大怒，下令通缉这幕后主谋。张良遂改名换姓，逃到下邳，同时广结豪杰，等待下次复仇的机会。

某天，张良行至圯桥，偶遇一位老者，张良走到他面前的时候，他故意让自己的鞋坠落到桥下，并傲慢地对张良说："小子，你赶快下去给我将鞋捡上来。"张良很不高兴，但因为自己面对的是一个年迈的老人，还是耐着性子替他把鞋捡了上来。老人又傲慢地说："给我穿上。"张良本不情愿，但转念一想，自己已经替他把鞋捡上来了，再给他穿上也没什么。于是就跪下将鞋给老人穿上。看到张良这般忍辱谦恭，老人非常满意，对张良说："老朽觉得你是一个可塑之才。五天后的清晨，你再来这里找我。"张良觉得老者气度不凡，就答应了。老人共给了张良三次机会，前两次张良自认已经很早了，可老者总是先他一步。最后一次他半夜出发，终于在老者之前赶到了。老人高兴地说："你做得很对，应当如此。"说着便从袖中掏出一卷竹简递给张良说："你熟读这本书，践行其中的道理，就能成为帝王师。再过十年，你就会辅佐一个人起兵，十三年后，你会在济北遇到我。谷城山下那块黄石就是我。"言罢，老人飘然而去。没有人知道老者的姓名，于是便根据老人的说法尊称他为黄石公。这就是历史上著名的"圯桥授书"的故事。至于到底授了何书,有人说叫《太公兵法》或《黄石公三略》,宋代的张商英在为此书作注的时候称其应为《素书》。

张良发觉此书甚奇,遂认真研习,凭借书中道理成功辅佐刘邦平定关中,并在鸿门宴中和项羽斗智斗勇,最终帮助刘邦夺取了天下。刘邦建立汉朝之后,张良明白兔死狗烹的道理,及时功成身退。在他去世五百余年后,时值晋乱,有人盗发了张良之墓,于玉枕中获得此书,始传于世。

《素书》凡一千三百三十六言,分《原始章》《正道章》《求人之志章》《本宗道德章》《遵义章》《安礼章》共六章,上有秘戒:"不许传于不道、不神、不圣、不贤之人;若非其人,必受其殃;得人不传,亦受其殃。"黄石公得张良而传之,然张良不得其传而葬之,令人颇感唏嘘。

## 【五位一体】

在大家详细了解了这本书是如何传到我们这一代,被捧在手中的时候,大家的心底会有怎样的感觉呢?济北城下那块黄色的石头今安在?能否听得见他的思想在千余年后仍然回响在很多中国人的心里呢?

那就让我们一同来听一听,黄石公究竟会告诉我们怎样富有智慧的道理。

《素书·原始章》云:"夫道、德、仁、义、礼,五者一体也。道者,人之所蹈,使万物不知其所由。德者,人之所得,使万物各得其所欲。仁者,人之所亲,有慈惠恻隐之心,以遂其生成。义者,人之所宜,赏善罚恶,以立功立事。礼者,人之所履,夙兴夜寐,以成人伦之序。夫欲为人之本,不可无一焉。"

这段话开宗明义,道出了黄石公的思想体系。他一上来就抛给我们五个重要的概念,不夸张地说,这五个概念是中国哲学和伦理学的源头。道最大,它无所不包,大到无外,小到无内。它是天地万物运行的规律,万事万物都要遵循，否则就会有祸患。人依道而行就是德。其实德的甲骨文写法十分简单，就是一个人在十字路口，眼睛笔直地望向路的尽头。老子云："失道而后德，失德而后仁，失仁而后义，失义而后礼。"这恐怕是老子给世上的人们留的最为无奈的一句话了。如果不能遵循天地大道，至少也要依德而行，如果这也做不到，那就做一个能够推己及人的有仁心的人吧，如果这也做不了，起码要有正义感吧，如果这也无法具备，最起码也要有礼。黄石公生活在秦朝末年，虽说思想上受到了儒家、道家、阴阳家、法家等各家学说的影响，但是无论是哪一个家，没有不强调修德、修身的。作为一个人，要成才须先立德。如果有才无德，才越高，就越会成为国家的危害。

礼是奠定社会伦理道德的基石，如何实现呢？孔子给出了答案：克己复礼。克制自己的欲望才能实现礼。举一个最简单的例子，如果父母没有在餐桌前坐下来用餐，即使你再饿，按礼来讲你也不可以吃。所以说克己就是修身的第一步。

义是坚守礼的一种内心的规约。孟子给出的标准是舍生而取义。古代的仁人君子或是侠义之士都把义看得比生命还要重要，对不义之举唾弃不已。义，就是值得用生命去捍卫的信仰。

如果说礼和义都是强调约束自我，那么仁所强调的就是对他人以礼相待、广施爱心。而德就更为广泛了，是使万物各得其所欲，境界更为高远。而实现的办法唯有遵循道了。

在黄石公眼中，道、德、仁、义、礼这五者才是做人真正的根本，它们是一体的，是一个原始本体的五个范畴的外化。每个方面都可以作为规范单独存在，而且，它们又有共同的精神来统筹，因此，它们相辅相成又互相独立，指导着人们的行为，并在不同时候产生不同的效果。

卷一·见自己

# 至诚恭俭生智
# 安贫闲吟泰然
——《挺经》中的内圣四境界

《挺经》是曾国藩生前的一部"压案之作",用李鸿章的话说,这部书是"精通造化、守身用世"的秘诀。所谓"挺",即势不可用尽,功不可独享,大名要推让几分,盛时要做衰时想,刚柔相济,无为而无不为;百尺竿头,不能再进一步;欠缺本身就是一种完美。

如果说曾国藩是一个谜,那么《挺经》就是打开这个谜的一把钥匙。他以盖世之功而能于众说诋毁中安然保全自身,全赖这一个"挺"字。主动、积极、谦虚,以入世之心做事,以出世之心做人,在困厄中求出路,在苦斗中求挺直。如此方能不受困、不为他人左右,到达气定神闲地享受人生之至高境界。

"内圣"一词最早见于《庄子·天下》,其内涵通俗地讲,就是修身养德,使自己的内心不断去接近圣人的标准,做个自足自适、有德性的人。"内圣"一词虽不是直接出自儒学和孔子之说,但《天下篇》所阐述的"内圣"与儒家思想有相通之处,孔子认为,一个人能不能成为品德高尚的仁者,关键在于修身律己。

曾国藩总结了古人在修身方面的经验,提出了"内圣之四大境界"的说法,他认为,人的修为若能达到这四种中的任何一种,都可以说是达到了一定的高度:

"古来圣哲胸怀极广,而可达于德者,约有四端:如笃恭修己而生睿智,程子之说也;至诚感神而致前知,子思之训也;安贫乐道而润身睟面,孔颜曾孟之旨也;观物闲吟而意适神恬,陶白苏陆之趣也。"

——《挺经·内圣》

## 【境界一】笃恭修己而生睿智

"笃"是坚定,是求实,"恭"是郑重,是脚踏实地地求取,以坚定而郑重的心修持自我,获得内心的澄明之境和思想的智慧光华,这是曾国藩所认同的进德修业之道。他说能做到"笃恭修己而生睿智"的人,是"达于德"的圣哲。这样的人能获得"圣哲"的好名声,首先是因为他们有与这个称号相匹配的才德,如果不明白这个道理,只为求得虚名而不择手段,这样华而不实的人用孟子的话说就是"声闻过情,君子耻之"。意思是,如果一个人的声望和名誉超过了实际的才德,君子会以之为耻。

程子,即程颢和程颐,他们在中国儒学思想发展史上占有很重要的地位,是中国儒学第二次复兴的骨干人物。在修身的问题上,他们都主张诚恳谦恭,认为要想达到睿智的境界,需要"以诚敬存之",要从正心、诚意、修身做起。

无论做什么事情,好的态度是有所成就的基础,能"诚"能"敬",赢得他人的青睐,换得的成就无论大小,都是一种成功。程颐的学生杨时正是因其诚恳恭俭的态度才留下了"程门立雪"的千古美谈,进而深得老师青睐,以毕生所学倾囊相授,最终方有所成。不论是学习还是办事,如果都能本着诚恳恭俭的心态,既可以赢得他人的尊重,同时也会使自己变得聪明睿智。

## 【境界二】至诚感神而致前知

这是孔子的嫡孙子思提出的,"诚"是子思思想体系的道德准则。他在《中庸》中曾说"至诚如神"。他认为一个人如果达到至诚的境界,连神明也会感动。这一点与曾国藩的"思诚则神钦"颇为相似。做人诚实守信,态度诚恳是修生养德的重要途径。诚实守信,为人正直,胸中就会有刚正之气；态度诚恳，心态就会平稳，会有海纳百川的气度。

最关键的是，诚意是正心、修身的前提。诚意就是不自欺，你所做的事一定要与你的价值观高度一致，否则就是自欺，就是我们通常所说的"昧着良心"做事了。

## 【境界三】安贫乐道而润身睟面

孔孟推崇安贫乐道，人的一生注定波澜起伏，有得有失，在经历大起大落之时，心态如果像海浪中的帆船一样随着风浪跌宕起伏，那帆船很有可能会被海浪吞噬。如果能以安贫乐道的心态坦然面对，把自己的信仰化成汪洋中的磐石，那么任风浪再大，我们的心灵仍可以泰然处之。

人的欲望无休无止，荣华富贵的诱惑往往会使人们忘记了最初的目的。其实无论荣华还是富贵，最本质的还是寻求一种内心的快乐与安逸。有些人虽然衣食无忧，但整日眉头紧锁；有些人虽然家境贫寒，却过得轻松自在，他们的区别正在于有着怎样的心态。若内心富足，则可身处陋室而安乐；若内心贫瘠，住在豪宅别墅也仍觉凄凉。曾国藩追求的内圣，在于修炼这种安贫乐道的心态，以达到无欲则刚，无欲则强的境界。

## 【境界四】观物闲吟而意适神恬

陶渊明是众所周知的隐士，因仕途不顺而归隐山林，每天过着"晨兴理荒秽，戴月荷锄归"的田园生活。曾国藩自小接受儒家思想，自然提倡儒家的积极入世观。虽然曾国藩不提倡隐居乡野，但是归隐毕竟只是一种形式，他也追求观物闲吟的悠然心态。尤其在现代这种追效率、生活节奏快的社会，每个人都忙忙碌碌，神经紧绷，急着向前赶路，没有时间停下来放松一下心情。

生活在红尘俗世中的人总是为俗世所累,在曾国藩看来,这样的人注定是凡夫俗子,不会有所作为,更无法达到内圣的境界。其实,即使身处尘世,也不必把自己逼得太紧,尽管生活压力有时会很大,但偶尔也应放松,虽不能像陶渊明那样归隐,也可以试着体验一下那份悠闲恬淡的心情,精神放松,心态就会更加泰然,自身的修为也就会更上一层楼。

在为人做事时本着一颗诚恳恭俭、守信正直的心,面对起起落落的人生际遇,懂得以安贫乐道的心态处之,在纷纷扰扰的生活中,偶尔放慢脚步怡然自得地修养身心,那么人生就会无往而不胜、逍遥自在。

卷一·见自己

## 东林有道　万松唱酬
——回望东林书院的历史瞬间

想到东林书院就总会想到那些虽不同却相似的眼神。

想到杨时学成将归，程颢望着他说出"吾道南矣"时满蕴信任与嘱托的热忱的眼神。也有杨时感念师恩道不完珍重又坚定了信仰的眼神。

想到杨时与游酢立于程颐门外，霰雪纷飞，将二人塑成雪人却仍屹立不动，恳切真诚尊师重道的眼神。

想到"二程"撒手归西后，中原之地屡遭金兵进犯，北宋江山危如累卵，举国上下人心惶恐之时，毅然肩负起整理师说重任的杨时那壮士断腕般决绝的眼神。

当然还有东林党人秉承"读书、讲学、爱国"之宗旨，以天下为己任，重振东林书院时意气风发、一往无前的果敢的眼神。

这些眼神穿越历史的风尘仍凝视着我们，不禁让人心发慌、脸发烫。这是中国传统知识分子应有的眼神，这是我们久违了的眼神。

道，在中国传统知识分子的心中，是宁肯玉碎也要蹈行的真理之路。翻开史册，为坚守道义而死者灿若星辰。西洋笑我华夏没有信仰，道难"道"不是信仰吗？如果不是信仰，怎会有孔夫子的"朝闻道，夕死可矣"的洒脱的生死观？如果不是信仰，杨时又怎会为了一句期许而耗费一生心血？如果不是信仰，东林党人又怎能将天下的兴亡扛在肩上，哪怕身损命殒却仍握紧道义之旗？

中国的文脉就是在传统文人不断地学道、求道、问道之后又孜孜不倦地传道、授道中得以延绵下来的。所以，将自己所学之道加以阐发、完善并传给后学，就成了他们为自己定下的一项神圣而又繁重的任务。可是他们似乎并不觉得劳烦，反倒是当道之不行之时会愈发痛心疾首，甚至迷惘、彷徨。正如杨时游历庐山的那天，其他景观尽游遍，日暮时分，他来到五老峰西北角东林寺投宿。

这东林寺乃我国佛教净土莲宗发源地。东晋名僧慧远曾在此建寺讲学，并创立白莲社，倡导弥陀净土法门，后世佛教信徒便尊他为净土宗始祖。当晚杨时于斋膳堂用膳后，便在寺院旁的林荫小道上独自散步。此时，只见皓月初升，清辉朗照，寺院四周，清凉如水，寂静无声，又见院前小溪雾霭氤氲，轻云笼烟，美不胜收，杨时情不能已，便随口赋得《东林道上闲步诗》一首：

> 寂寞莲塘七百秋，
> 溪云庭月两幽幽。
> 我来欲问林间道，
> 万叠松声自唱酬。

吟罢，忽想起这寺院之掌故，想到理学先贤周敦颐濂溪先生晚年落魄，筑室于匡庐山下小溪之畔，皓首穷经，著书布道；又念及自己虽一心讲学传道，意欲张大师门，无奈政事缠身，至今依然无所作为，一时心中感慨万千，便又赋诗一首，以表心绪：

> 百年陈迹水溶溶，
> 尚忆高人寄此中。
> 晋代衣冠今复在，
> 虎溪长有白莲风。

于此可见，他深知传道之路难行，但只要道之尚存，务必传之。所以当他在无锡准备开馆授徒，阐扬理学，倡道东南，完成平生之夙愿之时，听了女婿陈渊以"东林"为书院命名的提议之后，连忙称道："东林，有道存其中，移之为书院名，甚合我意也。"

多少个历史的瞬间定格成永恒，就像冥冥之中早有安排，东林有道，万松唱酬。自东林书院传道之始，虽几经坎坷，但它的精神始终没有断，而与之唱酬者，又何止万松？

卷一·见自己

# 开卷遇良朋　习诵清风生
——《读书十六观》中的读书之乐与读书之法

二十九岁那年，一把决绝的火焚烧了儒家衣冠，一个翩然的身影向着小昆山之阳去了，从此"湖上扁舟酒一瓢，芦花影里衣云遥"，他便是眉公陈继儒，有明一代的文学家、书画家，鉴于今天我们要谈的话题，则还须加上收藏家、出版家。

依后人评价，其为人也，工诗善文，短翰小词，皆极风致；书法苏轼、米芾两家，可入逸品；兼擅绘画，名重一时。艺术鉴赏、美食茶艺、养生休闲、园林艺术，皆为行家。交游甚广，著述极丰，传世者约有三十种，最著名的当属《小窗幽记》。此等雅士，当世徐阶、王世贞、顾宪成、董其昌等名流皆十分推重。侍郎沈演及御史给事中诸朝贵曾先后论荐，但他一心"杜门著述有终焉之志"，朝廷多次诏征，皆托病推辞不就。继儒性喜奖掖后学，且善于教诲，"片言酬应莫不当意"，在江南一带极负声望，一时士子"争欲得为师友"，前往问学求教征请诗文者络绎不绝，"屦常满户外"（《明史·隐逸列传》）。

因其学识广博，经、史、诸子、术伎、稗官与释、道等书无不研习，艺术修养深厚，故而自是收藏之行家里手。古玩字画自不必说，光是藏书就极具规模。他广搜博采奇书逸册，喜抄校旧籍，因得颜鲁公书，乃名其藏书堂为"宝颜堂"等。又有"玩仙庐""来仪堂"等精于校雠之学，自称："凡得古书，校过即付抄，抄后复校，校后复刻，刻后复校，校后即印，印后再复校。"爱书若此，他的谈书之言怎可不看？因此就让我们共同在他于晚年"抽忆旧闻"，纂古今学者围绕读书目的、态度、方法等方面足资借鉴的言行事迹为一篇的《读书十六观》中去体悟读书之美。

## 【读书之乐】

窃以为,读书之境界有墙内与墙外之分。有人可以登堂入室,有人则如子贡评价孔子一样:"不得其门而入,不见宗庙之美,百官之富。"墙外之人自然难味读书之乐。而读进去的人则可如眉公般:"吾读未见书如得良友,见已读书如逢故人。"乐莫乐兮新相知,悦莫悦兮遇故交。新书旧书,皆可让人欢喜。然而有人喜欢买书、藏书,却不喜读书,那么更高一层的境界就体会不到了。那就是与书中之人对话,与天地万物对话,与自己的内心对话。因为"读书以观圣贤之意,因圣贤之意,以观自然之理"。我们虽然无缘面见圣贤,但是可以让思想穿透纸张的厚度,去触摸圣贤思想的温度。但是如果圣贤让人"仰之弥高,钻之弥坚",那读书还有乐趣吗?当然有。"开卷便有与圣贤不相似处,岂可不自鞭策!"这种鞭策是我们从书本中最应获得的力量。此为修心修德之乐。

倪文节公曾说:"松声、涧声、山禽声、夜虫声、鹤声、琴声、棋子落声、雨滴阶声、雪洒窗声、煎茶声,皆声之至清者也,而读书为最。闻他人读书声已极喜,更闻子弟读书声则喜不可胜言者矣。"古人读书喜诵,唯其如此,雅言雅音方能穿牖出户,回荡在里巷、空山,飘摇在天宇,与万籁相类,皆可令人耳喜心悦。此为音韵绕梁之乐。

## 【读书之法】

《十六观》开篇即引吕献可之言:"读书不须多,读得一字行取一字。"又引伊川先生语:"读得一尺不如行得一寸。"学而不习,何乐之有?死读书之人,书读越多越易蒙其心智,无异于两脚书橱。唯有学以致用,学以致道,方为"读者当作此观"之第一条。书中列举范质做官后从未释卷的事例,是为了告诉我们:既然"吾当大用",就更应抓紧读书,否则"无学术何以处之"!

关于读书之法,《十六观》重点推荐董遇等人的反复习诵和苏东坡的八面受敌之法。董遇随身携带经书,时常反复习诵,对从学求教的弟子并不先行讲解,而是要求"先读百遍而义自见"。因为学而不思则罔,无益矣。苏东坡《与王郎书》则强调:"少年为学者每一书皆做数次读之。当如入海,百货皆有,人之精力不能兼收尽取,但得其所欲求者尔,故愿学者每次作一意求之。如欲求古今兴亡治乱、圣贤作用,且只作此意求之,勿生余念;又别作一次求事迹文物之类,亦如之也。若学成八面受敌,与涉猎者不可同日而语。"初学者对那些有价值的好书,正当带着问题反复精读,必能增长识力,大见成效。

陈继儒在《十六观》后做了一个浪漫的补注,称书毕《十六观》投笔而梦,一长者抚背曰:"尽信书则不如无书。"继儒觉得"此正为文害词、词害义处下一转语耳",于是"觉而志于纸尾以为《十六观》补"。陈继儒虽酷爱读书,却非死钻书本的书呆子;虽为隐士,也并非不问世事。他一生著述、讲学孜孜不倦,托言老人示梦,其实是夫子自道。用书尾之"尽信书则不如无书"与篇首"读得一尺不如行得一寸"照应,画龙点睛,满篇皆活,回味悠长。

全书虽为集纂前人之语,然眉公之良苦用心亦昭昭然矣,天地间第一人品,还是读书。

行藏集

# 得闲读书　山青水白
——《小窗幽记》中的读书境界

阅读是一种安静得可以听见整个世界的行为。想象一下，那么多不同的思想，那么多不同的心事，那么多不同的情感竟可以穿透纸张传递给那么多未知的读者。就像现在，你捧着这本书，听我把《小窗幽记》中有关读书的那些事说给你听。

## 【壹】悠然快哉读书事

如同所有修身养性之经典一样，《小窗幽记》中少不了劝人读书。但规劝之语甚少，性情之感颇多。作者把一个淡泊世俗名利、畅享闲适生活的文人在读书时的那种自得其乐的可爱之态写得淋漓尽致。让人读后不禁心生艳羡之意，恨不得马上抄起一本书来，也能进入那种宁谧却洒脱的境界。

读一篇轩快之书，宛见山青水白；听几句透彻之语，如看岳立川行。

对于注重修身的人来说，有幸得阅一本使人明智畅快的好书，就如同那重重青山与潺潺溪水瞬间在眼前铺排开来一般，在让人心胸豁然洞开的同时，亦将人的灵魂从头到脚洗礼了一番。快哉！快哉！

同样的，若能听得某人的几句开悟之语，将自己心底盘结许久的疑窦统统解开，那情形就如同"观山峰耸峙入云天，看百川直下向东海"，何止是开阔？简直是重新开辟了一个天地！由此可见，古人读书时看重的是与作者一同思考，是要让心与文字一同跳动。读书，绝不是简单的获取知识或者打发时间的途径，而是人的思想遨游天地的坦途，正所谓"寂然凝虑，思接千载"，此言得之。因此，读书岂不是天地间最大之幸事吗？

人生有书可读，有暇得读，有资能读，又涵养之如不识字人，是谓善读书者。享世间清福，未有过于此也。

古人常认为，"为善最乐，读书最佳"。读书是人生乐趣的最高境界。但并不是每个人都能享受到此等至高乐趣，只有那些真正会读书、爱读书的人，才能体会到个中雅趣。很多人一天到晚处在奔波忙碌之中，焦虑困顿已成生活的常态，又哪有那份心境去沉静读书呢？还有人以抽不出时间读书为理由。有人想读书，却为生计操劳，以没有足够的金钱买书来读为借口，于是望书兴叹了，有的人即使有时间读书、有金钱买书，可是被书中的文字束缚，进入书中不能跳出，纵然读书也是书呆子一个，结果将读书时的那点情趣都消磨殆尽了，又怎能体会到书中的乐趣呢？大凡能有时间读书、有金钱买书，能不尽信书、博览群书却仍怀着一颗平常心的人才是真正的读书人。他们在读书时所享受到的称得上是人世间最美好的清福了。

读到这里，古代文人那种将读书视为莫大美事的自得自乐之态就完全展现在我们面前了。这也就难怪在他们的世界里"书能下酒云可赠"了。真正至情至性之人不需要李白诗中那种"金樽清酒斗十千，玉盘珍馐直万钱"般奢华的筵席。读到一篇好文章，就着一口家酿，同样也能喝出个月朗风清风满袖。至于以云相赠，世间恐怕再也没有比云更浪漫的礼物了吧，也只有深得阅读滋养的性情中人能想得到吧。

## 【贰】心无挂碍读书时

得闲读书不亦快哉，但有些人还是会抱怨时间都被生活琐事挤走了。我们看看古人是怎样看待时间的：

夜者日之余，雨者月之余，冬者岁之余。当此三余，人事稍疏，正可一意问学。

古书中有关惜时的记载很多，班固的《汉书·食货志》载："冬，民既入；妇人同巷，相从夜织，女工一月得四十五日。"一个月怎么会有四十五日呢？颜师古为此注释说："一月之中，又得夜半十五日，共四十五日。"原来古人除了计算白天一日外，还将每晚时间算作半日，这样就多了十五天，可见古人是十分重视时间的合理利用的。忙碌了一天的人们在夜晚终于有了休息的时间。下雨时人们无法外出工作，只能闲坐家中。冬天万物凋零，无法从事户外劳动，也正是人们感到无事可做之时。而这三个时间段正是读书人的黄金时间，由于很少有琐事打扰，正好可以静下心来读书做学问。凡古之有成就者，皆以惜时为人生铁律。活一天，即尽一日之事，多做事、多问学，少玩乐、少扯皮，拒绝无效的社交，从不肯虚度年华，让光阴白白浪费掉。今人虽不能同古人一样在下雨和入冬时节闲坐家中，但也可以利用零散的时间进行片段式的阅读，在忙碌的生活节奏中珍惜宝贵的一分一秒。

有了时间来读书，有时却烦躁得一个字也读不进去，或者读完了却什么收获都没有，这怎么办呢？

古人告诉我们："读书随处净土。"只有心中无挂碍，方能自在书中游。从而领悟书中的人生至理，达到净化心灵、保持心底净土的目的。

**看书只要理路通透，不可拘泥旧说，更不可附会新说。**

读书贵在悟透书中所揭示的道理，如果只是一味地钻研表面的文字，因循守旧，却不求领悟其中的真谛，那无异于缘木求鱼，终将一无所获。只有学会举一反三、融会贯通地吸收并加以消化，才有可能求得真知。

正如哲人所说："尽信书不如无书。"对书中记载的只是要本着分析的态度接受，决不能奉行"拿来主义"，产生厚古薄今的思想，更不可全盘否定，弃之不用。只有取其精华，去其糟粕，才能进入书中，又可跳出书外。

**有书癖而无剪裁，徒号书橱；唯名饮而少蕴藉，终非名饮。**

读书就如同交朋友一样，也要学会有选择、有所取舍。如果只是一味地贪多,不加咀嚼,就只能空有一个两脚书橱的名号罢了。正如饮酒也有讲究,不能只图酒醉之轻松快活,而要重在体会酒文化浓厚的意蕴内涵,不管悲欢离合、喜怒哀乐,如果喝个烂醉如泥,不省人事,不过是一些酒肉之徒罢了,又何来饮酒的乐趣呢?又怎能称为名士之饮呢?

愿我们大家都能有闲读书,有心品书,去书中遇见自己,遇见天地,遇见众生,收获一个山青水白的人生壮阔图景。

行藏集

## 为己而学　知行合一
——《呻吟语》中的为学之道

世人莫不知学习之重要。一翻开《论语》即可见人生至乐乃"学而时习之"。《格言联璧》的开篇即说："世间第一人品，还是读书。"是啊，没有学习就没有当今之文明。是学习这项技能促使我们的先民在原始的劳动中总结经验、传承发扬、尝试探求、不断进化。从我们一坠地，即开始了学习。学习交流，学习思考，学习生存的种种技能。当我们可以自主地行动了，通过学习我们发现了梦想这种神奇的东西，而后便通过更加努力的学习去追求那种神奇。中国传统社会的读书人，用一生追寻君子人格，在求学问道之路上不懈地修行。让我们借助《呻吟语》这扇门，去探寻明代学者吕坤眼中的求学之道。

### 【壹】无所为而为

劝学者，歆之以名利；劝善者，歆之以福祥。哀哉！
——《呻吟语·问学篇》

或许当世的很多人都难以理解古代很多满腹经纶的大学者为何都选择隐居去了。既然有学识，何不借此谋得名利双收，岂不比忍受清贫寡淡的山野生活之味要强百倍吗？这就是一种极其功利的学习观。儒家虽然提倡"学而优则仕"，但强调的是用自己的学识去影响当政者，使社会在良性的轨道上运转。如孔子所言："'孝乎惟孝，友于兄弟，施于有政。'是亦为政，奚其为为政？"只要读书人有担当精神，以所学为天下苍生做出贡献了，在朝和在野又有什么分别呢？以同样的思维去看"书中自有黄金屋，书中自有颜如玉"这句话，并不是告诉读书人书中有谋得黄金屋和颜如玉的方法，而是说读书品高之人即使身在陋巷，他们所获得的快乐也是会等同甚至超过那些黄金满屋、美人在侧之人的快乐的。

　　一个人获得名利不是坏事，但是只汲汲于名利之人定是俗人。读书即未成名，究竟人品高雅。所以吕坤接着说"无所为而为，这五字是圣学根源。学者入门念头，就要在这上做。今人说话第二三句，便落在有所为上来，只为毁誉利害心脱不去，开口便是如此。"此番话早在孔夫子那里就感慨过："古之学者为己，今之学者为人。"（《论语·宪问》）读书不着眼于自身，总想着在他人、他物上用力，读多少书也不会快乐。

## 【贰】见吾心是悟

> 悟者，吾心也。能见吾心，便是真悟。
> ——《呻吟语·学问》

　　电影《一代宗师》中讲习武之人的三个境界是："见自己。见天地。见众生。"人与天地自然对话，与人世百态对话，最终还是都要圆融到自己的内心。当真有那么几刻能静下来认真审视自己的内心，一个人才可能真正发现此前所见种种之中的玄机来，一个人也才会真正地成长。

　　老子讲："知人者智，自知者明。"学习学了一大堆别人说的这样那样，到最后能知道自己怎样的才是真的学明白了。而一个人活到什么时候明白自己是怎么回事儿了，才算活明白。这就是一个明理见性的过程吧。《中庸》强调"天命之谓性，率性之谓道"，道不难寻到，遵循人之本性即可。然而麻烦的是我们的性早被丢掉了，当我们心底诞生了私欲的时候，天性即失去了。孔子赞颂尧、舜、禹三位圣人治天下其实也并无甚法宝，只不过是率性而为。因此《大学》开篇讲的"大学之道在明明德"中的"明明德"就是让天性（即明德、良知）再次发出光芒。所以我们再看神秀

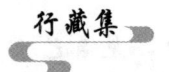

和尚的"时时勤拂拭,勿使惹尘埃"就是一个明明德的过程。然而"本来无一物,何处惹尘埃"是讲天性纯然不须拂拭,也就无怪六祖慧能可以继承五祖弘忍的衣钵了。

## 【叁】知是为了行

> 读书人最怕诵的是古人语,做的是自家人。这等读书虽闭户十年,破卷五车,成甚么用?
>
> ——《呻吟语·问学篇》

"学而时习之,不亦说乎"强调的是学习的知识只有应用到实践中了才会快乐。"习"的甲骨文的形状是雏鸟张开翅膀在鸟巢里反复练习飞翔。如果一个人学习知识后不能在生活中实践,在实践中检验,知识永远是死的,永远无法张开翅膀飞翔。和别人谈起学问来全是修身要道,一转过头去该说脏话还说脏话,该闯红灯还是闯,这类人我们称其伪君子可以,说他是死读书也是可以的。

子曰:"朝闻道,夕死可矣。"(《论语·里仁》)这一章孔祥语老师翻译得极好:"一旦知晓天下至道,立即循道而行,一直到死。道是一生的追求,至死都要坚持。"子路更是可爱,所学的知识尚未都实践的时候,他都害怕听到新知识。只要我们所学到的,所追求的道是正道,就值得我们去立即践行,直至生命最后一刻。

吕坤还有一个类比特别形象:"上吐下泻之疾,虽日进饮食,无补于憔悴;入耳出口之学,虽日事讲究,无益于身心。"是啊,闻道而不习之,与上吐下泻有什么分别呢?所以学习既要好好地消化吸收,触类旁通,举一反三,还应做到知行合一。

我们每天真的可以反思一下自己,如曾子般提醒自己:"传不习乎?"愿我们与书籍的每一次相遇内心都是山青水白般清雅,不要让心被名利压得太重,在知与行的互动中收获学问大道沿途的鸟语虫鸣,禾风稻香。

## 学者为人　行道利世
——《颜氏家训》中的学习观

学习，作为传统知识分子安身立命的头等大事，向来为人所看重，因此劝学类文章也不在少数。在《颜氏家训》中，颜之推所概括的传统知识分子学习的目的性十分明确：进可以入朝为仕，退可以开馆授业。这体现出的是他对待子孙前途进退裕如的宽松心态和现实主义的入世态度。与传统劝学注重晓之以事理（如荀子《劝学》）、晓之以名利（如汪洙《神童诗》）不同，《颜氏家训》从人的社会化生存需要出发缘世而循理，因世而见利，因而更具人性化、人情味、生活化、经验化。具体而言，《颜氏家训》注重从以下几个方面切入。

## 【壹】读书明经　自资之艺

颜之推认为学习首先是社会化生存的需要。出于自己离乱的人生经历，他感慨发生在自己身边诸多贵族子弟盛世"望若神仙"，乱世"泊若穷流"的人生变幻。他沉痛指出这是因为他们"不学无术"所造成的。一旦失势，自然"求诸身而无所得，施之世而无所用"。为此，他谆谆告诫说："父兄不可常依，乡国不能常保，一旦流离，无人庇荫，当自求诸身耳。"谚曰："积财千万，不如薄技在身。"对于求诸自身的途径，他首推的是读书明经："明六经之指，涉百家之书，纵不能增益德行，敦厉风俗，犹为一艺，得以自资。"

## 【贰】娱情乐心 休闲之艺

在颜之推的"大学习观"中,艺术类被他归入"杂艺",但也具有养生作用,亦不可偏废。但对其价值与功用他却有独到的见解。对于书法,他认为"微须留意",因其可以传达一人之精神面貌,谚语有云:"尺牍书疏,千里面目";对于绘画,他认为"玩赏古今,特为宝爱";对于琴瑟,他感叹"雅致,有深味哉","足以畅神情也";对于博弈,他认为"有时疲倦,则倘为之,犹胜饱食昏睡,兀然端坐耳";他评价围棋"颇为雅戏",评价弹棋"亦近世雅戏,消愁释愦,时可为之"。看得出来,颜之推从优化生活品质(养生)的角度出发,看到了艺术的娱情乐心、消遣休闲的价值作用。也正是从这一角度出发,他不主张学艺过精,涉入太深。这是因为学艺过精,技艺超群,难免身不由己,为贵族官僚所驱使,"巧者劳而智者忧,常为人所役使,更觉为累"。如果这样,就违背了学艺以提高生活品质的原则,反受其累。但是,他却主张具备高超的艺术鉴赏力,比如在书法方面他自诩"幼承门业,加性爱重,习玩功夫颇至"。

## 【叁】开心明目 利行之艺

颜之推认为,学习是提升自我素质,增长社会实践能力的需要。在他眼中,学习的根本目的是"开心明目,利于行耳"。"开心明目"是提升个人素质,"利于行"是增强社会实践能力。他批评了当时读书人浮华不实,学不致用,忽略真才实学的不良学习风气。

"但能言之,不能行之,忠孝无闻,仁义不足……断一条讼,不必得其理;宰千户县,不必理其民;问其造屋,不必楣横而竖也;问其为田,不必知稷早而黍迟也;吟啸谈谑,咏讽辞赋,事既悠闲,材增迂诞,军国经纶，略无施用，故为武人俗吏嗤诋。"

他提倡读书学习应针对社会实际，提高个人素养，解决实际问题："不知养亲者"，通过学习古人的行孝之道，"惕然惭，起而行之也"；"素骄奢者"，通过学习古人的恭俭节用，"卑以自牧"，"敛容抑志也"；"素怯懦者"通过学习古人的达生委命，"勃然奋起，不可恐懦也"。在颜之推看来，学习有务虚与务实两大好处，"古之学者为己，以补不足"；"今之学者为人，行道以利世也"。前者的"为己"，是学习的务虚之功，目标是弥补自身在素养上、认知上的不足。后者的"为人"，是学习的务实之用，求的是利国利民之行。因此，他形象地比喻说：

"学者犹种树也，春玩其华，秋登其实；讲论文章，春华也，修身利行，秋实也。"

## 【肆】不问贵贱 广学博取

颜之推提倡广义的学习观。他嘲笑那些迂腐庸俗的读书人"不涉群书，经纬之外，义疏而已"的孤陋乏味；批评士大夫耻涉农商；慨叹差务工伎不懂书本知识，以至于"饱食醉酒，忽忽无事，以此销日，以此终年"；遗憾"因家世余绪，得一阶半级"者，不学无术，或遇大事"蒙然张口，如坐云雾"的无能和在高雅的社交场合"默然低头，欠伸而已"的羞耻。他进一步提出了不问贵贱，广学博取的观点："农商工贾，厮役奴隶，钓鱼屠肉，饭牛牧羊，皆有先达，可为师表，博学求之，无不利于事也。"这一观点，可视为后来韩愈《师说》一文中"师之所存，道之所存"的先声。

从《颜氏家训》中的劝学内容可以看出，颜之推的学习观与封建社会"学而优则仕""万般皆下品，唯有读书高"的学习观，无论是出发点，还是目标上既是一种承续，又是一种延伸、推广与细化，他把一种传统的理论植入社会生活的土壤，以自己对子孙后代的关爱之情与人生的阅历之智倾心培育，使之具有更加鲜活的生命力。

行藏集

# 一口菜根苦　万世金玉言
——《菜根谭》的滋味

"得常咬菜根，即做百事成。"这句名言出自北宋学者汪信民之口，意思是一个人只要能适应清贫艰苦的生活，以后无论做什么事，都会有所成就。当明代学者洪应明读到这句话的时候，想必心中定是五味杂陈的。在中国传统知识分子所信仰的那种"穷且益坚，不坠青云之志"的人生信条中，有坚毅的骨气，但同时也深深地蕴含着几分菜根的苦涩。洪先生有感而发，于是就取"菜根"的意思，定"心安茅屋稳，性定菜根香"为中心思想，写下了流传至今、长盛不衰的经典菜根语录《菜根谭》。所以当我们翻开《菜根谭》时，除了深感其中智慧，感觉整本书就像一个过来人在对年轻的求学者说出的一番意味深长的话。细细品味，菜根，苦中带甜，或许这就是苦尽甘来。

## 【壹】物质追求与精神追求

《菜根谭》并不是一部系统性的、逻辑严密的学术著作，但洪应明却以平实的话语对儒家的"修身齐家、治国平天下"的思想进行了最经典的解读；对道家的"清静无为"的人生哲学进行了最深入浅出的阐释，对佛家的入世出世修行方式进行了最通俗的探讨。给我印象最深刻的，首先应属他对物质追求与精神追求之关系所做的精辟概括了。

人生所有痛苦都来源于欲望，而欲望大体可以分为两类：物质欲望和精神欲望。为了满足这两种欲望，相应地就产生了两大追求：物质追求和精神追求。庸人、小人只把物质欲望当作人生的全部，君子、贤人的精神欲望特别强烈，但是也不能没有物质的欲望，所以他们得承受这两种欲望，相应的，他们也就比庸人和小人多承受一份根本的人生痛苦，只是他们最终能把精神追求放在首要位置，达到一种具有伟大包涵力的崭新的心理和谐，这种有伟大包涵力的崭新和谐就是儒家一直津津乐道的"安贫乐道"。孔子把对精神欲望的追求推崇到了极致，所以才有"朝闻夕死"的经典论调，也才有他对学生颜回的高度褒扬："贤哉，回也！一箪食，一瓢饮，在陋巷，人不堪其忧，回也不改其乐。贤哉，回也！"物质上的享受只能满足一时口体的欲望，而精神的高昂才是中国传统知识分子永恒的追求。

宠利毋居人前，德业毋落人后，受享毋逾分外，修为毋减分中。

追求功名利禄时，不要抢在别人之前；进行品德修养、创办事业时，不要落在他人之后。享受物质生活，不要贪图超过自己允许的范围；修养品德时，不要达不到自己分内所应达到的标准。

这句话把君子应如何处理物质欲望与精神欲望的关系做了很好的诠释。物质欲望必不可少，它是维持人这个生命体所必不可少的条件，但凡事皆须有度，并不能变成毫无止境的贪婪。而对精神的追求呢？永远应放在首位。但是现代社会物欲横流，作为一个有志求学之人又应如何抵御物欲的吸引呢？《菜根谭》同样做了很精到的讲解：

把握未定，宜绝迹尘嚣，使此心不见可欲而不乱，以澄吾静体，又当混迹风尘，使此心见可欲而亦不乱，以养吾圆机。

当意志尚不坚定且没把握控制时，就应远离物欲环境的诱惑。让自己看不见物欲诱惑，就不会心神迷乱。只有这样，才能领悟到清明纯净的本色。等到意志坚定可以自我控制时，就要让自己多跟各种环境接触，即使看到物质的诱惑，也不会心神迷乱，借以培养磨炼自己成熟质朴的灵性。洪老先生把话说得很全面。因为想要不受物欲诱惑，我们不可能都去归隐深山，只能强迫自己尽量少去接触，免得意志不坚把持不住。所以古人都说要"两耳不闻窗外事，一心只读圣贤书"，其实是大有道理的。那十年的寒窗，那磨穿的铁砚，时间在书卷上流过，而坚定的是一颗为往圣继绝学的心。等到意志坚定时，再怎么汹涌的物欲大潮也丝

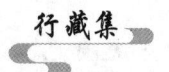

毫动摇不了清静纯净的心了。就如明朝开国元勋宋濂,从师求学之时,"同舍生皆被绮绣,戴朱缨宝饰之帽,腰白玉之环,左佩刀,右备容臭,烨然若神人",而宋濂"缊袍敝衣处其间",很多人遇到这样的情况或许就会自惭形秽了,而他却能"略无慕艳意",竟然没有丝毫的羡慕。为什么呢?他自己揭示了原因:"以中有足乐者,不知口体之奉不若人。"因为他的内心有足够使自己快乐的事情,那就是崇高的精神追求,对知识和真理的渴望,让他注意不到自己的吃穿不如别人了。君子处患难而不忧,当宴游而剔虑;遇权豪而不惧,对茕独而惊心。

## 【贰】做一个精神富足的人

一个精神富足的人,很少会空虚到要用物质上的享受再去满足自己,这也就是君子"不戚戚于贫贱,不汲汲于富贵"的原因吧。

俗语有言:"吃得苦中苦,方为人上人。"虽然也强调要在患难中隐忍,但多少带有功利的目的,也就是想成为"人上人",这也是对功名利禄的追求。而中国传统知识分子除了对"道"的追求,更多的是对骨气的坚持。

曲意而使人喜,不若直躬而使人忌;无善而致人誉,不如无恶而致人毁。

一个人与其委屈自己的意愿去博取他人的欢心,还不如以刚正不阿、光明磊落的言行而遭受小人的忌恨;一个人根本没有善行而无缘无故地接受他人的赞美,还不如没有恶行劣迹而遭受小人的诽谤。当陶渊明不愿因五斗米而向乡里小儿折腰的时候,当他为饮食而"晨兴理荒秽,戴月荷锄归"的时候,当他看着南山下自己种的那片"草盛豆苗稀"的豆田时,我们读懂了中国传统知识分子内心的那份坚守。那里面有浓浓的菜根苦,但是也有一种坚守的洒脱。那份洒脱在陶渊明"既醉而退,曾不吝情去留"时摇晃的身影中,也在那"环堵萧然,不避风日"的茅舍中,更在他"采菊东篱下,悠然见南山"时的眼神中。《菜根谭》中短短的一句话，仿佛把整个中国历史上有血性有骨气的知识分子的形象全都囊括其中了。那里面有他们面对名利与骨气丝毫不犹豫的取舍，也有面对不符实的褒扬时坚定拒绝的态度。

菜根的苦味早已从口中渐渐融化入心里了，并将伴随有志有德有骨气的人一辈子。困顿时要记得这苦，因这苦中也有甜；富贵后仍要记得这苦，因为这苦中有道义。我想，这苦该让所有人都尝一尝吧。

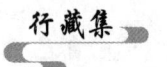

# 岁月本长　忙者自促
——《菜根谭》的慢生活智慧

如果用一个字来概括现代社会的特征，"快"应该是最好的答案了。交通，快。古时要以月甚至年来计算的路程，现在往往只需数小时便可到达。交流，快。书信渐渐淡出人们的视线，电话、网络在近几年的发展就会让人惊叹信息交流的迅捷，过去实物传递所依赖的邮递现在也被快递所取代。人们不断追求高速度、高效率，每个人都在快步走路，快速用餐，高速工作，作为摩登时代这部大机器上的一个零件，慢，是会很快就被淘汰的。

然而问题很快就暴露出来了，空虚、浮躁、无聊、荒谬、非理性等种种弊病在现代人身上越来越明显地体现出来了。精神疾患似乎在侵扰着每一个曾高歌赞颂时代进步的人。在灯红酒绿纸醉金迷的喧嚣中，人们心力交瘁。忙里偷闲的节假日里，便一窝蜂地涌向所谓的山水田园里，体会摩肩接踵的自我催眠式的放松。在与自然进行短暂的隔靴搔痒式的亲密接触后，便又重返传送带，继续无休止的空虚、浮躁、无聊……一面疯狂地工作、加班、通宵，一面抱怨时间不够用，恨不得没有黑夜，不用睡觉。人们似乎早已经忘记如何让自己的心灵以一种缓慢的节奏去运转，去体会天、地、人之间最本真的沟通。

## 【壹】岁月长短、天地广狭皆取诸心

岁月本长，而忙者自促；天地本宽，而卑者自隘；风花雪月本闲，而劳攘者自冗。

自然界的岁月本来很长,可是那些奔波劳碌的人,却觉得时间很短促;自然界的天地本来很宽广辽阔,可是那些心胸狭隘的人,却把自己局限在小圈子里。春花秋月本来是供人欣赏调剂身心的,可是那些奔波劳碌的人,却认为是一种多余无益的东西。

岁月长短、天地广狭,皆取决于心。在奔波忙碌中,眼睛也会失去审美的热情;在急功近利中,耳朵也会失去倾听的能力。人们都羡慕能奔赴一次说走就走的旅行,然而即便果真具备了所有条件,对于那些不肯为心灵松绑的人来说,也很难迈出第一步。

## 【贰】复归自然方能随遇而安

峨冠大带之士,一旦睹轻蓑小笠飘飘然逸也,未必不动其咨嗟;长筵广席之豪,一旦遇疏帘净几悠悠焉净也,未必不增其绻恋。人奈何驱以火牛,诱以风马,而不思自适其性哉?

一个身穿蟒袍玉带的达官贵人,一旦看到身穿蓑衣、头戴斗笠的平民百姓,飘飘然一派安逸的样子,难免会发出一种羡慕的感叹;一个经常奔忙于交际应酬,饮宴奢侈、居所富丽的豪门显贵,一旦遇到窗明几净、悠闲自在、安然宁静的环境,心中不由得会产生一种恬淡自适的感觉,这时也难免要有一种留恋不忍离去的情怀。高官厚禄与富贵荣华既然并不足贵,世人为什么还要费尽心机,放纵欲望,追逐富贵呢?为什么不设法去过那种悠然自适、而能早日恢复本来天性的生活呢?

五柳先生的那种"久在樊笼里,复得返自然"的随性和洒脱,并不是所有人都能做到的。在取舍之间,人们比对、权衡,最终还是放弃。想要求全,就难免尽失。在古代文人雅士的书画作品中,山野田园题材备受追捧,即使皇帝也不能免俗,清宫廷画师郎世宁就为雍正皇帝画过一组《雍正行乐图》,其中有一幅雍正皇帝扮作山野村夫闲情垂钓的画作很受雍正喜爱,体现了雍正对世俗田园生活的向往。当然了,对于生在皇室贵为天子的雍正来说,永远也无法实现那种愿望,但由此可见,

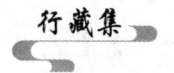

那种简单质朴的生活，是值得所有人去追求的。

其实一个人内心果真能做到平和自适，是否身居山野并不重要，关键是能够知足。不被功名利禄的追求所累，顺应自然，随遇而安。

## 【叁】慢生活里有智慧

*都来眼前事，知足者仙境，不知足者凡境；总出世上因，善用者生机，不善用者杀机。*

对现实生活环境中的事物能感到满足的人，就会享受神仙一般的快乐；感到不知足的人，就摆脱不了庸俗的困境。总括世上万般事物的原因，假如能善于运用，就处处充满生机；不善运用，就处处充满危机。

物质本是维持人生活的一种基本条件，可它的地位总是被人在心里逐渐放大。譬如鱼翅这种东西，据说可以滋补身体，如果能够吃到，固然是好的，但是如果你认为没有它就不行，那就是错的了。古人说，"得之我幸，失之我命"就是一种面对得失的坦然态度。更何况，一旦过分追求物欲，就难免"以心为形役"，何处得来自由呢？

*藜口苋肠者，多冰清玉洁；衮衣玉食者，甘婢膝奴颜。盖志以淡泊明，而节从肥甘丧矣。*

能过着粗茶淡饭的生活的人，他们的操守多半像冰一样清纯、玉一样纯洁；而讲究穿着华美饮食奢侈的人，他们多半甘愿做出卑躬屈膝的奴才面孔。因为一个人的志向要在清心寡欲的状态下才能表现出来，而一个人的节操都是从贪图物质享受中丧失殆尽。

据说，石榴有两种：花石榴和果石榴。花石榴开千瓣之花，却结不出粒米之实；果石榴以寥寥数瓣的花朵，却孕育出甘甜的浆汁。其实，人生的道路上铺满鲜花反而会耽误行程，若索性简单一些，或许会采摘到更大的果实。

让生活慢下来，让心简单下来；欲望少一点，快乐多一点。

# 藜口苋肠菜根香
## ——《菜根谭》的疏食之乐

很多人看到《菜根谭》的书名都会认为这是一本菜谱,可能大家只看到了"菜"而没看到"菜根"。菜还可以分荤素,而菜根恐怕连菜都算不上了吧。书中当然没有讲菜根的烹制方法,作者洪应明的用意全在"咬得菜根,百事可做"这句话上。能克制口腹之欲,去吃那苦涩难咽的菜根,一定是可以成大事之人。

这让我想起了那篇《范仲淹食粥》:

范仲淹家贫,就学于南都书舍,日煮粥一釜,经夜遂凝,以刀划为四块,早晚取其二,断齑(音jī,腌菜或酱菜)数茎啖之。留守有子同学,归告其父,馈以佳肴。范仲淹置之,既而悉败矣,留守自诒曰:"大人闻汝清苦,遗以食物,何为不食?"范仲淹曰:"非不感厚意,盖食粥安已久,今遽享盛馔,后日岂能复啖此粥乎!"

由俭入奢易,由奢入俭难,范仲淹太明白这个道理了。一时的口腹之享容易滋长欲望,唯有那粗薄的咸菜和清白的粥可以使人一直保持清醒。后来范仲淹成了大政治家、大文学家,于是"断齑划粥"便也成了美谈。

如果说因生活艰苦而食素是迫不得已,那么面前有肥甘之物时的食素便多半带有一种精神内省的意味了。这是一种主动的选择,甚至带有点神圣性,因为斋戒的时候也是食素,那是对神的一种尊敬,将身心洁净方能静心思考,与神灵沟通。在中国传统文化流脉了数千年过后,素食文化逐渐被丰富,有时会成为一种姿态、一种价值取向甚至是道德上的一种操守。

行藏集

## 【壹】疏食亦有乐

子曰:"饭疏食,饮水,曲肱而枕之,乐亦在其中矣。"

——《论语·述而第七》

孔夫子的这种蔬食之乐,来自一个人对大道和天命的深切体悟。不为欲望控制,恬然安乐;不受外物诱惑,随遇而安。在夫子的生活里,时时鸢飞鱼跃,充满了进取与收获的欢乐;处处鸟语花香,感受到充实饱满的生命喜悦。所以,在他的眼里,美酒佳肴并不是真正的美味,真正的美味是清淡平和。不故作惊人之语,不热衷功名富贵,言语行动平常至极,一如田间地头的老翁。他的精神,时刻徜徉在"仁"的崇高境界里,能感受到别人无从体认的快乐。

《菜根谭》中,也有这样悠然自得的句子:"知足者,藜羹旨于膏粱,布袍暖于狐貂,编民不让王公。"

一个自知满足的人,即使吃粗食野菜,也比吃山珍海味还要香甜;穿粗布棉袍,也比穿狐袄貂裘还要温暖。这种人虽然身为平民,但实际上比王公还要高贵。其实一个人的高贵气质并不是用外物包装出来的,而是在精神上由内而外散发出来的高度自信、自足。一个精神萎靡卑贱之人,用越多的奢侈品就越会显现出其精神的低微。

## 【贰】冲淡方真味

藜口苋肠者,多冰清玉洁;衮衣玉食者,甘婢膝奴颜。盖志以淡泊明,而节从肥甘丧矣。

——《菜根谭》

## 卷一·见自己

一个人的志向要在清心寡欲的状态下才能表现出来，而一个人的节操都是从贪图物质享受中丧失殆尽的。粗食简居多君子，衣冠禽兽少淡然。很多人吃遍了山珍海味换来的除了膏粱厚味损毁的肌体，还有就是内心无比的空虚，所以回过头来反倒想去吃一吃粗粮咸菜了。其实《菜根谭》早就告诉我们了："只是寻常家饭、素位风光，才是个安乐窝巢。"简单的饭菜和家人吃就会最香，简陋的屋舍和家人住在一起就会最暖。回归家庭的人，内心就会少一点浮躁之气。

醲肥辛甘非真味，真味只是淡；神奇卓异非至人，至人只是常。

美酒佳肴都不是真正的美味，真正的美味只有那粗茶淡饭；才智卓绝超凡绝俗的人，都不算人间真正的伟人，真正的伟人恰恰是那些看起来平凡无奇的人。其实这就是我们常说的"平平淡淡才是真"吧。我们不妨遥想人类的先民是在怎样的一种机缘下于茫茫四野中与这样一种植物相遇，又是怎样将其放入口中咀嚼，它的汁液又是怎样唤醒先民的味蕾，然后转化成生命的能量，一旦这样去想，我们怎能不感恩自然的馈赠？怎能不爱那蔬菜中的生命之味呢？

生活很简单，幸福也来得很容易，只是很多人沉迷在物欲中不自知罢了。如青菜般简单地生活，不是如佛家般脱离红尘，置身事外；也不是如庄子般主张"绝圣弃智，擢乱六律"，而是以一种淡然的心境宽待生活，在"风烟俱净，天山共色"的悠然襟怀中，体会"天凉好个秋"的情怀。到那时，你会感谢那如菜根般的生活之味，同样也是冲淡平和的至真之味。

行藏集

# 养德寡欲　自爱自全
——《呻吟语》中的养生之道

　　嘉靖四十二年（1563年），明世宗、穆宗先后逝世，张居正赋役制度改革由盛转衰，宁夏之役和朝鲜之役相继发生，诚可谓多事之秋。吕坤这一年28岁，作为心怀家国天下的传统知识分子，此情此景无疑让他痛心疾首。虽则未及而立之年，然经历过丧父失母，为官清廉有异政，学问渊博有奇文的人生蜕变，他开始有意识地沉淀自己，随得随录地创作一本名为《呻吟语》的书，此后的三十年，他的呻吟之语不断地闪现出哲理的火花，对衰落政治、社会风气的痛疾也如惊雷般不断回响。在此书原序中他写道："呻吟，病声也，呻吟语，病时疾痛语也。"何病也？借其在《忧危疏》中的话来概括即为："当天下之势，乱象已形，而乱机未动。天下之人，乱心已辨，而乱人未倡厥。"当时天下，表面安定，但乱象丛生，人心亦乱，社会病入膏肓。他说这呻吟之声是为"医己"，但我们都明白，他想医的是天下。

　　这部语录体文集，行文灵活，或长或短，形随意移；儒为根底，兼采众慧，亦庄亦谐；寓言性、文学性、趣味性、哲理性强，语言"简重真切"。全书凡六卷，共十七篇。前三卷为内篇，分为性命、存心、伦理、谈道、修身、问学、应务、养生；后三卷为外篇，分为天地、世运、圣贤、品藻、治道、人情、物理、广喻、辞章。涉猎广泛，体悟性强。反映出作者对社会、政治、世情的体验，对真理的不懈求索。同时也表现了他权变、实用、融通诸家的思想。现在我撷取《养生篇》中的章句，与诸君分享《呻吟语》中的养生思想。

## 卷一·见自己

## 【壹】养生法多　养德第一

今之养生者，饵药、服气、避险、辞难、慎时、寡欲，诚要法也。嵇康善养生，而其死也却在所虑之外。乃知养德尤养生之第一要也。德在我，而蹈白刃以死，何害其为养生哉？

当今很多人一提起养生来往往滔滔不绝、头头是道，打开朋友圈也看到很多人都在分享养生的"妙方"。其实归结起来也无外乎有服药食疗、避险辞难、四时谨慎、清心寡欲等方法。诚然，这些方法确实可以让人延年益寿，对养生来说都是十分重要的。养生固然是为了长寿，但却不是因为贪生怕死，而是为了追求人生的完善。

"竹林七贤"之一的嵇康擅长养生之道，经常亲自采集上好的药材制作药食服用。他对养生的理论也很精通，著有《养生论》。然而他生逢乱世，却并不一味地追求保全性命之道。他娶了曹操的曾孙女为妻，曾任中散大夫，司马昭为了夺权，曾拉拢他，让他做官，他却不肯投靠，还写了《与山巨源绝交书》，斥责朋友山涛依附权贵，与司马昭结下仇隙，被处死刑。临刑前弹奏的《广陵散》成为千古绝响，而他的从容赴死更是让我们见证了什么叫气节。像嵇康那样为了美好的德操而甘愿就死，又哪会违背养生的道理呢？如果违背了道义，苟活于世，又与死了有何分别呢？

## 【贰】非不爱美　惧祸之及

天地间之祸人者，莫如多；令人易多者，莫如美。美味令人多食，美色令人多欲，美声令人多听，美物令人多贪，美官令人多求，美室令人多居，美田令人多置，美寝令人多逸，美言令人多入，美事令人多恋，美景令人多留，美趣令人多思，皆祸媒也。不美则不令人多。不多则不令人败。

人性贪婪，喜欢多多益善，却不知多虑伤神，多欲伤身，"多"往往是养生的大害。老子说过，"五色令人目盲，五音令人耳聋，五味令人口爽，驰骋畋猎令人心发狂，难得之货令人行妨。是以圣人，为腹不为目，故去彼取此。"养心之要，正在于淡泊寡欲。人之所以喜欢多，正因为东西美，所以不能勘破"美"这一关，就不可以谈养生之道。老子曰："天下皆知美之为美，斯恶矣。"

我们每个人在生活中总喜欢做"加法"，殊不知，"减法"更为重要。减去不必要的欲望，或许幸福和快乐就会同时而至。下面一章就说明了这个问题。

## 【叁】仁者能泄　智者知泄

夫水遏之，乃所以多之；泄之，乃反以竭之。惟仁者能泄，惟智者能泄。

人的欲望，就像水一样，越是去遏制它，它的力量就越是强大。所以对待欲望，应该像大禹治水一样，要去疏导，而不是去遏制。遏制欲望，只能使欲望最终像洪水泛滥；疏导欲望，才可以使它由多到少，逐渐枯竭。疏导不是纵欲，应该培养高尚的情操，高雅的趣味，以心灵的充实来代替物质的欲求。仁者爱人，能够为了别人而牺牲自己的欲求；智者明理，知道欲望的危害。向仁者和智者看齐，可以学到养生的道理。

当我们漫步在心灵的百花园里，请不要被那些缤纷的欲望之花迷住了双眼，那一时的绚烂怎比得上天高云淡、万里无边的德之草原呢？

## 吾心空明　大道自至
——与《传习录》的不期而遇（上）

《传习录》是明代哲学家，世称"阳明先生"的王守仁的语录和论学书信合集。"传习"二字出自《论语》中的"传不习乎"一语。此书包含了王阳明的主要哲学思想，一直以来都是研究其思想及心学发展的重要资料。即便不研究哲学，读一读智者之言会令人大为获益。翻开《传习录》，于字里行间处，你会看到一位四百多年前的智者站在当时思想的巅峰，俯视愚钝的众生，以超拔的精神境界布泽于天下。

坦诚而言，《传习录》不是特别好读，因为它本身比较艰涩。虽版本众多，无奈注释都做得不是特别好。其实这也可以理解，因为本身哲学著作就很难翻译，很多哲学术语只可意会，硬要翻译便折损了其表意的力度。然《传习录》又是好读的，关键在于人心。对于我这样的普通读者，不抱着研究的目的，只是单纯地想在阅读中达到一种与先贤的思想不期而遇之目的，往往却能收到意外的收获。

与阳明先生在书中相遇是一种奇妙的体验。你会感觉到他步步紧逼，将一个又一个问题抛给你，使人不容仓促而读，必得缓缓释卷，寂然凝虑，将于书中所得慢慢消化，然后再望着智者的背影匆匆赶上去。

心学，顾名思义，尤其强调心灵的力量。这一点我在阅读中深有感触。阳明先生将人的主观意识的力量看得无比强大，这对我们这些自小便接受了唯物主义教育的人来说，要想理解，就必须将原有的观念清除掉。因为只有内心空明了，才能容纳更多的东西。在传习录中便有这么两句话：

　　虚灵不昧，众理具而万事出。
　　心外无理，心外无事。

当心达到"纯是天理""虚灵不昧"的状态，也就是非常安宁、专一、虚静的时候，就能体察、发现到各种事物的道理及规律，而万事也由此而生，因此得出了"心外无理，心外无事"的结论。

想达到这样一种精神境界，我们必须先打败一个敌人，那就是"自我"。它包括我们所有陈旧的、固定的、格式化的、刻板的思维、印象等知识结构。当你想创新的时候，这个"自我"总会跑出来捣乱，告诉你那样行不通，是错误的。而阳明先生的心学强调的是一种独特的心灵模式，他要我们追求心灵的自由，排除杂念，完全沉浸、陶醉和专注于当下的所做的事中，倾心用整个身心解决现在的问题，而不是纠缠于"自我"的问题。

这是多么振聋发聩的至理名言啊！人往往而寻道，殊不知大道不言，大道自在，而世人诸多苦恼皆因不能使其心空明，杂念纷多，以致道不亲近。在我们现实社会中，有那么多的创新活动，都需要一种心灵高度宁静的状态。可以说，在任何领域内，要取得具有创造性的发现，这种能够忘记时空与自我、摆脱外界环境干扰的能力也是十分关键的。

这让我想到作家林清玄的一篇名为《生命的接榫》的散文。文中提到现代家具工匠对古代工匠的敬佩最主要的就是古代工匠的心境要比现代工匠的高超。古代工匠在工作时能够进入一种更为专注的状态，所以才能做出那么多令现代人叹为观止的作品来。如果我们能进入一种"丧失自我"的完全虚静状态，我们的身心内会发生一些奇特的变化。现代的脑科学、心理学及生理学认为，人的潜意识里蕴藏着巨大的潜能，但由于被各种消极心态、消极信息所形成的"自我"压抑着，这些潜能在平时不能显现。一旦到了某种特别的状态，人的心理处于特定的状态下，压抑潜意识的消极因素解除了，内在的无穷潜能便能激发出来。所以，在处理一个当前问题或做一件事时，最好的方式就是整个身心全部投入进去，忘记"自我"，以全部的心力去探究其本质，在问题本身之中去发掘内在联系，这样心性内在的巨大力量，将会帮助我们在问题之中按照其固有规律找出答案。

在大家都看重物质利益的社会中，人生价值往往被换算成金钱价值。为了追求物欲，为了感官上的刺激与享受，而忽略了认识自我，忽略了心灵智慧的开发的享受。殊不知，心灵智慧的开发，也有利于我们解决人生中的现实问题。

在现实生活中，身陷困境之时，很多人会觉得这是上天对自己不公平，其实我们更应该反躬自问一下：我做每一件事时，是不是还牵挂着许多其他事情？我真正做到尽心尽力了吗？我的心灵有没有在自己所做的事业上？这就是阳明先生所说的"练心"了，看似最易，实则太难。因为人是多欲的动物，很容易为欲望所左右，王阳明曰"破山中贼易，破心中贼难"，正是此意啊！

# 我心阳明　轻快洒脱
## ——与《传习录》的不期而遇（下）

浮躁、嘈杂、喧嚣、郁闷、孤独……这一连串的词语都可以成为都市的代名词，或者说是现代文明的后遗症。作为现代人的我们，每个人心里都有一个地方是大门紧闭，牢锁重重的。那里面藏着我们不想说的、不能说的一些事，就是这些事，让我们活得不轻松、不自在、不洒脱。

山林、田园、明月、清风、溪流……这一连串的词语似乎可以成为洒脱的代名词。它们代表着的是自然中最美好的那一部分，是能让我们的心温暖起来，让我们的身体轻盈起来的力量。然而，在现在这个世界上，如果你的心已经被劳役了，即使归隐山林或许你也无法洒脱。因为只有心灵的自由才是真正的自由。

## 【壹】让内心抵达平和

阅读《传习录》是一个很舒畅的过程。就犹如一条清澈的溪流悄悄地、静静地流入心田，将内心的嘈杂和纷扰都驱赶出去，只剩下宁静祥和。很多人把阳明先生看作高山，而我更愿意将其比作幽谷，越亲近他越能觉出其思想的深不可测。在阅读的过程中，年轻的思想和古老的智慧相遇，一道道平日里悬而未解的疑问竟然早就被先生识破，然后只言片语将其化解。虽不似禅宗讲究的当头棒喝，却也能让人在久久的感悟中越发觉得其精妙所在。先生的学说绝不是只有研究哲学的人才能觉察出其价值，而是像我这样的贩夫走卒都可以取而用之。其实先生早就说过"满大街都是圣人"，意思很明了，闻道并无门槛，大学教授和街道小贩在领悟一件事情的道理时或许都是一样的。

其实我们现代人很多时候都在反复思考同一个问题,那就是"怎样才能真正快乐"。

怎样能让我们的内心达到一种平和和安宁。而这个问题,恰恰就是关乎"心"的学问。

吾辈用功,只求日减,不求日增。减得一分人欲,便是复得一分天理,何等轻快洒脱,何等简易!

阳明先生只用两句话就解决了上面的那个问题。如果我们想要探求到天地间的大道理,只需要做到每天减少就行了,而不是每天增加。减少一分欲望,能使我们的内心获得平和安乐的"天理"(其实也就是我们今天所说的道德准则)就会增多一分,那将会是多么的轻快洒脱,多么的简单自在!仔细想想,这是多么简单又是多么颠扑不破的真理啊!人作为动物,存在着许许多多的生理上的本能欲望,这是为了保证生存所必须满足的,也是无可厚非的。但是也有一些欲望是可有可无的,比如我们居住需要房子,可是过分地装饰它一定是必要的吗?人如果一直被种种可有可无的欲望束缚着,那么身心永远无法自由,永远无法获得真正的快乐。

## 【贰】追求内心的安乐

民国国文课本上有这样一幅画,画上有字,写着"三只牛吃草,一只羊也吃草,一只羊不吃草,他看着花"。很多人不明白其中的意思,放到这里恰巧可以解释上面的问题。三只牛和一只羊他们都在吃草,也就是说他们都被本能欲望束缚着,因为吃草是本能欲望的体现,而花对羊来说本来是毫无用处的,因为不能吃。但那只羊为什么要看呢?他在审美。因为审美就是主体对客体(自然和社会)的一种无功利的、形象的和情感的关系状态。人只有在审美的时候才是完全自由的。比如赏月,虽不能使人获得温饱,却让人愉悦,那种愉悦的状态其实就是人一直所追求的内心的安乐平和。

然而是不是我们天天看花赏月就可以了呢？当然也不是。我们仍然需要工作，但在工作中我们也可以换一种方法，从而获得相对的平和状态。

"人须在事上磨，方立得住，方能静亦定，动亦定。"

不要抱怨自己对有些事总是看不明白，总是犯傻，阅历不够。在事上磨，经历多了，看得多了，自然什么事情都能平和处之了，正所谓"静亦定，动亦定"。这里的"静"和"动"指的是外在环境的变化，而"定"才是我们内心应该时刻保持的一种平和状态。

世界对个人的影响很多时候其实就是个人对自己的影响。世界在你心里的投影可以是彩色的，也可以是黑白的，完全取决于你的内心。阳明先生告诉我们，"心外无理"，如果你在为自己活得不快乐而抱怨的时候，还是反观你的内心吧。阳明心学其实融合了儒道释三家的思想，所以有时和禅宗也是相通的。在结尾处，我就引用宋朝禅僧无门慧开的一首诗来送给大家吧，希望大家都能以平常心处事，获得内心真正的自由。

春有百花秋有月，夏有凉风冬有雪。
若无闲事挂心头，便是人间好时节。

## 俗中求雅 在俗超俗
——《闲情偶寄》中的雅致生活

《闲情偶寄》往往作为一部戏曲理论著作被人熟知,正如作者清代李渔是作为戏剧家被人熟知一样。但在这部内容较为驳杂的著作当中,从亭台楼阁、庭院门窗的布局,到花卉种植、家具陈设;从女子的修容体态、服饰到饮食颐养,都表现了作者广泛的艺术领悟和无限的生活乐趣,从中我们可以窥见中国传统文人对雅致生活的理解。且让我们从居室、器玩和种植这三方面来领略一番个中之清雅。

### 【居室】虽由人作 宛若自然

"人之不能无屋,犹体之不能无衣",居室作为人的安身立命之物,它的舒适美观也是一门艺术。而人之财力有异,对于居室的审美能否有一个统一的标准呢?"贵精不贵丽,贵新奇大雅,不贵纤巧烂漫",这是李渔给出的答案。

李渔首先重视构建庭院住宅,须因地制宜,高下错落,以达到"虽由人作,宛若自然"之境界。如庭院的空间处理原则:"房舍忌似平原,须有高下之势","径莫便于捷,而又莫妙于迂";窗栏则"以明透为先,栏杆以玲珑为主,然此皆属第二义;居首重者,止在一字之坚,坚而后论工拙……总其大纲,则有二语:宜简不宜繁,宜自然不宜雕斫(《闲情偶寄》居室部'窗栏第二')。"

如何装饰居室,李渔同样见解独到。《园治》卷三就提到数十种门窗式样,窗子绝非只为透气,透过它可以望到一个新境界,使人获得美的享受,即所谓窗子的"借景"作用。如李渔所描述的,坐在湖舫式便面窗前,"两岸之湖光山色,寺观浮屠,云烟竹树,以及往来之樵人牧竖,醉翁游女,连人带马,尽入便面之中,作我天然图画。"通过普通窗子的改制即可达到一种审美实现,获得人景相合的境界,不亦妙哉!

李渔还善用山石、花草,变市井为陶情冶性的自然山林,从而收到咫尺山林、以少总多之效。在所居之地搭建山石,如同诗人作诗一样以审美的方式抒发主体性灵,在审美中享受。所谓"仁者乐山,智者乐水"即是如此,虽在俗而又超俗,力将生活雅化,这是李渔生活艺术思想的实质。而通过对花草的选择及装饰,居室环境可以随季节变化呈现不同特色。李渔的"芥子园""半亩园"其中的一花一木,一树一石,一山一水都符合天理和情趣。

## 【器具】变俗为雅  点铁成金

人无贵贱,家无贫富,饮食器皿为生活所需。李渔尚简朴,追求"朴"而"精",善将俗物雅化,有种朴雅之味,如果"朴"而"粗"则有鄙俗之气。所以李渔认为避俗求雅关键在于巧用心思,施以人工,而不在器物之贵贱。他说:"至入寒俭之家,睹彼以柴为扉,以瓮作牖;大有黄虞三代之风,而又怪其纯用自然,不加区画。如瓮可为牖也,取瓮之碎裂者联之,使大小相错,则同一瓮也,而有哥窑冰裂之纹矣;柴可为扉也,取柴之入画者为之,使疏密中窾,则同一扉也,而有农户儒门之别矣。人谓变俗为雅,犹之点铁成金……(《闲情偶寄》器玩部'制度第一')。"由粗而精,由"农户"为"儒门",亦即变粗俗为文雅。所以"粗用之物,制度果精,入于王侯之家,亦可同平玩好"通过主体的自觉创造,赋予平凡的客体以美。

器皿即得,则讲位置,李渔提出了两个标准:忌排偶,以避矫揉造作;贵活变,眼界关乎心境,人欲活泼其心,先宜活泼其眼。这也体现李渔与一般雅士的重要区别:不是单纯的欣赏客体之美,而重视俭与奢、主动改造与被动接受之异。

## 【种植】花木有道　善感可得

李渔谓花为"媚人之物",欣赏花木,不止于形色,亦可唤起生活情趣之联想。如李渔谓"是根也者,万物短长之数也,欲丰其得,先固其根,吾于老农老圃之事,而得养生处世之方焉。人能虑后计长,事事求为木本,则见雨露不喜,而睹霜雪不惊……"(《闲情偶寄》种植部"木本第一")由花木之根想到人之根本,进而能摆脱世俗纷扰获得一种平和的处世方式。再如梧桐之"树有树之年,人即纪人之年,树小而人与之小,树大而人随之大,观树即所以观身。《易》曰:'观我生进退'(《闲情偶寄》种植部"竹木第五")。"可见花木之有道,善感可得之。

花卉具有陶冶作用,能使人免于俗。如芭蕉者,"幽斋但有隙地,即宜种蕉。蕉能韵人而免于俗,与竹同功……坐其下者,男女皆入画图。"(《闲情偶寄》种植部"草本第三")若至黄昏入暮时分,细雨悄至,一杯茗茶在握,合眼品味雨打芭蕉之声,亦是人生一大享受。如竹者,"树欲成荫,非十年不可……惟竹不然,移入庭中,即成高树,能令俗人之舍,不转盼而成高士之庐。神哉此君,真医国手也。"(《闲情偶寄》种植部"竹木第五")有高洁之竹相伴,人的品位情操也得到了提高。

从生活环境到生活方式,李渔都力求营造一种清雅的文化气息和生活情趣。这是中国传统美学积淀在人心的结果。以"儒雅"的人生情趣和"风雅"的人格素养去面对生活时,世俗生活与精神世界便开始了沟通。他的雅致生活实践对我们的启示是:提高自身审美修养,培养自己高雅的审美情趣具有独特的、审美的眼光,我们就可以诗意地栖居在大地上。

# 香芽嫩茶清心骨
# 洗尽古今人不倦
——浸润在茶汤中的修行

苏东坡曾给我们描述了一个动人的故事：冬雪初霁的夜晚，诗人熟睡之时，一位美貌女子翩然入梦。她箸雪烹茗予诗人品，并以婉转歌声佐饮。诗人便于梦中写下回文诗。待得好梦初醒，却只记得一句"乱点余花唾碧衫"，于是将其续成两首完整的诗。

自古以来，茶，这神奇的东方树叶，带给世人多少舒朗与清雅的感悟。无论是在"野泉烟火白云间"的清幽之境，去"坐饮香茶爱此山"；还是在"半壁山房待明月"之时，以"一瓯清茗酬知音"；抑或是"待到春风二三月，石炉敲火试新茶"，享受一份内心的喜悦，都让人不禁感激造化，能将这份超然的味觉与心灵体验赐予众生。仿佛品茶的"品"字更多的指向人的心境，味道倒在其次了。好茶难得，而好的茶悟更加难得。世间少有之佳茗配以稀世珍贵之茶器，如若心内粗鄙浮躁，一样是焚琴煮鹤。茶最懂得修行之道，烹煮之火急不得，啜饮回甘更急不得，唯有自在悠然，茶方能把最真的一面展现给你。独饮有独饮之自在，同品有同品之畅怀。无论溪谷青崖与茅屋野店，还是市井之中和高楼大厦，有茶的地方就是道场。

然而适当的环境确实能为茶事锦上添花，使人回味不绝。就闲适与清净的氛围来讲，总可捏成五境，供爱茶之人品玩。

## 卷一·见自己

### 【壹】蕉窗夜雨

蕉窗夜雨自古是件雅事。时令入秋，天气渐寒，偏偏小雨又淅淅沥沥下个不停，夜色中雨打芭蕉之声声声敲击着不眠人的心，使人难免有"流光容易把人抛，红了樱桃，绿了芭蕉"之叹。此时喝茶，往往是一人独啜，品茗听雨，任思绪纷飞。感伤时光如水，时急时缓，急似夜雨如织，缓似茶汤入喉。如此，品茶的心境与秋夜的清幽才能最大展现。故会有"风淅淅，夜雨连云黑。雨滴滴，窗下芭蕉灯下客"或是"独坐窗前听风雨，雨打芭蕉声声泣"，乃至"冷暖眉间消岁月，清曲罢，几人听"之叹。明人张源在《茶录》中说，"饮茶以客少为贵，众则喧，喧则雅趣乏矣。独啜曰幽，二客曰胜，三四曰趣，五六曰泛，七八曰施。"想来此夜之中的独啜，怕是到了幽的极致了吧。

如此冷夜，如若少了茶的陪伴，不知会少了几多文人之叹！茶，是最温和的伴侣，引人遐思却也给人抚慰。

### 【贰】寒夜客来

"寒夜客来茶当酒，竹炉汤沸火初红。"南宋诗人杜耒为我们描绘了一个太过温馨喜悦的画面：苍山日暮、天寒地冻的冬夜，故人不期而至，主人于是铲雪融水、引火煮茶。老屋之外积雪压枝，天上繁星朗月，梅花疏影横斜；老屋之内竹炉内松炭星火，炉上釜内茶汤翻滚，暗香浮动，茶已更换几次，亦不觉无味，二人竟畅一夕之谈。人的一生如若能多几回如此温暖的相遇，方不负于此红尘路上走一遭。我等凡人被抛入这劫波之中，要经历生、老、病、死、求不得、怨憎会、爱别离、求不得、五蕴炽盛这八苦，却为何总能于困厄中挣扎出一条路，让自己满怀希望地活下去呢？我想就是因为这世上有太多的温暖与美好的相遇值得我们留恋。

在日本的茶坛，也流传着一个类似的传说。一个大雪纷飞的清晨，日本茶道宗师千利休披着蓑衣突然造访了日本茶道薮内家流派的始祖薮内绍智。千利休穿过露地，脱掉蓑衣，绍智迎了出来，利休从右边的袖子中取出一个暖身用的暖炉，无言地递给了绍智。绍智左手接过暖炉，同时又从右边的袖子中拿出一个一模一样的暖炉，无言地递给了千利休。如之前所讲，二客曰胜，千利休和薮内绍智的这个传说，可谓此景的一个极致写照。

此外，《茶解》也如此说，"山堂夜坐，汲泉煮茗，至水火相战，如听松涛，倾泻入杯，云光潋滟，此时幽趣，难言矣！"诸如梅花初雪、雪峰梅梦、围炉煮茗、访友初归等景也有同工之妙。

## 【叁】石松听泉

石松听泉泛指寄情于山水之间的情趣，尤以清爽夏日为佳。自古也不乏于山水之间，在松竹下，临近溪水，拾柴烹茶的文人雅士。试想，新茶才出，或是三五好友，或是只身一人，亲自拾柴烹茶，取山泉活水，其水清寒甘洌，与新茶之鲜相得益彰，更兼山间之美景为茶味增色。其喜乐与闲适不言而喻。固有，"寒涧挹泉供试墨，堕巢篝火吹煎茶"，"茶香高山云雾质，水甜幽泉霜当魂"之趣味。茶从自然中来，过分华美之境是与茶的品格格格不入的。极端的例子当然要数丰臣秀吉的黄金茶室了，那是不懂茶之人，茶道之精髓自然会对他敬而远之。

## 【肆】小院闲坐

小院闲坐，可独啜，也可三五好友，但不宜过多，否则小院的闲适则破坏了。此时，最好是初秋季节，天朗气清，秋叶初黄，却也不至于太冷，疏篱内菊花盛开，引一二好友，撑一张木桌，品茗闲谈。或是春季清明过了，和风日暖，窗外垂杨千万缕，正是莺莺燕燕之时，品茗之余，细赏春日。恰如唐皎然与陆羽饮茶的"落日平台上，春风啜茗时"。

## 【伍】山寺焚香

自古，"茶禅一味"。山寺往往环境清幽，有好茶，更不乏懂茶之人。"天下名山僧占多"，山寺往往多居名山幽处，风景独好。而天下名山往往盛产好茶，僧人诵经之余在山坡种茶，既可自饮清修又可奉客，"山僧后搪茶数丛，春来映竹抽新茸"讲的就是这个意思。而往往寺僧又多讲究，制茶功夫自然不凡，"玉蕊一枪称绝品，僧家造法极功夫"正是此意。

如刘禹锡《西山兰若试茶歌》所云："幽期山寺远，纤扳石泉清。寂寂燃灯农，相思一些声。"踩着布满青苔的青石板小路，路边或松或竹，风吹来沙沙之声。你独身到寺庙寻茶问道，同寺内高僧谈会儿，也会多沾些佛门的清净之气。如能得高僧亲自烹茶，即使寺庙破旧却也无妨，只因茶香幽幽，满室生香，而所言内容，令人醍醐灌顶，会心一笑，也是人生乐事了。一杯茶在手，人缘、茶缘、善缘、法缘、佛缘尽在其中。

上述五境，于今日观之越来越变得可遇而不可求了，所以与其苛求外在的环境，不如先营造好内心的环境。品茶是品茶人心的回归，心的歇息，心的享受，心的澡雪。因此，准备一个最佳的心境，方能真正体味到品茶的真谛，获得精神上的享受。试想，一壶茶中的一片茶叶是不重要的，取出一片茶叶，一壶茶还是一壶茶；可是这一片茶叶又是最重要的，因为每一滴茶汤都有这一片茶的甘香。一壶好茶，是每一片茶叶共同创造的净土。说珍惜世界，先学习在社会这壶茶里，做一片茶叶！当我们这样想时，喝茶时就特别能品出其中的清香。

茶等的是一个懂它的人，人等的是一杯倾心的茶，你若愿等，茶不负你。

行藏集

# 静里乾坤大　闭门即深山
——《小窗幽记》中的归隐之心

杜鹃声起："不如归去，不如归去……"一旦心生归意，鸟雀啼啭入耳也似催促之音了。归隐，仿佛自古便生长在中国人的灵魂里，每当世况迫人违背本心之时便耀武扬威地站出来呼唤着人们向青山翠林走去。筑一间茅舍，置两亩薄田；听风望月，看山品岚；远离污秽俗世，忘却钩心斗角，好不清净自在！也就难怪五柳先生在归隐途中一派"舟遥遥以轻飏，风飘飘而吹衣"的潇洒畅快之态了。作为一部涵养心性的经典之作，《小窗幽记》之中也不乏宣扬出世之语，但它的高明之处在于告诉我们：想要不以心为形役，不一定非要归隐山林。净土并不难觅，心若净时，处处净土。

## 【壹】异士身影何处寻

归隐并非逃避，只为了寻得内心之自在恬静。印象中的那些超凡脱俗之人将浮名虚利视若草芥，超然物外，洞察仙机却深藏不露。但真正高格之隐居并非只远离世俗生活便罢了，而是身在山林却心系众生，正如范文正公所言："居庙堂之高则忧其民，处江湖之远则忧其君。"异士不是只顾于深山中享个人之宁静，而是如阳光般燃烧自己，照亮芸芸众生的前路。

然而归隐非要选择山泽未免过于形式化了。《小窗幽记》认为："山泽未必有异士，异士未必在山泽。"山泽只不过是安放自己那片云水之心的去处，一个人只要心无挂碍、远离颠倒梦想，肉身处于何所又能如何呢？正如孔子盛赞的颜回，"一箪食，一瓢饮，居陋巷，人不堪其忧，回不改其乐也"。《小窗幽记》就像一个巴掌，一下子扇在了伪君子的脸上。一个人腹内满是蝇营狗苟的算计，哪怕登上云台仙山恐怕也还是彻头彻尾的俗子。还有人想归隐，却又放不下对物欲的渴望，无法澄明内心，总是推说机缘未足。须知"人生待足何时足？未老得闲始是闲"。真正放达之人是说放下就能放下的："达人撒手悬崖，俗子沉身苦海。"

异士身影在何处呢？他们固然也有生活于世俗喧嚣之外与山林清泉为伴的，但更多的则是在市井窄巷之间，只是我们没有察觉罢了。他们在反省自己生命的同时，也为众生的生命反省，他们不但以智慧解决自己的问题，也为众生排忧解难，他们是众生的精神标杆和寄托。

## 【贰】云水之心向何寄

但要修得云水之心，谈何容易？身处"烦恼之场，何种不有"，然果能"以法眼照之，悉音蝎蹈空花"。人有万千烦恼，让人痛不欲生。但当我们拨开层层乌云以佛家的智慧法眼去看那些烦恼，却都像蝎子趴在虚幻的花上，蝎子对虚幻的花能有什么伤害呢？只要做到心无万物，又把万物容于心中，我们便可无牵无挂，无欲无求了，更不用说什么烦恼了。要修得法眼必先心怀宽厚。

天薄我福，吾厚吾德以迓之；天劳我形，吾逸吾心以补之；天厄我遇，吾亨吾道以通之。

上天给予人幸福的同时必给予苦厄加以试探，无论何种苦厄，只要常存厚德、宽宥之心，则天能奈我何？

然后还要心怀淡泊。太多贪婪和心机会束缚本心的流露，只有恬淡畅适，无为而为，才会满怀情趣。

人有一字不识，而多诗意；一偈不参，而多禅意；一勺不濡，而多酒意；一石不晓，而多画意。淡宕故也。

有人目不识丁却富有诗意，一句佛偈都不懂却有禅意，滴酒不沾却满怀酒趣，一块石头也不观赏却满眼画意，这就是淡泊无拘束之缘故。沉溺于功利之心，便会拘泥于某种形式。尘心过于执着，即使满腹经纶、才高八斗，也毫无诗意；即使在菩提树下，也会毫无禅意。

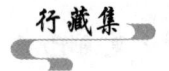

## 【叁】静中乾坤绝尘想

　　一个放弃了世俗追逐执念的人,外人看来他错失了很多,殊不知其实他赢得了一整个世界。这是一个自足的精神世界,它孕育于静的怀抱。

　　茅帘外,忽闻犬吠鸡鸣,恍如云中世界;竹窗下,唯有蝉吟鹊噪,方知静里乾坤。

　　听啊,简单的几声犬吠鸟鸣、蝉吟鹊噪包孕着一片自由畅乐的天地。意到心随,才能境随人意。内心感觉到了几分宁静,才能真正领悟到静的神韵。"蝉噪林愈静,鸟鸣山更幽",静从来不是死气沉沉的代名词。万籁俱寂中那几只虫儿的浅吟低唱,才更显得静中妙趣无限。我们不妨也在闲暇之余,收敛心绪,听雨滴弹奏窗户的妙趣,或择一春日,选一处无人的小山登高,闻那濡湿了鼻子的花香,我们同样会慢慢领悟到:世间万物的许多美丽来自幽静,在它的衬托下,才更显声音给人带来的乐趣,同时,也更能让我们看清自己:

　　听静夜之钟声,唤醒梦中之梦;观澄潭之月影,窥见身外之身。

　　浮生若梦,何时是梦醒时分,何时又昏睡而去,谁也无法说清。世界广大邈远得像一个谜。夜阑人静时,静听划破长空的钟声,你会感到生命中一切悲喜都不过是梦中之梦,一朝梦醒,万物皆逝,又何苦执着不忍舍弃呢?佛说肉身之外还有一个自在的自我,只有在无心无欲之时,才会见到佛性与本体。当明月将自己身影投于潭水中时,你会看到身外真我的存在,无论钟声还是明月,都是宁静时分我们最好的知音。

　　说到这里,临窗幽记的那份文人的畅适我们也就能理解了。心在深山即可,并非一定要身在深山,只要我们学会把握自己的时空变幻,便会体悟到"闭门即深山"的道理。既然处处是深山乐土,又何须关起门、锁住心呢?

卷一·见自己

# 尘嚣何足道　归路在尔心
——探寻归隐的心路

　　一个朋友曾跟我讲过一次颇具浪漫色彩的经历。有一次他去青海一个十分偏僻的地方，汽车抛锚了，手机也没有了信号，目之所见，全无人烟，一片荒野。司机满头大汗地修车，他实在无聊，一个人在黄昏时分行走，漫无目的。断了与外界的联系，什么都可以想，什么都可以不想，忽然感觉时间在这里停止了。此时他忽然看见，天与地相接的地方，落日将整个天地漂染成一个玫瑰色的梦境，他在一瞬间惊得目瞪口呆。他讲述的时候我看向他的眼睛，那里满蕴着憧憬和生命的光辉。

　　这样的经历常常让我想起陶渊明在采菊之时一个悠然转身后所看见的南山。生命中总有那么多的不期而遇仿佛能让人在一瞬间顿悟宇宙天地间那至诚至真的道理。这种道理往往不能喻之于怀，却能使人生命中的某一个部分得以完成。尘嚣和山林，仕宦和渔樵，华厦和陋室，归结起来是两种完全不同的生命状态，让古今多少人艰难地徘徊着。所以当子规啼叫了，到人的耳朵里却成了一句恳切的劝告——"不如归去"。

　　人的根在自然之中，现代人离自然越来越远，所以病也越来越多。除了肌体上的，更严重的是心灵上的。很多人拼命工作无非为了财富，可财富到手反倒更加空虚，这又是为何？还有人厌倦了名利争斗，渴望归隐山林，我告诉他："你果真厌倦了，现在就可以去啊。"可他却说："等我攒够了钱，就在山中买个别墅归隐起来。归隐也是需要有一定基础的。"听到这里，我知道他真的误解归隐了。让我们跟随古代名士的脚步，去探寻那萦绕在古今人们心中的归隐之路。

## 【壹】君子行藏　正气清扬

《论语·述而》中有这样一句:"用之则行,舍之则藏。"是说君子得到重用就出仕做官,辅佐君王治国;不被重用就退隐。很多人认为这是孔夫子在无奈的情况下采取的消极做法。实际上这是大大的误解。君子出仕的前提是用人者与君子的价值取向一样,一定要是符合道义的。反之,不被重用就是道不同则不相为谋。你认同我的价值观,我就会为人谋而忠于事;不认同或是与我相悖,我就退隐起来继续完善自己的人格,等待认同我的人出现。姜太公垂钓就是典型的例子。屈原的"进不入以离尤兮,退将复修吾初服"也是这个道理,我以直言进谏你却不认同甚至诽谤我,那我就退隐起来继续修养我高尚的品性。君子者,一行一藏之间皆体现着对自我道德信条的坚守。

## 【贰】伯夷叔齐　采薇守志

提到固守节操并退隐山林的故事,不得不提到伯夷、叔齐。他们的故事除了归隐,还有中国文人的挨饿传统。

伯夷、叔齐是商末孤竹君的两个儿子。相传其父遗命要立次子叔齐为继承人。孤竹君死后,叔齐让位给伯夷,伯夷不受,叔齐也不愿登位,先后都逃到周国。周武王伐纣,二人扣马谏阻。武王灭商后,他们耻食周粟,采薇而食,饿死于首阳山。二人所作的《采薇歌》更是常常被人唱起:

　　登彼西山兮,采其薇矣。
　　以暴易暴兮,不知其非矣。
　　神农虞夏,忽焉没兮。吾适安归矣。
　　吁嗟徂兮,命之衰矣。

(登上西山啊,采摘薇菜。残暴代替残暴啊,不知谁是谁非。神农、舜和禹都已经消逝啊，我们将依靠谁？去哪里啊去哪里？生命就这样衰微！）

每个人活在世上都不是一件容易的事，但每个人都有一份坚守。只是这种坚守也有格调高下之分。以利为利者的坚守是利，所以为了这种坚守他们可以放弃尊严、道德、正义等最起码的价值信条。而以义为利者的坚守是义，为了这份坚守他们可以放弃富贵、荣辱甚至生命。前者遭人唾弃，后者受人尊敬。

归隐，要归于内心的操守。

## 【叁】忘路远近　豁然桃源

提到归隐之乐，人们肯定立马会想起陶渊明。我一直一厢情愿地认为"陶然"这个惬意的词汇就是"像陶渊明一样"的意思。他的诗篇用语太过素朴、简洁，却蕴含着无穷无尽的稚拙的伟大力量。

他曾一度处在出仕与归隐的矛盾之中。因其家族原本即是仕宦大家，而他出生时已经没落了，他的出仕可以说是背负着重振家业的厚望。但他始终都是不快乐的，否则他也不会把官场比作樊笼。使他归去的导火索于今看来也颇为可笑：上级领导来视察，别人告诉他要穿正装、扎上腰带迎接。这本是完全正常的要求啊，难不成你品性高洁就不能向上级行礼了？可他却立马火了，放下一句"吾不能为五斗米折腰，拳拳事乡里小人邪"就解印归去了。其实他不快乐太久了，此时只不过是找个借口离开罢了。

他的归隐不是因为国家灭亡，也不是因为受到诬陷诽谤，只是不快乐。当别人汲汲于富贵，争相跳入官场的时候，他却鄙夷地说自己是"误落尘网中"。只有山水田园才是自己真正的归属。世人所苦苦追寻的很多东西在他这里都被忘得一干二净，于是我想起了那篇美得惊心动魄的《桃花源记》。

那个武陵人是在一种什么样的情境下发现桃花源的呢？"缘溪行，

忘路之远近。忽逢桃花林……"和我朋友的经历一样，都是在一个茫然无措的时候。忘了自己走了多久、多远，忘了自己与尘嚣的万般牵挂，此时自然才会将最美的一面展现给你。而后面的"便舍船，从口入"更重要，你一定要放下一些东西才能得到更多的东西。当他出来之后"处处志之"，此中有了太多机巧的成分，结果必然是"遂迷，不复得路"。

当我们心中有了太多负累和执着的时候，眼睛就会蒙蔽，你会看不见你最初的梦想，看不见身边人的关爱，看不见习以为常的珍贵。这也就解释了为什么很多人大病一场不能工作了，或是事业进入低谷一蹶不振了，才会突然想起去捡拾生活中那些平凡的美好。

归隐，要归于忘机的陶然之境。

## 【肆】闭门深山　心安净土

《小窗幽记》说："山泽未必有异士，异士未必在山泽。"我那位攒钱要在山中买别墅的朋友即使买了别墅进入山中，也成不了异士，心也静不下来。在意居所的质量，就说明他还是没有放下名利荣辱。"淡泊之守，须从浓艳场中试来；镇定之操，还向纷纭境上勘过。"

我们现代人不必真的都去山林中隐居，但是内心的田园是一定要有的，且要耕耘不辍。当你想要逃离这个尘世的时候，先反省自己是否事事都做到了心安，是否有做违心之事。如果心安了，就可以"结庐在人境，而无车马喧"；如果心平了，就可以"闭门即深山"；须知心安之处皆为净土，何必去寻求那世外桃源呢？

## 若无悠然　何见高山
——陶渊明小传

陶渊明,字元亮,刘裕篡晋建宋后更名潜,自号五柳先生。他的生年有七八种说法,本文取"七十六岁说",即生于公元351年(晋穆帝永和八年),卒于公元427年(即宋文帝元嘉四年),这在其《自祭文》和颜延之的诔文中都可以得到印证。卒后至交好友颜延之在《陶征君诔》中给了他一个"靖节"的谥号,故世称"靖节先生"。他出生在庐山脚下的柴桑县(今江西九江市),是东晋末期南朝宋初期的诗人、辞赋家、散文家。

### 【壹】家道衰落有猛志

陶渊明出身于破落仕宦家庭。曾祖父陶侃,是东晋开国元勋,军功显著,官至大司马,都封长沙郡公。但到了渊明出生时,家道已经衰落,加之九岁丧父,只能与母妹三人勉强度日。从他在《赠长沙公》的序言里说的"昭穆既远,已为路人"可以看出他家和继承了陶侃爵位、比较显赫富裕的同族人早已没有往来。

孤儿寡母,多在外祖父孟嘉家里生活。孟嘉是当时名士,"行不苟合,年无夸矜,未尝有喜愠之容。好酣酒,逾多不乱;至于忘怀得意,旁若无人"。(《晋故征西大将军长史孟府君传》)渊明"存心处世,颇多追仿其外祖辈者"。(逯钦立语)日后,他的个性、修养,都很有外祖父的遗风。外祖父家里藏书多,给他提供了阅读古籍和了解历史的条件,在学者以《庄》《老》为宗而黜《六经》的两晋时代,他不仅像一般的士大夫那样学了《老子》《庄子》，而且还学了儒家的《六经》和文、史以及神话之类的"异书"，他自言"少年罕人事，游好在六经（《饮酒》）"。但同望族子弟不同的是，陶渊明不可能"两耳不闻窗外事，一心只读圣贤书"，为了生活，他不得不边干农活边读书，其自言"畴昔苦长饥，投耒去学仕"（《饮酒·十九》）。时代思潮和家庭环境的影响，使他接受了儒家和道家两种不同的思想，培养了"猛志逸四海"和"性本爱丘山"的两种不同的志趣。

## 【贰】男儿有志济苍生

在《饮酒》《杂诗》等诗歌中，陶渊明曾道"少年罕人事，游好在六经"，"猛志逸四海，骞翮思远翥"，"少时壮且厉，抚剑独行游"，表明了他并非一开始就有出世的想法。他出生于世代官宦的家庭，又是元勋之后，也曾期望在仕途中有所进取，在政治上有所作为。但他所处的东晋末年时局动荡：宗室内部的斗争，军阀对政权的野心，不断引起血腥的杀戮乃至激烈的火拼。这种社会动乱不仅给人民带来灾难，同时在社会上层也造成严重的不安感。这使陶渊明的政治雄心不得不有所消减。另外，在这种权力争夺之中，一切卑污血腥的阴谋，无不打着崇高道义的幌子，这使秉性真淳的陶渊明也难以忍受。从晋孝武帝太元十八年，二十九岁的陶渊明第一次出来做官，到四十二岁挂冠归田共十三年。这期间，陶渊明一直处于"出世"与"入世"的矛盾斗争中，这在他的诗中多有体现。在《辛丑岁七月赴假还江陵夜行涂口》等诗中，他叹道："如何舍此去，遥遥至西荆"，"日月掷人去，有志不获骋。"诗中蕴藉着诗人太多的失望和悲慨，可以看出诗人也曾为是否归田有过痛苦的徘徊和犹豫，但终究"爱丘山"的夙愿压倒了"逸四海"的猛志，他终于找到了他最终的路——归隐田园。所以说，他的归隐是社会现实使然，是他的思想与社会现实无法调和的结果。

## 【叁】采菊东篱香满山

陶渊明辞官归里，与同他志同道合的夫人翟氏过起了真正的田园生活。"夫耕于前，妻锄于后"，农活虽苦，但诗人自乐。从诗中可以看出，归田之初，他的生活尚可："方宅十余亩，草屋八九间，榆柳荫后檐，桃李罗堂前。"（《归园田居·其一》）渊明爱菊，宅边遍植菊花。"采菊东篱下，悠然见南山"（《饮酒》）的诗句至今脍炙人口。他性嗜酒，饮必醉。朋友来访，无论贵贱，只要家中有酒，必与同饮。他先醉，便对客人说："我醉欲眠卿可去。"如此率性洒脱，甚为可爱。义熙四年，在他四十四岁时，一场无情的大火吞噬了他的家园。全家只能寄居在船上，靠亲朋好友接济过活。如逢丰收，还可以"欢会酌春酒，摘我园中蔬"。如遇灾年，则"夏日抱长饥，寒夜列被眠"。

义熙末年，有一个老农清晨叩门，带酒与他同饮，劝他出仕："褴褛屋檐下，未足为高栖。一世皆尚同，愿君汨其泥。"他回答："深感老父言，禀气寡所谐。纡辔诚可学，违己讵非迷？且共欢此饮，吾驾不可回。"（《饮酒》）用"和而不同"的语气，谢绝了老农的劝告。他的晚年，生活愈来愈贫困。有的朋友主动送钱周济他，有时，他也不免上门请求借贷。

他的老朋友颜延之，于刘宋少帝景平元年（423年）任始安郡太守，经过浔阳，每天都到他家饮酒。临走时，留下两万钱，他全部送到酒家，陆续饮酒。不过，他的求贷或接受周济，是有原则的。宋文帝元嘉元年（424年），江州刺史檀道济亲自到他家访问。这时，他又病又饿好多天，起不了床。檀道济劝他："贤者在世，天下无道则隐，有道则至。今子生文明之世，奈何自苦如此？"他说："潜也何敢望贤，志不及也。"檀道济馈以粱肉，被他挥而去之。他辞官回乡二十二年一直过着贫困的田园生活，而固穷守节的志趣，老而益坚。元嘉四年（427年），诗人贫病交加，在神志还清醒的时候，他写下了《挽歌诗》三首，在其二中，他对死后可以"鼓腹无所思"的幻想读来让人心酸。但在第三首诗中末两句说"死去何所道，托体同山阿"，表明他对死亡看得那样平淡自然。

公元427年，陶渊明走完了他的生命历程，被安葬在南山脚下的陶家墓地中，就在今天江西省柴桑区和庐山市交界处的面阳山脚下。如今陶渊明的墓保存完好，墓碑由一大二小共三块碑石组成，正中楷书"晋徵士陶公靖节先生之墓"，左刻墓志，右刻《归去来兮辞》，是清朝乾隆元年陶姓子孙所立。

终其一生，陶渊明都在出世与入世的矛盾中挣扎，让很多人扼腕的是他终于遂了"爱丘山"之愿后，却一直在与贫病抗争。但如果我们只看到生活上的窘迫而忽略了精神上的自由就是没有真正读懂陶渊明。比起那些"以心为形役"的人，陶渊明的心灵永远是最自由高贵的。每当想起他，我们仿佛都能闻到那从千百年前飘来的菊花之香，又仿佛看到他在采完菊花之后悠然抬头看见南山时的身影。那是他留给后人永远的告诫：若无悠然，何见高山！

# 卷二·见天地

　　天地不恒常，况乎人事？人心向背难测，唯其明月不负人。天地大道，自在不言。把心放空，万物方能进来。到那时，天也悠然，地也悠然，万物恬然。

# 拂袖名利场　纵浪大化中
——庄子的理想人生

我一直在脑中描画庄子的形象：先是衣着，须有补丁；穿着芒鞋，须有绳结。是的，他是个标准的穷人。面容身形自然十分清瘦，因其家常便饭即为挨饿。最难的是眼睛，可装载峰峦大海，亦可聚焦蟪蛄蜗角。那是一双冷眼，冷对的是世人热衷执着的种种；他有一副热肠，热对的是大化之中一个个大命题。他的眉眼之间总带着一抹狡黠的笑，远远伫立荒天蔓草间，看着尘世中人们的种种争辩。你最好不要走近和他打招呼，因为他很可能一句话不说就背过身去，游向江湖迷蒙处了。

## 【壹】诗性乡野

庄子终其一生也没有涉足都市，仅有的做官履历也止于漆园小吏，后来只好以打草鞋为生。他不是不能做官，而是把乡野作为坚守的对象。他所栖居的世界是热闹的，那里有抟扶摇九万里的大鹏，也有只在榆树和草窠间随便飞飞的蜩与学鸠，有怒气冲冲挡车的螳螂，有自得其乐的斥鷃，有在河中喝得肚皮溜圆的鼹鼠，有快乐地在浅井中享受生活的青蛙……所以他是不寂寞的。只要在自然之中，他就有讲不完的故事、看不完的风景。他一会儿在濮水上泛舟垂钓，一会儿倚在树下缅怀旧事，一会儿又在土屋前闲坐；今天安坐家中洋洋洒洒地记录着他的思想，明天跑到树林里去和那些鸟兽虫鱼交谈，后天就又在人们的传说里飘然悠游去了。他太丰富，太浪漫，太抒情，太不拘一格，或者说，有时他太出格。他使万物都具备了感动人心的诗性，他使鬼魂、神灵以及种种动物、植物甚至土偶桃梗都主动对我们说话。他在蔑视与摒弃这个世界时，又使这个世界如此的生机勃勃，意趣盎然，充满诗性光辉！

当其他的那些"子"们四处推销自己的治国方案之时，他却把主动"提携"他的人拒之千里。楚王派人请他辅佐之时，他正在濮水上垂钓，眼神专注地定格在水面之上闲逸的浮子，只幽幽地讲了一个故事就委婉地拒绝了。飞黄腾达远不及弋尾于涂的野田之龟。他故事的主角总是那些不起眼的生灵：梦中翩然飞来的蝴蝶、快活地相忘于江湖的游鱼、涸辙之中的鲋鱼，只有他最懂它们。惠施说："子非鱼，焉知鱼之乐？"而庄子也在迷惑：到底是他变成了它们，还是它们变成了自己。在监河侯委婉地拒绝他借粮的请求之时，他就是那只鲋鱼；在梦中迷蒙不清之时，他就是那只蝴蝶；当惠施去世他去祭奠之时，他多希望自己从未认识这位老朋友，多希望原本两人就是相忘于江湖的两尾游鱼。

## 【贰】挨饿哲学

世人有时觉得他自讨苦吃，是的，他虽不如孔孟煊赫与实惠，却也其乐无穷。这种心境实是人类心灵的花朵，永远在乡村野外幽芳独放，一尘不染，诱引着厌倦城市生活的人们。孔子面对食物尚有所讲究，"食不厌精，脍不厌细"，庄子却总在与饥饿抗争。但比起肌体的饥饿，他更怕的是精神的不自由。《外篇·马蹄》中谈到没有经过驯化的马经伯乐"饥之，渴之，驰之，骤之，整之，齐之，前有橛饰之患，而后有鞭筴之威，而马之死者已过半矣"，最终剩下的马虽能吃饱，却变得言听计从，动作整齐划一。伯乐的训练让马符合人类的要求了，可马的本性就是为了合乎人的要求吗？同理，人的本性就是为了迎合社会的某种需要吗？

我们从混沌中被抛到这个尘世，如颗颗顽石从山上滚落河中，不断冲刷，变得圆滑。我们把这个过程叫成长，把圆润的性格叫成熟。很多人苦于此，却不得已而为之。害怕面对的是生活质量的粗糙，但本性质拙的砍削就不可怕吗?若说人类能生存发展皆因善假于物,但当为外物所累,以心为形役之时,异化的后果就真的是我们最初的期待吗?为什么人们总感到不快乐,其中一个重要的原因就是我们缺乏宽阔的心胸与眼界。庄子为我们揭示了一种看待世界的方式:

  以道观之,物无贵贱;以物观之,自贵而相贱;以俗观之,贵贱不在己。以差观之,因其所大而大之,则万物莫不大;因其所小而小之,则万物莫不小。

——《庄子·秋水》

  从天地大道来看,万物平等,皆为造化之宠儿。从物质层面看,人常会因为物质的贫乏和富有而相互轻贱。从世俗的眼光看,痛苦就更多了,因为在世俗中你无法把握自己,是被社会的标准牵着走。从庄子的立场看,人当以"道"的眼光看世界,把自己放在客观而又自适的位置,方能培养出积极的生活心态。《庄子·山木》对庄子的洒脱有过这样的记载:

  庄子衣大布而补之,正逢系履而过魏王。魏王曰:"何先生之惫邪?"庄子曰:"贫也,非惫也。士有道德不能行,惫也;衣弊履穿,贫也,非惫也,此所谓非遭时也。王独不见夫腾猿乎?其得楠梓豫章也,揽蔓其枝而王长其间,虽羿、蓬蒙不能眄睨也。及其得柘棘枳枸之间也,危行侧视,振动悼栗,此筋骨非有加急而不柔也,处势不便,未足以逞其能也。"

  挨饿之事根本不能入先生之心,大道不行才是他心恒念之之事,这,才是最高的境界。

## 【叁】冷热之辩

  我们对庄子最熟悉的表情是冷眼,对象往往是权贵或重名利之人。面对天下苍生,他却怀着一副滚烫的热肠。庄子的魅力在于他的激情与超脱,两者竟能奇迹般熔铸于一。论超脱,无人能像庄子般冷观、藐视一切并嗤之以鼻。当是时,他站在世界对面打量着这个庞大丰富的对手,当他终于发现这个世界微不足道如草芥，虚张声势如小丑，他转身就走，深愧来到这里，只有他憔悴的身影仍在人间伶仃而孤傲。

庄子是先秦诸子中唯一不对帝王说话而对我们这些平常人说话的人。当别人都在对着诸侯不厌其烦地说着如何"治人"的时候、庄子转过身来，恳切而激动地告诉我们如何自救与解脱、如何在一片混乱中保持心灵的安宁与清净，如何在丑恶世界中保持住内心的自尊自爱，不为时势左右而无所适从，丧失本性，以及如何在"无逃乎天地之间"的险恶中"游刃有余"地养生，以尽天年。

他继承了老子"小国寡民"的思想，为我们描绘过他心目中理想社会的图景："民结绳而用之，甘其食，美其服，乐其俗，安其居，邻国相望，鸡狗之音相闻，民至老死不相往来。如此之时，则至治已。"生活丰衣足食、其乐融融，人际关系简单而质朴，没有现代的机械化，没有等级制度，人们靠勤劳的双手遵循自然之道生活，恬然自适。今天我们进入新的时代，工业化、信息化、城市化进程都在迅速进行，人际关系异常复杂，通讯更加快捷，多样的生存观、价值观再次引起人们深思。然而当你停下脚步、反观初心，你会发现庄先生那抹狡黠的笑就在你的心上滚烫地灼烧着。

# 凭窗幽念　万物恬然
## ——与《小窗幽记》相遇

《小窗幽记》又名《醉古堂剑扫》，属格言警句类小品文，明代陈继儒撰。主要阐明涵养心性及处世之道，表现了淡泊名利、乐处山林的陶然超脱之情，文字清雅，格调超拔，论事析理，独中肯綮，为明代清言的代表作之一。作者工书善画，与董其昌齐名，其文今日读来，颇有风致，清赏美文外，于处世修身，砥砺操守或有启发。此书与《菜根谭》《围炉夜话》并称为中国修身养性的三大奇书，从问世以来一直备受推崇，对我们感悟中国文化、修养心性都有不小助益。

初读书名，心便恬然。斗室小窗，幽然洞开，清风明月、日光树影，穿行自如。幽坐窗前，揽卷闲读，心内恬然，万物亦然。如果说《菜根谭》和《围炉夜话》如同阅历颇丰之前辈端坐堂中规劝世人，苦口婆心，《小窗幽记》更似世外高人斜倚老树娓娓道来，清雅脱俗。与传统儒家经典劝人积极入世不同，书中所言又融合了道家和佛家指导人在自然之中寻得内心平和、体悟自然之道的思想，真正体现了儒释道三家合一。

## 【壹】向天地自然问道

世间万象，纷扰人心。天地虽宽，而人心有时狭窄得难容芥蒂。这一宽一狭之别、人心之间之隔，似一双不速之手，时时扰乱人的心弦。人心不堪其扰，难免发出处世艰难之叹：

观世态之极幻，则浮云转有常情；咀世味之昏空，则流水翻多浓旨。

天上浮云游走，似奔马，似群羊，似高山，似游丝；一切显得那么纯真自在。清澈泉水流淌，纤弱婉转，时而低吟，时而高亢，一路东去。自然界的变化都是这样明明白白、毫无掩饰地展现在我们面前，但人世间的变幻却常令人无法捉摸。"旧时王谢堂前燕，飞入寻常百姓家。""阁中帝子今何在？槛外长江空自流。"纵然身披蟒袍，金玉满堂，最后也难免荒草没冢。人间悲欢离合接踵而至，循环不息，让人难以把持情绪。世态变幻莫测，天地万物何时生、何时灭使人捉摸不透，而沧海桑田之变化更是奇妙若幻影。但当我们看到空中飘动的浮云时，却让人似乎可以找出其变化的常情："变"才是常情，"空"才是真旨。这世界唯一不变的就是时刻都在变化。即使在浪花的流转中也蕴藏了无尽的旨趣，令人兴味颇浓。德诚禅师的《船居》说得好：

千尺丝纶直下垂，一波才动万波随。

夜静水寒鱼不食，满船空载月明归。

船虽空，心已满。当物欲横流，人心难安之时，能填满人心的，或许只有那一船明月了。过多地计较得失，最后只会落得将大好韶光轻抛，心内悠然消耗。既然如此，人为什么要对终将逝去的东西那样执着呢？要知道，放下才是得到。

## 【贰】笑对生活的理由

明霞可爱，瞬眼而辄空；流水堪听，过耳而不恋。人能以明霞视美色，则业障自轻；人能以流水听弦歌，则性灵何害？

自然美景往往美艳绝伦，但大美之景也往往在倏然之间。譬如天边明丽的云霞，幽谷之中的流水之音，看过、听过便不必再留恋。如果我们能以此等襟怀看待世间美色，那么贪恋美色的恶念自然会减轻。如果能以听流水的心情来听弦音歌唱，那么弦歌对我们的性灵又有什么危害呢？人可以平凡，但不能庸俗；人可以爱慕美色，但不能好淫；人可以张扬，但不能疯狂；人可以谦虚，但不能做作。美虽为人所喜，但审美应有距离，有分寸。正如周敦颐在《爱莲说》中所说：可远观而不可亵玩焉。

美好事物如能存留心间，已属难得，不应有更深的占有之心。贪心不足是痛苦的，得不到的东西拼命去追求，必会身心交瘁，无异作茧自缚。只有懂得放弃，才会让身心得到净化。蔚蓝天空，朵朵白云，婉转鸟鸣，潺潺流水，都能陶冶心性，皆为我们笑对生活的理由。

过多计较得失，终会落得将韶光轻抛，心内悠然消耗。那么就让我们到天地自然中去吧！万物皆有道，唯有纵浪大化中，方能不喜亦不悲。

## 【叁】真正的自我

*云烟影里见真身，始悟形骸为桎梏；禽鸟声中闻自性，方知情识是戈矛。*

在缥缈的云影烟雾中显现出真正的自我，才明白肉身原来是拘束人的东西；在鸟鸣声中听见了自然的本性，才知道感情和见识原来是攻击人的戈矛。六祖慧能说："菩提本无树，明镜亦非台，本来无一物，何处惹尘埃。"佛家认为色身是空幻虚无的，如梦幻泡影一般，看到云影烟雾，悟见肉身也如云烟一般易逝，明白生命实在不应为肉身所缚。人生只有如云烟般随心所欲、自由自在，方能悟出生命的本意。此中自由并不是放纵，而是因循自然之法的超脱。我们之所以感到生活疲惫、空虚乏味，皆因我们的心灵沉寂在荒凉的沙漠中，得不到一点水分的滋润。如果我们想让心灵快乐地感悟到生活的情趣，就要在平常的日子里找些自己分内的事情做，而不是毫无作为地让时光匆匆溜走。唯其如此，我们才会摆脱尘世间的爱恨情仇的拖累，让自己变得活泼开朗，乐观豁达。空闲时郊外走走，听鸟儿歌唱，看花开花谢，你必定会从大自然中获取诸多的感悟。知道了寂静衬托声音的美好，明白了人的本性之真纯，就不会再生出无谓的爱憎之情。

天地不恒常，况乎人事？人心向背难测，唯其明月不负人。天地大道，自在不言。把心放空，万物方能进来。到那时，天也悠然，地也悠然，万物恬然。

## 幽梦邀风月　山水逐影来
——品读《幽梦影》中的风物

翻开《幽梦影》，单看书名便觉清雅。再看作者，张潮。幽梦如潮自涌来，独留残影浸吾身。仿佛人生如梦也难说尽个中情味。章衣萍在读罢此书后赞叹此为一部"才子之书，亦大思想家之书也"。因才子方有性情，因思想家才情方不至于显得轻浮寡淡。很多人更觉得它是绝妙的奇书，是清新可爱的随笔。其实，它只不过真实地、多角度地展现了那个时代中国文人丰富的精神世界。

清顺治八年（1650年），张潮降生了。其字"山来"，号心斋，仲子，安徽歙县人。曾官至翰林院扎目，著作等身，一生可谓是"才子而富贵"。著名作品除《幽梦影》外还有《虞初新志》《花影词》《心斋聊复集》《奚囊寸锦》《心斋诗集》《饮中八仙令》《鹿葱花馆诗钞》等。他也是清代刻书家，曾刻印《檀几丛书》《昭代丛书》等。

《幽梦影》辑录了张潮自己的心情感悟和一众朋友聚会时的言论和讨论，内容包罗万象。林语堂在《幽梦影》的英文翻译中，分了五个类别：人生、品格、妇女与朋友、宇宙万物、读书与文学，大致可作粗览。它是张潮流传最广的著作，全书分上下两卷，218则妙语小品，涉及修身养性、为人处世、风花雪月、山水园林、读书论文、世态人情等诸多方面，张潮将自己独特的人生见解挥洒自如地抒发出来，或立言精警，使人思而有得；或含蓄蕴藉，令人回味无穷；或清新隽永，令人耳目一新；或情趣盎然，读来耐人寻味。其内容初看时多少会觉得有些文人吟风弄月的矫情，细细思量就会发现实则作者是着眼于以优雅的心胸和独到的眼光去发现并欣赏美好的事物。书中那些不失风度的冷嘲热讽，犹如中药里的"清凉散"，让人情不自禁心生共鸣，钦佩和赞许油然而起。

为《幽梦影》作序的石庞说，张潮此书"以风流为道学，寓教化于诙谐"，再恰切不过了。只要用心解读，就能从这些美妙绝伦的格言隽语中，获得人生的意趣、感悟和美好享受。

我们不妨试着撷取书中的那些风物，让审美的思绪随着作者的视角流转，一定会发现那山含情水含笑的清幽所在。

## 【壹】美在于相伴

艺花可以邀蝶，垒石可以邀云，栽松可以邀风，贮水可以邀萍，筑台可以邀月，种蕉可以邀雨，植柳可以邀蝉。

中国的园林建筑一直思索的一个命题就是"天人合一"。通过人为的建构、修饰，以期达到接近自然的状态。一个园林就是一个微缩的自然。花、石、松、水、台、蕉、柳皆可凭人力为之，然而蝶、云、风、萍、月、雨、蝉却很难轻易求得，一切都须机缘。但是大自然的奇妙之处就在于：只要你提供了一个合适的条件，剩下的就都可以交给自然去完成。作者的审美态度在这里表现出来了，他明白怎样的风景是好的，美，是将就不得的。

花不可以无蝶，山不可以无泉，石不可以无苔，水不可以无藻，乔木不可以无藤萝，人不可以无癖。

花因蝶的点染而更加娇艳，山因泉的潺湲而愈加灵秀且多了叮咚的乐音，石头因苔藓的生长变得有生命了，水因水藻的招摇更显柔美缱绻，乔木之上的藤萝一摇一晃间荣枯了几多年华。在相伴之中，美静静地发生。最后一点才是最关键的，人不可以无癖。当然，这是一种雅癖，因为有了善于发现美、思索美的癖好，人才变得精神富足，呼吸吐纳间尽是山水的灵秀。

张潮用的七个"邀"字也实在是妙甚。面对大自然，虔敬的心要有，亲近的心更不可少。这种口吻像极了做好一桌菜、温好一壶酒等待好友相聚的状态。你若盛开，清风自来。想来就是这种感觉吧？此等煞费苦心，只为营造出最近处的山水画意。

## 【贰】永恒的意象

中国古代的文人用一生去品悟山水的意境。"智者乐水,仁者乐山"的信条早就铭刻在心灵的深处。所以方有如下这番精妙的论断:

有地上之山水,有画上之山水,有梦中之山水,有胸中之山水。地上者妙在丘壑深邃,画上者妙在笔墨淋漓,梦中者妙在景象变幻,胸中者妙在位置自如。

姓张名潮字山来,或许山水就是他生命中永恒的意象吧。品味山水者,或观山明水秀,或叹山险浪高,归结到最后仍要回归到生命的本质:山不厌高,水不厌深。当这两种意象抽象成生命的体验时,胸中山水那种自由组合、随心所欲安置的状态就更显示出它的妙趣来。

此种山水就不局限于一时一地了,也不局限于具体的形态了。比如下面这一则就说明了这个道理:

善游山水者,无之而非山水:书史亦山水也,诗酒亦山水也,花月亦山水也。

此一则恰恰可以让我们更好地理解张潮胸中之山水意境。精神的游历无远弗届,喜欢游山水的人主要是得山水之精神,而把游览山水的形式放在其次,为了参悟出自然人生的大道理。书史、诗酒、花月,都有这样的内涵,从中都能感受到山水的精神,所以说这些事物也是山水。

天地间最为潇洒的人就是时空无法局限的人。或寂然凝虑,思接千载;或胸生层云,目穿寰宇。欲饮酒可邀明月,欲对弈可邀竹影。与天地一同呼吸,与山水一起思考。想想这样超然的人生却也真是可遇不可求的。或许我们无法拥有张潮那般富贵才子的生活,但是我们的精神却可以和他站在一起,以自然的眼观自然,以山水的胸襟拥抱山水,悠然,悠然,不只在梦中,就在我们每个人的心里。

## 斫心为绿绮　时时有清音
——《幽梦影》中听觉描摹的世界

写下这个题目的时候，突然想起多年前大家熟知的一则广告文案："没有声音，再好的戏也出不来。"如果我们把思维的触角伸展到原始社会，当黑夜降临，世间万物都隐匿在一片深沉的夜色中时，能让我们的先民感知这个世界的唯一方式恐怕就只有声音了。所以我们也就能够十分理解东坡居士夜半乘兴泛舟时所发出的那句感慨了："惟江上之清风，与山间之明月，耳得之而为声，目遇之而成色，取之无禁，用之不竭。"清风明月如果只有画面而缺少了声音，清雅自在之韵也会大打折扣了吧。像张潮这样一位极具风雅之心的文人才子，在面对万籁之时，又怎会无动于衷呢？所以才有了如下的机言妙语：

春听鸟声，夏听蝉声，秋听虫声，冬听雪声，白昼听棋声，月下听箫声，山中听松风声，水际听欸乃声。

我认为《幽梦影》一书的独到之处在于，作者将中华文化中自然世界和人文世界之间紧密的关系进行了凝练的高度概括。很多时候一种声音或许只有在那个独特的情境中才表现出其回味无穷的魅力。我们可能说不出是为什么，因为这是一种集体无意识，它是作为文化基因融入血脉中了，所以那种情境才会在历代文人墨客的笔下不自觉地流露出来。

杜甫在《绝句》中写道：

迟日江山丽，春风花草香。

泥融飞燕子，沙暖睡鸳鸯。

春和景明，令人欣喜。万物萌发，寂寞一个冬天的眼睛在感受春日的缤纷的同时，那从南方飞回的燕子也开始衔泥筑巢了，沙窝里的鸳鸯在享受着春光的温暖惬意地休憩。只是画面想想便觉温馨且极富生机，偏偏耳朵也不甘寂寞，将鸟声尽收耳中。春听鸟声，听的是生机。

时入盛夏，万物的成长进入鼎盛时期。夏日炎炎之时，再也没有比午睡惬意的了，如果有蝉不断鸣叫，本是特别烦躁的一件事。好在有"蝉噪林愈静，鸟鸣山更幽"（王籍《入若耶溪》）这一句，让人的思绪可以随蝉鸣飘入深林，绕树三匝，悠悠不断。心，仿佛也吹入了林间清风，竟清凉了许多。夏听蝉声，听的是幽静。

秋风萧瑟，木叶尽落。人的心难免也生出几多感叹，那一阵阵的虫鸣就会应景地响起，替人把内心的感慨与愁索唱出来。所以欧阳修在《虫鸣》中才会说："虫鸣催岁寒，唧唧机杼声。时节忽已换，壮心空自惊。"

秋虫鸣叫伴着户内夜织的机杼声，奏出的是一曲岁月更替的悲歌。纵使多么壮怀激烈，也很难不在岁时更替中空自伤怀。秋听虫声，听的是肃杀。

当一袭银装席卷天地，冬天轰轰烈烈地开拔而来。万物萧条，雪阻路难。世界仿佛在一个夜晚之后迅速地寂静下来。但是在善感的人耳中，冬天尤可听雪。

想象一下那"斜风闪灯影，讲雪打窗声"（《酬乐天小亭寒夜有怀》刘禹锡）该让很多人想念亲朋良友了吧？如果能在温暖的室内一边守在红泥小火炉旁，细呷着绿蚁新醅酒，一边看着晚来天欲雪，悠然地道出那句"能饮一杯无"，该是多么自在怡然啊！冬听雪声，听的是悠然。

可以让人品味的声音何止四时天籁？一昼一夜间，人为的声响也有百般意趣。

《唐语林》中留下的诗人李远的"青山不厌三杯酒，长日惟消一局棋"，这首残诗道出了多少文人雅士精神上的最高追求。功名利禄再高高得过青山吗？只消三杯酒入肠，再高的山又能怎样呢？漫漫长日百无聊赖，只消一局对弈，百转千回间，或许早已是烂柯之年。白昼间但能敲得数子，世间的争斗与计较，怎么还能惊扰内心的青山呢？白居易的《池上二绝》勾描的声色画面则更妙：

山僧对棋坐，局上竹阴清。
映竹无人见，时闻下子声。

究竟是棋如人生？还是人生本就是局棋？究竟是竹林掩映了人影，还是人本就是竹影？此中有真意，欲辩已忘言。

或许是杜牧的《寄扬州韩绰判官》写得太过妙绝，一想到月下的声音，立即想到的便是"二十四桥明月夜，玉人何处教吹箫"。如果不是这首诗，二十四桥这个桥名是无论如何也与风月沾不上边的。一切的一切只因为，那夜的月光很好，桥就在那里，月就在桥上，记忆中的、想象中的、缥缈中的、心中的箫声就那么响起了。王冕对箫声更是偏爱，在《竹斋集》中连着写了好多首关于箫的诗。与杜牧想起友人不同，他想到的是另一个更为超脱的世界——仙界。

"五云缥缈隔蓬莱，仙子吹箫月下回。"（《竹斋集五》）

"骑鹤归来城郭是，月明箫管起谁家？"（《竹斋集十二》）

把情思寄托仙界，也算是向往悠然自得的雅致生活的一种体现吧。

作为传统的知识分子，张潮自幼就生长在这样的文化氛围中，他的精神是被这样的文化滋养成熟的，所以对声音的审美才拿捏得那样精准到位。声音，要在合适的时间、合适的时机去听才是最佳的。所以他在后面紧接着说只有把这些声音都听过了，"方不虚此生耳"。当然，他也有讨厌的声音："若恶少斥辱，悍妻诟谇"，概括起来就是"不和谐"。如果听到这些声音，他恨恨地说："真不若耳聋也。"真是讨厌到了极点。

所以说，能够和谐我们内心的声音，就都是好声音。诸君何不斫心为琴，捻万籁为弦，让心灵的每一次跃动，都抚奏出最美的乐音。

行藏集

# 君子比德于玉
## ——探寻"玉德"文化

  它原本只是一颗硕石，最初与人类相遇时，人们只惊美于它的色泽与温润的触感。几千年来，它不知惊艳了多少双眼睛，温暖了多少双手。在人们的观赏、把玩中，它将其独特的德行沁入了人们的内心。它走过漫长的旅程，一直被人视若珍宝，但或许它想告诉人们的一如它未被雕琢前的那样质朴。玉，有德蕴其中，君子自比之。

  爱玉，是中华民族一贯的传统。自古以来，玉深受历代统治者和各阶层民众的钟爱。这种执着甚至痴迷的爱历经八千年风雨变迁而始终不改。但经历了历史和时代的变迁以后，中国人爱玉的侧重点已发生了很大的变化，现代人的眼光集中在玉的经济价值和审美价值上，古人则对玉的文化内涵给予更多的关注。

  在古代，"君子无故，玉不去身"，古代的君子之所以一定要佩玉，是因为玉不仅是大自然的精华，还具备君子一般的品德，所以古语有云："君子比德于玉焉。"德这东西太抽象，不好表现也无法描述。但是玉可以。玉有石的坚实，石无玉的通透；玉有石的刚劲，石无玉的温润；玉有石的质地，石无玉的细腻。玉的物质属性恰好和古人所推崇的德有许多相似的地方，所以以玉比德成为可能。佩戴、把玩，时时看得见、摸得着，便于随时随地躬省自身。那么，玉到底有哪些品德呢？让我们来一探究竟。

## 【壹】管仲率先总结玉德

在春秋时期以前，人们对玉的认识基本上只停留在感性层面，从春秋时期开始，古人对玉的认识逐渐走向理性，玉被赋予了丰富的文化内涵。历史上第一个对玉德进行系统论述的是春秋时期的政治家、思想家管仲。管仲是治国奇才，他辅佐齐桓公九合诸侯，一匡天下，著有《管子》一书。在《管子》中，他首次对玉德进行赞美，指出玉有九德。

管仲说，玉所以贵重，是因为它表现出九种品德，温润而有光泽，是它的"仁"；清澈而有纹理，是它的"知"；坚硬不屈，是它的"义"；棱角分明而不伤人，是它的"行"；鲜明而无污垢，是它的"洁"；可折而不可屈，是它的"勇"；缺点和优点都表现出来，是它的"精"；华美的光泽相互渗透而不互相侵犯，是它的"容"；敲击起来，其声音清扬远闻、纯而不乱，是它的"辞"。所以君主把玉看得很贵重，把玉收藏起来作为宝贝，把玉剖开，制作成信物、吉祥物，以充分体现玉的九种品德。

## 【贰】玉与儒家思想结缘

孔子是我国古代文化的集大成者，他在管仲去世一百多年后，对玉德进行了更加深入的阐述，并在美玉上刻上了儒家思想的烙印。《礼记·聘义》记载，有一次，孔子的得意门生子贡问孔子："请问君子，世人为什么把玉看得很贵重而不把珉（似玉的美石）看在眼里呢？是不是因为玉很少而珉很多呢？"孔子回答说："非也，并不是因为珉多才看轻它，也不是因为玉少才看重它。从前，就有人把玉德比作君子品德。玉温润而有光泽，就是仁；玉质致密坚硬，就是智；玉有棱角而不伤人，就是义；玉沉重欲坠，就是礼；敲击玉器，其声音清越悠长，曲终时戛然而止，就是乐；玉瑕不掩瑜，瑜不掩瑕，就是忠；作为信物号令四方，就是信；玉的气质如虹，就是天；玉能体现山川的精神，就是地；玉制的圭璋用于礼仪，就是德；天下人都把玉看得很贵重，就是道。《诗经·小戎》中说：'言念君子，温其如玉。'所以君子一向重视玉。"

可能是担心管仲和孔子总结的玉德太多太复杂，一般人难以理解，东汉的许慎在《说文解字》中对玉德做了简化。按他的解释，玉有五德：温润是仁，通过表面的纹理可以知道里面的结构是义，声音悠扬远闻是智，可折不可屈是勇，锐利而不伤人是洁。

时至今日，以玉德自省之人少之又少，反倒是做玉石生意的人常将"君子比德于玉焉"挂在口头作为售卖的噱头，不能不让人汗颜。

品性如玉，方能宠辱不惊、淡定从容。经得起人生辉煌时的顺风顺水，也挺得住潮落时的寂寞悲凉。高潮时举止言行决不颐指气使、飞扬跋扈，懂得与人为善、平和待人的处世方式；潮落时则又能如一块璞玉，尽管尘土蒙住了光泽，内里依旧晶莹剔透，并于再次出世时焕发出淡定后的温润光泽，如莲花吐芳，幽然无形，绵延不绝。这样一种玉的人格特质是中国人千百年来所推崇的并为之不断修炼自身以期接近或达到的境界。

## 瓷心如玉　窑火千年
——传世珍品鸡缸杯后的人与事

China，当这个词笨拙地从一个洋人的口中说出的时候，他想要表达的是一个叫作"昌南"的地名，后来，人们把这个地方称作景德镇。或许他们实在无法在英文中找到一个恰切的词来代表他们眼前看到的这些"胎质白净、手感糯滑、轻盈高雅"的宝物，所以只好用地名来为其命名。一个词，从一个小镇到一种器具再到一个国家，翻译过后词义的不断丰富让我们品味出这种经火蜕变之器物的宏大魅力。

自汉代以来，无数双巧手抟塑泥土的质朴，把它们交给激烈高亢的窑火，然后小心地捧出光洁似玉的高贵。窑火千年，炽烈纯粹，在世界的东方烧就一个光芒万丈的"中国"；千年窑火，生生不息，衍生出一段段悠久厚重的陶瓷传奇。

## 【壹】至宝现世

2014年4月8日，在香港苏富比重要中国瓷器及工艺品春季拍卖中，一件绘有公鸡、母鸡领幼雏于花石间觅食"天伦"图、小如掌中物的玫茵堂珍藏明成化斗彩鸡缸杯以总成交价2亿8124万港币拍出，刷新中国瓷器世界拍卖纪录，买家为上海藏家刘益谦，此举轰动一时。

明成化斗彩鸡缸杯，"明成化"即明朝成化年；"斗彩"，是种独特的制瓷工艺，首创于明成化时期，也在那时最受推崇。所谓"斗彩"就是釉下青花和釉上彩瓷争雄斗艳的意思。先用青花勾勒出轮廓线，再在轮廓线内填上彩，但凡这种工艺都叫斗彩。鸡缸杯绘饰的图案，一般都是公鸡偕母鸡领幼雏觅食的画面，其乐融融一家亲；缸是形状很特别，像一只直壁小水缸，杯是指它的用途，这是成化皇帝御用的酒杯。

　　成化帝极爱瓷器，对瓷器烧制不仅重视而且要求严苛,因而成就了"斗彩首推成化"的神话。但在酒杯上为何偏要画鸡呢？一是因为成化元年是中国农历鸡年，加上鸡和"吉"谐音，有吉祥的意思。另一个原因是成化帝为了讨万贵妃欢心。史书记载，因为万贵妃非常喜欢成化斗彩杯，于是成化帝就下令景德镇官窑烧造了一批。取材于宋代《子母鸡图》的纹饰则是纪念年少时万贵妃照抚他的岁月。当时烧造的就不多，留到现在就更加罕有。明代《神宗实录》中有记载说，"御前有成杯一双，值钱十万"。指的是皇帝跟前有一对小巧的鸡缸杯，当时就值钱十万，不是确指某一个数字，而是价值连城的意思。清代《陶说》也有记载："成窑以五彩为最，酒杯以鸡缸为最。"这里的"五彩"就是斗彩。自清康雍乾三朝起，市场就追摹再三，仿品赝品充斥，每次真品江湖再现时一定波澜壮阔。

　　成化皇帝朱见深生于明正统十二年（1447年），卒于成化二十三年（1487年），活了40岁，娶后妃18人，生子女20人。这一大群后妃中成化皇帝仅爱一人，即大他17岁的万贵妃，成化二十三年春万贵妃死，成化皇帝辍朝七日，说："贞儿去了，我亦将去矣。"一语成谶，当年秋，成化帝就猝然长逝了。缘何他对一个大他17岁的女人如此痴情？

　　成化帝儿时，其父明英宗朱祁镇带兵征讨蒙古瓦剌部兵败被俘，其叔朱祁钰乘机夺得皇位，朱见深的太子之位被废。5岁，被迫搬出皇宫，身边只有奶奶派来陪伴她的宫女万贞儿，当时22岁。这段大起大落的经历，使朱见深的性格十分软弱，说话口吃，反应也比较迟钝，缺乏安全感的他十分依恋比他大17岁的万宫女。后来朱祁镇被瓦剌释放，回到北京即被弟弟囚禁，7年后才夺回皇位，朱见深也恢复了太子身份，但他对万宫女的依恋并未减轻，即位后即封万宫女为皇妃，后又封为贵妃，宠冠后宫。这一点我们可以理解，皇子命运多舛，两次立为太子，屡受惊吓，在襁褓中，在卵翼下，成化帝在万贵妃怀中长大，所以万贵妃兼母亲、姐姐、情人多重角色，让成化皇帝爱她至死。那么为了至爱之人烧造瓷中珍品也就不足为怪了。

## 【贰】人瓷情缘

我们在惊叹这只鸡缸杯现世的同时还应该注意到他的收藏者——知名古董商仇焱之,我们就不妨透过一只杯子去回顾一下这位收藏大家与瓷器的不解情缘。

仇焱之,1910 生于江苏扬州,幼年在上海五马路的古董商朱鹤亭家当学徒。初期学古陶瓷的鉴定和买卖,后专攻明清瓷器收藏。因勤学敏悟,在掌柜的调教下,很快练就了一双辨别古陶瓷的慧眼。刚到 20 岁,就学有所长,并开始了自己的小型收藏,他告诫自己,买东西时要牢记三点:一,东西的稀有性——越少越好;二,装饰性——必须合乎当时的时代标准,没有一点存疑之处;三,品相——尽可能完好无损。让他没想到的是,他自己总结的这三大真经不仅为他的收藏指点了迷津,还让他凭借收藏富甲天下!

为磨炼眼力,仇焱之又做起了古董买卖。不到 30 岁,他就夹着包跑遍了上海滩。因为买货时不把价钱压得太低,卖货时也不拿假货蒙人,所以他在得到同行信任的同时,生意也越做越大,有了一定资本后便自立门户。1946 年,他以 200 万法币独资开设"仇焱记"。凭借独到的眼力,以及在古董生意场上的豪爽和游刃有余的操盘,20 世纪 40 年代初,仇焱之一时成为上海滩商贾云集十里洋场中的风云人物。1949 年,仇焱之赴香港发展,成为当时首批南下香港的收藏家。其后,在香港这个弹丸之地,他以衔泥筑巢般地毅力,收藏了众多历代官窑瓷器,并创下很多佳话。

20 世纪 50 年代,香港古玩市场上,一对明成化斗彩鸡缸杯在一商贩的地摊上摆了很久,都无人问津,恰好有一天被仇焱之发现,就出价 1000 港币将它买回。当时很多人都认为他买的是假货、仿古的,面对非议他不为所动,始终坚信自己的眼力。买回家后,他对照史料不断研究,且专门为其定制一个包装盒,落上了自己的款识。此对宝物他一直带在身边，珍藏近半个世纪之久。

1980年香港苏富比春拍，仇焱之买下的这对鸡缸杯，一只拍了418万港元，另一只拍了528万港元！事实上，在苏富比上拍之前，鸡缸杯从仇焱之手里就已经转手了三次，第一次出手时就大赚了一番，当时也震惊了业界，被誉为收藏界"捡漏"的典范！

在南下香港，以收藏富甲天下后，仇焱之又开始以香港为跳板，开始了欧美诸国的闯荡。在这期间，他发现当年大量被八国联军劫掳去的中国艺术品，许多已绝迹于其后裔或旧货市场。有些后裔对先辈掠夺而来的中国艺术品毫无欣赏或收藏意识，"以永宣青花碗盘杂盛乱物者，绝非笑谈"。当目睹种种暴殄天物的荒诞事实后，仇焱之萌生了从"掠夺者"和僻市陋店中买回祖物的使命感。无奈尽管倾尽所囊，也仅是杯水车薪，没有能力全部"收养"这些中国瓷器。为不使中国陶瓷再度颠沛流离、含屈受辱，当时的权宜之计，只能为这些流失他乡的中国瓷器找一个"善待的婆家"。

这里有必要提一个古董界享誉世界的堂号——玫茵堂。它的创始人为瑞士裕利兄弟，他们被公认为西方私人手中最好的中国瓷器持有者。他们对中国瓷器的收藏，就是经由仇焱之点拨。而仇焱之对他们最深远的影响，则是在他们心中深植了对中国艺术品的热爱跟敬畏之情。

为了让流落在外的中国瓷器得以善待，繁忙生意之余，仇焱之始终笔耕不辍，于1950年相继出版了《抗希斋珍藏明全代景德镇名瓷影谱》《斋珍藏历代名瓷影谱》，成为国外专业人士研究中国官窑瓷器最有价值的书目之一。

1980年，仇焱之过世后，其家人把他的毕生收藏委托苏富比拍卖。鉴于其在古董收藏尤其是瓷器方面的巨大影响力，香港苏富比分别于同年夏季和秋季，在香港、伦敦两地为他举办了私人拍卖专场，这在苏富比拍卖史上尚属首次。结果却意外成功，上拍时引起了极大轰动。

当然，在这些专拍里，最为人津津乐道者，还是那件明成化斗彩鸡缸杯。或许现在一提起鸡缸杯，依稀还有人想起它的"伯乐"仇焱之。但再过数代之后，恐怕仇焱之的名字也会消失在中国瓷器收藏历史的风云里。因为当一位收藏家在他的藏品几乎全部消散之后,他的名声、荣誉、学识、财富,也都将渐渐消散。人对于藏品来说,始终都是过客。我们所能拥有的,不过是在这短暂拥有的时光中,享受它带给我们无尽的乐趣、美感、温度。如此便不枉人与器的这一段缘了。

## 大美百湖城
——绿色油化之都掠影

什么是大美？我认为这是一种宏大而壮阔的美学风格。相比于南方那种细腻婉约如潺潺溪水的柔美而言，北方的美是粗犷豪放如浩浩江河的壮美。如果说南方的青山绿水是一位柔弱的女子，那北方的白山黑水则是一位刚强的汉子。接下来请您随我一起领略一下大美的大庆。

### 【大美湿地】

从一株芦苇读出大庆的风，从一缕绿风读出大庆的水，从一片水塘读出大庆的湿地。大庆的湿地有个好听的名字——龙凤湿地，她傍嫩水，倚兴安，吞三江之浪，坐稳松嫩平原。那里绿涛汹涌，碧波一片，水鸟翔集，鱼儿游泳。龙与凤是吉祥的象征，都有飞翔的本领。所以大庆的湿地也是可以飞翔的湿地。

丛生的芦苇，生长在水中，茂盛在泽畔，每一株都指向蓝天。那是它们向往的地方，因为它们的后代——芦花，是要在蓝天中寻找它们最终的归宿的。生长、飞翔，是它们活着的意义。在这片氤氲着生命的信仰的湿地中，只有生长与绽放是从未停止的。

我相信每一株芦苇都是一首诗，每一根水草都有一个梦。在那诗里，有灿烂的艳阳，有皎洁的月亮；在那梦里，有鸣叫的飞鸟，有欢悦的游鱼。

在白天，太阳爱怜地把阳光充满温情地平平仄仄地撒播在每一寸水面、每一节芦苇、每一片水草上。那一丛丛的芦苇便依偎在一起，写着关于白天的诗篇。那里有阳光温暖的味道，有芦苇风的独特的馨香。如果芦苇会说话，我相信它一定会为亲临这片湿地的人们，讲一讲千百年来这片河塘里流传的那些美丽的传说。

在黑夜,月亮和星星在河塘里沐浴、起舞。芦苇就会吹起一曲曲动人的歌谣,歌谣里有月辉,歌谣里有星光,歌谣里有龙凤飞舞的风姿,歌谣里有风拂水动的节奏。如果水草也会唱歌,我相信它一定会为善于倾听的人们,唱一唱岁月流经的这段时光里,风是怎样编织出关于这一片湿地的那些故事。

在天空,飞鸟用翅膀搅乱一堆一堆的云团,紧接着又用这双翅膀蘸着流云在蓝天上涂抹出一幅幅醉人的图画。湿地少了飞鸟的鸣叫,湿地会觉得寂寞;飞鸟少了湿地的养育,飞鸟会觉得孤独。这空中的精灵一旦栖息在那水泽畔,芦苇上,便自然而然地成了这幅图画里最重要的一笔。它们本就是浑融一体的,它们是自然给人们画出的无法复制的风景,它们是流动的音乐,又是凝固的乐章。

在水里,游鱼用它们跃动的肢体拨动一波一波的水浪,弹奏出一曲曲美妙的音乐。湿地少了鱼儿的游动,湿地会觉得寂寞;鱼儿少了湿地的哺育,鱼儿会觉得孤独。这水中的生灵在水中游来游去,上浮或潜入水底,在水草间往来穿梭,便自然而然地将一潭静水变得生机盎然。

从远处欣赏一片茫茫的水泽,那种苍茫,那种壮阔,连俗心再重的人恐怕也难免会想要化作一尾鱼潜入水草间去享受那种畅快;或是化作一只飞鸟,在蓝天和水面之间自由地飞翔。看风梳过丛丛芦苇,感受芦苇风拂面的那种独特馨香,你会发现,想要了解湿地恐怕需要一生的时间。因为这种大美,已经超越了人的感官。站在湿地中间,人的各种感官仿佛瞬间全部失灵,只有心还醒着,告诉你,生长,是大自然唯一的信仰。

## 【大美草原】

湿地的边上有草原,草原与湿地为邻。在你刚感叹过那片水塘和那茫茫的芦苇之美过后,仿佛还没缓过神来,你就已经置身于另一片壮美之中了。

草是土地的皮肤，是土地的精神。在草原上，无论你站着或是躺着，漫步或是奔跑，都无法逃脱绿色的包围。人在其中，满眼是绿，仿佛心也变得绿了，变得宁静了。野旷天低树，一点也不假，站在草原上，仿佛伸手就能摸到天，这种壮阔的心境让人只想放声大唱，只想向着天与草原相接的地方奔跑。也许你想要一匹马，跨上马背，在马背上颠簸，颠簸出一身蒙古汉子的身板，颠簸出蒙古汉子的豪迈。一阵风吹过，那一望无际的草原啊，就像大地的毛发，一波一波柔顺地飘扬起来。这是北方的草原，这是大庆的草原。那悠扬的长调，一声短，一声长，声声都骑着马，疾驰进你的耳朵。

　　蓝天、绿草，虽是最单纯的色调，却能渲染出你最丰富的情感。在这种壮美之中，在这种辽阔之中，人会忘记了时间，忘记了自己，人的灵魂变轻，上升，去接近那最神圣的天堂。像雄鹰一样，一生都活在漂泊之中，一生都在追寻，追寻着自己最崇高的信仰。

　　在大庆杜蒙的草原上，还有那万亩的樟子松林在风中绿着，就像大地浓密的睫毛，只是一忽闪，遍处吹满绿色的风。风落到那盐疙瘩地上，也能逗引出嫩嫩的草来。草儿在风中欢笑着，拥抱着，拥抱成一片壮美的杜尔伯特大草原。在那绿色的睫毛下，流转着水汪汪的秋波，那是碧蓝色的连环湖，在多情地眨呀眨。这绿，绿得纯净；这蓝，蓝得彻底。这就是大美的草原，美得纯净，美得彻底。

## 【大美百湖】

　　我相信大庆的百湖一定是天上的仙女不小心掉落凡间的珍珠项链化成的。一个个湖连成片，为阳刚的大庆增添了几分柔美的气质。

　　大大小小的湖就星罗棋布地点缀在城市中间，一幅大珠小珠落玉盘的美景。早晨，阳光熹微，水面氤氲着水汽，把一个现代油化之都的绿色之梦托起，几声鹤鸣把整座城市唤醒，芦苇在晨风之中左摇右摆为这个城市画眉、梳洗打扮。这晨光中的百湖之城，就在这绿色的梦境之中开始勾画一个生态之城的图景。

芦苇风中，人民辛勤工作；鹤鸣声中，孩子们健康成长；湖滨水畔，老人们安享晚年。春天里，所有希望都向着阳光的方向生长，湖水的波浪奏响一个新季的乐章。夏天里，所有愿望都在旺盛的生命力的催动下茁壮着，湖水承载着这些美好的愿望，把它们推向更远的地方。秋天里，所有的美梦都收获了甜蜜的果实，湖水荡漾着成熟的笑脸，把这欢乐讲给蓝天、白云，讲给这座城市的每一个人。冬天，新的愿景已经萌生，结结实实地在湖水的冰面之下孕育着，芦苇戴雪，守护着那些梦境。

百湖在大庆的手心里越来越饱满，大庆在百湖的装点下越来越美丽。百湖的传说被那些鹤带到更远的地方。越来越多的人知道了在北方的这片曾经的荒原上，诞生过奇迹的地方，现在又有了岁月赋予的新的传说。人美的百湖，不只一百种美。

实现人与自然的和谐发展，在发展的同时保持良好的生态环境这个貌似有点困难的事情现在就在大庆的土地上一步一个脚印地落实着。可以说，打造生态之城无疑是为永续大庆辉煌吹来了一缕绿风。如今，大庆市城区布局合理、草原湿地相连、城市与绿地相拥，百湖辉映，宽阔幽静。同时，大庆市政府还在继续为提升城市滨水环境，打造伴水建城，依绿而居，湖在城中，城在绿中的滨水文化而不懈努力着。

回顾大庆在发展上走过的那些道路，我们知道大庆有经验也有实力打好这一场生态之战。同时凭借着省里提出的"建设大美龙江"这一大好契机，我们有理由相信，日日新的大庆一定可以在原有的基础上做出新的成绩。让我们静静地等待，等待着看到那绿风轻抚采油树，生态油田续华章！

## 长安珍馐美千年
——古都西安的味觉记忆

食色,性也。饮食除果腹外,还承载着情感和记忆。一座城市的特色美食,不仅牵动着本乡人的味蕾,更吸引着外来游客对这座城的渴望。从南到北,饮食习惯何止千差万别?从古至今,烹饪方式何止千变万化?长安,大唐的都城,当时世界文明的中心,也曾烹调出无数令人魂牵梦萦的中国滋味。而在如今的西安,那些久负盛名的美食,亦飘散着萦回了千年的香。

### 【肉夹馍】

在美国纽约的帝国大厦,一家名为"西安名吃"的中餐店超级火爆。美国人对"西安"这个地名十分熟络,却并非因为兵马俑,而是肉夹馍。作为全美排名第二的中餐店,"西安名吃"的肉夹馍彻底征服了美国人的味蕾。有人称其为"中国汉堡",但却有西方中心论之嫌,确切地说,汉堡应该称为"美国肉夹馍",因为肉夹馍的历史实在比汉堡悠久得多了。

它是源于古城西安的著名小吃,是两种食物简单却绝妙的组合:腊汁肉、白吉馍。食客有"肥肉吃了不腻口,瘦肉无渣满口油,不用牙咬肉自烂,食后余香久不散"之赞誉。外地人首次听说肉夹馍,都认为是病句,不应该是"馍夹肉"才对吗?其实这名称是地道的古汉语,是"肉夹于馍"之意。把"肉"字放在前面能起到强调作用,引人垂涎。

先说这引人垂涎的肉。正宗肉夹馍的肉是腊汁肉,战国时称"寒肉",当时位于秦晋豫三角地带的韩国已能制作腊汁肉了。秦灭韩以后,制作工艺传进长安,唐时称为"腊肉",北魏官员贾思勰所著《齐民要术》

中载有制法。之所以后来又添一"汁"字,是为了区别于烟熏风干的腊肉。

制作腊汁肉原料必须讲究,要选用猪肋排下面五层以上的带皮五花肉,而重头戏则在煮制的汤上。传统配方中要有香叶、桂皮、大料、矿硝、肉桂、八角、甘草、丁香等20多种中草药,还要有葱节、姜块、椒盐、冰糖、黄酒、干辣椒等调味料。当然,每家店都有独到的秘制配方,是绝不外传的。汤讲究陈汤,火候十分重要,每次煮制时都加新料,但较少加水,那些知名老店之所以久负盛名,与其代代相传的腊汁汤密切相关。经过长时间的煨制,腊汁肉色泽红润,酥软香醇,肉糜而不烂,浓郁喷香,配上热馍夹上吃,疗饿又解馋,美味无穷。

馍是白吉馍,据传源自古时的咸阳白骥,从地名便知是古时驿站所在。据说明清时将"白骥"转音为"白吉",此后"白吉馍"的名称便传开了。上好面粉发酵揉制成碗状饼胚,置铁铛板上略烤成形,放入炉膛侧立,上下隔着铁铛板的炭火烘烤。地道的白吉馍烙好后,白边毫无火色,内侧若隐若现的火色线形成一个很周整的圆,圆圈内有火色自然形成的图案,很漂亮。馍的外形搭眼一看,其形制、图案就如一个汉朝的瓦当,行家话叫"铁圈、虎背、菊花芯"。表皮焦香酥脆,馍瓤则绵软可口。

肉夹馍一定要现吃现夹。尤其在冬季,捧在手里如暖手炉,一口咬下去便发出脆生生的响声,由于挤压,腊汁肉的汁水迅速浸润了白吉馍绵软的瓤,咀嚼时,又脆香又糯滑,丰富的层次感和醇厚的香味迅速驱走所有寒冷。千百年来,这种美味一直滋养着关中大地的人们,蕴藏着无数温暖的记忆。

## 【羊肉泡馍】

想到古城西安,我首先会想到高高的城墙及墙头上懒散的日头,再就是墙根下冒着热气的羊肉泡馍摊前不紧不慢掰着馍的老汉。那份悠闲自在让口急的人心焦,殊不知这种看似慵懒的悠闲正是如今越来越难寻的文化记忆了。若说一座城有一座城的气质，西安的气质大概就体现在羊肉泡馍上吧。

早在西周时期，人们便将粗粮面食投入羊羹作为祭祀时的礼馔。《战国策》则记载了一碗羊羹招致亡国的故事。中山国君设宴时没有赐给司马子期羊羹，使其怀恨在心，怒而走楚，说服楚王伐中山，招致灭国。美食家苏东坡也留下了"陇馔有熊腊，秦烹唯羊羹"的名句。可见三秦大地的羊羹魅力之大！隋朝谢讽所著《食经》中"细供没忽羊羹"的记载当为最初牛羊肉羹和面食混作的烹调形式。但最为人津津乐道的是宋太祖赵匡胤与羊肉泡馍的故事。

相传赵匡胤落魄时曾流落长安，正值寒冬，饥寒难耐，囊中却独余一饼可充饥。然饼冷口干，难以下咽。有家卖羊肉汤的老板见之不忍，给他一碗热气腾腾的羊肉汤。赵匡胤遂将饼掰碎泡入，吃完顿觉神清气爽，豪气冲天，一扫颓废心情，踏上征程。登基后，尝遍世间美味，却独放不下记忆中的羊肉汤泡饼，于是传令厨房仿制。近百厨师苦思冥想，才定下做法，就是现今的羊肉泡馍。赵匡胤吃后龙颜大悦，成为每膳必点菜品，厨师长便封了万户侯。经过后世的不断发展，羊肉泡馍终于成就了"天下第一碗"的美名。

如今的羊肉泡馍已改名为牛羊肉泡馍，因为正宗的羊肉泡馍为山羊肉，肉质较干，处理不好膻味很重，很多人吃不惯，所以改用肉质较软、肥而不腻的牛肉代替，得到了更多人的喜爱。

用餐前，顾客须将馍掰成碎块后再由厨师烹制。掰馍共有掰、撕、掐、揉、搓等12种手法，有的假行家会说掰出的馍要像蜜蜂头，越小越好，其实不然。馍块的大小与煮法统一，干拔、口汤、水围城，馍的大小依次如黄豆、花生、蚕豆即可。或许是为了顺应快节奏的生活，如今很多牛羊肉泡馍馆已使用碎馍机，但总感觉少却了那份情致。

吃法相当有讲究，共分"单走、干拔、口汤、水围城"四种。单走：馍与汤分端上桌，把馍掰到汤中吃，食后单喝一碗鲜汤，曰"各是各的味"。干拔：煮好碗中不见汤，能戳住筷子。口汤：泡馍吃完后，刚好就剩一口汤。水围城：顾名思义，宽汤，像大水围城。食客掰完馍，只需将一根筷子放在碗上,伙计便明白,这是"干拔"。吃"口汤"和"水围城"不用筷子表示,因为掰馍大小是和煮法统一的,汤宽馍块大,反之则小,有经验的厨师看到你掰馍大小就知道要加多少汤了。

这样一大碗自己亲手掰好的泡馍,翠绿的葱花、蒜苗、香菜点缀其上,红褐色的牛羊肉、黄色的金针菜、映衬着洁白晶莹的粉丝、黝黑的木耳、香味四溢,使人食指大动。吃时讲究蚕食,总使劲搅和,为的是口味始终如一。也可搭配糖蒜和辣酱佐餐,但真正的吃家开始是不吃这些的,怕影响口味。吃到一半,感觉有些腻时再吃一颗糖蒜,挑一点辣酱拌在馍中,然后用汤清清口再继续吃,这样才不影响口味。

泡馍味道厚重,回味无穷,外观豪放简单,内在却精致复杂。充分体现了陕西人既保守,又开放;既粗犷,又心灵手巧;既朴实,又圆融;既吃苦耐劳,又懂得享受的生活态度。

## 【凉 皮】

炎炎夏日,在西安的大街小巷,有种吃食摊位前总是排着如龙长队,那便是凉皮,柔软劲道、凉香爽滑、酸辣可口的凉皮以"白、薄、光、软、筋、香"而闻名,不仅好吃而且最宜夏日消暑,难怪唐代大诗人杜甫都要写下"经齿冷于雪,劝人投此珠"的诗句了。杜甫曾经吃过的"槐叶冷淘"就是凉皮的前生。冷淘,顾名思义就是冷水淘洗过后的面条。相传秦汉时期,天下大乱,刘邦称王于汉中,为定国兴邦,命萧何修筑山河堰,水利兴旺,粮食连年丰收。农民为改善生活,便不断探索研制新的食品。他们把面粉加水稀释,蒸成薄饼,切成条佐以辣酱等凉拌而食,味道美得很。刘邦为体察民情,常微服出访。一日,他来到一户人家,好客的主人就以这种新食品招待刘邦。刘邦不吃则已,一吃便赞不绝口。吃罢竟余兴不绝,便想知道它的名称,而农民们却一时说不出来,刘邦又问了制作方法,听罢,刘邦大笑曰:"此乃蒸饼也。"蒸饼即面条在秦汉时的名称。

后来，人们开始使用重叠式蒸笼，一次可蒸出许多张，而且探索出了洗出面筋和将大米浸泡后磨成米浆再蒸的新方法，又大又薄，筋丝柔韧，切成细条，恰似皮条，又因须凉着吃，遂逐渐改称"凉皮"，据原料不同分称"面皮"与"米皮"。

米皮白且透亮，蒸笼有多大就能蒸出多大一张，蒸好后一张与一张之间略抹熟菜油，一层层摞起来，堆在案头如同招牌。吃时小贩取出一张，放在铺了雪白纱布的案上，娴熟地用一把大如铡刀的利刀，几乎看都不看，潇洒随意地"咣、咣、咣"几下便把皮子切成筷子般粗细。然后端起大碗，飞速地调入盐、醋、特制的调料水、黄豆芽或绿豆芽等，最后用筷子挑起一撮皮子在盛满红亮的辣椒油的罐子里美美地一蘸，若嫌不过瘾再用勺子挖一大勺辣椒出来，红红的，油油的，一起淋到皮子上端到食客面前，洁白的米皮、红亮的辣油，不等入口，那扑鼻的香味就已馋得人大吞口水了。拌匀了尝一口，皮子筋道，口味酸辣，鲜香异常，人间美味不过如此！

而面皮的大小、外观都与米皮差不多，只是颜色稍黄，两者最大的区别就是面皮里有面筋。面筋是做面皮时的副产品，不用单做。好的面筋吃起来不但筋道、味香，而且有气孔密布，如同海绵，吸满了鲜美的料水和辣油，咬一口吱吱冒油，香辣透心，鲜美爽口，不得不叫人大呼过瘾。因此在西安凉皮店里最常听见的一句话就是："老板，多来点面筋，多搁些辣子！"汉中人制作凉皮的手艺越来越高，制作方法不断改进，配料、调味也越来越讲究，凉皮遂成为汉中风味四绝之首。

春夏秋冬，四季轮换。一日三餐，情味不改。

无论是天下一统的秦汉，还是如梦繁华的大唐，抑或迅速崛起的新时代，长安的珍馐美味都一如既往地讲述着一个个醇厚浓烈、回味悠长的故事。正如那粗犷的秦地、粗犷的秦腔、粗犷的大碗，永远用着一种豪迈的姿态面对着天地人世的沧桑变化。日子，因为这份粗犷与豪迈，慢慢浸润出悠然自得的人生况味。

# 卷三·见众生

  如果我们都能超越"亲吾亲"的小爱境界,"老吾老以及人之老,幼吾幼以及人之幼",将整个社会真正当作自己的家族,以情动作为出发点,将正义作为信条,老爱幼、幼敬老,就会少一些熟视无睹的冷漠,少一些"扶不扶"的可悲猜疑,真正走向有道义、有正义,有情有义的和谐社会。

# 天命至伟　下佑万民
——《尚书》中的天命观

南宋罗大经在《鹤林玉露》里写下一篇文字。

**唐子西诗云：**"山静似太古，日长如小年。"余家深山之中，每春夏之交，苍藓盈阶，落花满径，门无剥啄，松影参差，禽声上下。午睡初足，旋汲山泉，拾松枝，煮苦茗啜之。

这篇文字题为《山静日长》，字字可喜，使人流连。古人留下的字，在故纸堆中依旧清晰，而悠远情意恐已在时间更替之中再难寻觅。彼时有缺，也有光华。古今对照无定论。被吞没和推远着的价值观，如夜空中流转星光逐一熄灭。我们也许已忘却抬头看一看天空，寻找星辰轨道，感受它遥远时空之前迸发的光耀。而这光耀仍在等待。因此，古书、古物、古人、古事不妨重提。

《尚书》者，上古史书也，儒家奉为经典，位列五经，故又称《书经》。自虞夏之尧舜直至商周，千五百载风雨凝成简洁古奥之言辞，韩昌黎谓之"佶屈聱牙"，令历代学者皓首穷经、愁肠百结。

其按朝代编排，分《虞书》《夏书》《商书》和《周书》。凡四种体式：一曰"典"，载典章制度；二曰"训诰"，记君臣之间、大臣之间的谈话及祭神之祷辞；三曰"誓"，皆君王与诸侯之誓众辞；四曰"命"，录帝王任命官员、赏赐诸侯之册命。

今存《尚书》有"今文"与"古文"之分。《今文尚书》二十八篇，《古文尚书》二十五篇。有唐以来，《今文尚书》和《古文尚书》被混编在一起，后经明、清两代学者考证、辨析，确认相传由汉代孔安国传下来的二十五篇《古文尚书》和孔安国写的《尚书传》皆为伪造，故称其《伪古文尚书》和《尚书伪孔传》，在学界已成定论。现存二十八篇《今文尚书》相传为秦、汉之际博士伏生所传，用当时文字写成，故称《今文尚书》。

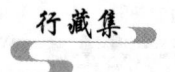

其中《虞夏书》四篇,《商书》五篇,《周书》十九篇。

《尚书》主要记载政事,为中国政治思想之源头,在其朴素却宏深的政治思想中,"天命"起到了至关重要的作用。

## 【壹】天命可敬　天命可畏

自古为君者,莫不敬天。究其根本,并不是单纯的迷信或为强化统治而提出的"君权神授"思想,而是具有时代的合理性。天命至伟,皆因日升月落,四时轮换,万物荣枯,生死由天。农耕文明时代,自然规律决定农牧业生产的成败,最终也决定了人类社会的兴衰存亡。社会要兴盛,必须安排好农牧生产,通过掌握日月星辰运行规律来掌握四季变换的节奏就显得尤为重要。所谓"天行有常",顺之则昌,逆之则亡,这就是"天的命令"。天命可敬,因为顺之则昌;天命可畏,因为逆之则亡。历法就是人类对天命的认识,用以指导农牧生产,也是人类一切活动的至高命令。

然而整个人类社会的活动并不会自动遵循天命,需要管理,因此统治者出现了,负责认识、颁布、遵循并且执行和推行天命,即所谓"替天行道",使整个社会的政治、经济和文化活动皆顺从天命,"允厘百工,庶绩咸熙","烝民乃粒,万邦作乂"。这样的统治权才是合理的和合法的,才是正义的和应该服从的。于是天命就成为天下一切政治权力的依据,力量上如此,法理上亦如此。

《皋陶谟》中说:"天叙有典,敕我五典五敦哉!天秩有礼,自我五礼有庸哉!同寅协恭和衷哉!天命有德,五服五章哉!天讨有罪,五刑五用哉!"此为道德、礼秩、刑罚之规范。《洪范》中说:"惟天阴骘下民,相协厥居,我不知其彝伦攸叙","禹乃嗣兴,天乃锡禹'洪范'九畴,彝伦攸叙"。所谓"彝伦""九畴"都属"天命",九畴包括五行、五事、八政、五纪、皇极、三德等包罗万象的内容。由此可以看出,天命已然成为最高政治权力,是必须遵从的"法令",即所谓的"自然法"。

## 【贰】苍天有眼　下佑万民

虽则统治者作为天命的代言人实施管理,然为一己之私而曲解天意、一意孤行者大有人在。人民为了让君主能够自省,赋予了天命人格。《尚书》认为,天是有意志的,这个意志就是"上帝",上帝对人类怀着仁慈之心。"惟皇上帝,降衷于下民","上天孚佑下民"(《汤诰》),"天佑下民","天矜于民,民之所欲,天必从之","惟天惠民"(《泰誓》),"天亦哀于四方民"(《召诰》),"天棐忱辞,其考我民。"(《大诰》)。

天的这种意志当然是人所赋予的,但这种赋予是有依据的,因为"列星随旋,日月递照,四时代御,阴阳大化,风雨博施,万物得以各得其和以生,各得其养以成"(《荀子·天论》)。天与人是可以互相感应的,"天命"从具体的历法形式中解脱出来,从客观法则上升为一种主观精神,一种价值取向。于是,天命能够更深刻地参与人的政治,反过来,人也可以德行"克配上帝"。如果统治者的行为有悖天理,上天是会有所反应的。

> 西伯即戡黎,祖伊恐,奔告于王。
> 曰:"天子! 天既讫我殷命。格人元龟,罔敢知吉。非先王不相我后人,惟王淫戏用自绝。故天弃我,不有康食。不虞天性,不迪率典。今我民罔弗欲丧,曰:'天曷不降威?'大命不挚,今王其如台?"
> ——《商书·西伯戡黎》

这段文字中祖伊在周文王打败黎国后对文王所说的话很显然是借天命的威严对君主进行劝谏的。据他所说的神人和神龟都不能觉察出吉兆,就是上天看到大王荒淫嬉戏自绝于天而要灭掉王国的预兆,即上天的意志的具体体现。据此看来,天命的作用实在是积极的,甚至是有进步性的。

天命从对具体社会活动安排的指导，变成最高道德精神的指导，这种道德精神即仁爱精神，仁爱对象是人民，是《尚书》民生思想的重要思想根源。这个过程是人类自身道德发展的一种方式，在中华文明的历史上都是极为重要的一个过程。

## 求权去德　黎民咸怨
——《尚书》中的权力观

### 【壹】天下为家

大约在公元前 21 世纪，启从他的父亲禹手中接过了部落联盟的统治权，自此，中国历史上第一个统一的夏王朝建立了。这同时也表明，以贤能为考量标准的首领选拔制度——禅让制变成了以血缘关系为依据的王位继承制——世袭制。这是一个首领权位不断加重的过程，以及权力不断集中于中央的过程，在此过程中必然发生激烈的权力斗争，比如禹对有苗的征伐。这其实也是从部落联盟转变到统一王朝的过程中首领权位加重的一个必然结果，权位的加重必然导致争夺的加剧，世袭制是要稳定首领更替的秩序，从而稳定政治秩序。

另一方面，在部落联盟时代，首领权力不大，主要靠道德感召力实施领导，道德力量不足则无法领导，所以首领必须由各个部落推举，得到大家认可；而在王朝时代，首领具有了制度化的强制权力，即使道德力量不够，同样能够凭借强硬的权力实施领导，所以首领就无须民主推举，而可以世袭。于是，某一个家族就可以世代统治王朝。在尧舜禹时代，担任首领的天命只在于个人，而在此后天命则在于某个家族，这实际就是说，天命所系的利益主体特殊化了，政治领导权凝固在某个特殊家族中，从"天下为公，选贤与能"转变到"天下为家"，"大人世及"（《礼运》）。

在尧舜禹时代，首领是大家实际推举并任命的，大家都没有异议，并不特别需要"天"来任命，所以天命观念并不强烈，舜"受终于文祖"（《舜典》），禹"受命于神宗"（《大禹谟》），都没有明确的"天命"。而在后世，首领并不由大家推举任命，不经过大家的认可，而是靠血缘关系世袭，为了强化首领的政治合法性，就有必要强调首领是上天所命，此后天命观作为不容置疑的宗教观念日益发展起来，以为首领权力辩护。

既然首领是天任命的，那么首领的政治行动也就是履行天命，启在征讨有扈氏的誓师词中毫不含糊地说："今予惟恭行天之罚。"而当年在讨伐有苗的誓师词中，禹仅敢说："奉辞罚罪。"同样是誓师词，禹只能号召："尔尚一乃心力，其克有勋。"而启则可以这样说："用命，赏于祖；弗用命，戮于社，予则孥戮汝。"这表明启所掌握的权力之强硬已经不是禹所能同日而语的，禹是联盟的首领，而启则已经是王朝国家的君王，禹要以德号召，而启可以赏罚生杀大权进行统治。

## 【贰】道德危机

世袭制代替禅让制确实是从"天下为公"变为"天下为家"，但同时这个过程伴随着国家的形成，国家权力的树立和增强实际上又将天下组成一个统一的"大国家"。但是，这个转变过程也必定包含着深刻的道德危机，因为道德的凭借被权力的凭借代替了。权力是双刃剑，一方面方便了统治，另一方面也削弱了道德。统治可以更多地凭借强权，于是，道德的作用下降了，至少直接的作用下降了，于是，统治者的道德也就衰弱了。《五子之歌》即哀叹："太康尸位，以逸豫灭厥德。"而太康是启的儿子，可见败德之快。

但是道德恰恰规定着统治的目的，即社会公利，权力失去道德约束，必会成为私欲的工具，而私欲又因得到权力的支持而膨胀，又加剧了道德的败坏，最后道德败坏者掌握的权力又必定会造成暴政，这就是权力的异化，从促进社会利益的工具变成社会的祸害。正如汤对夏桀的指责："夏王率遏众力，率割夏邑。"（《汤誓》）

权力的双刃还在于，一方面是统治者的强大工具，另一方面如果运用不当也会反过来伤害甚至灭亡统治者。运用权力如果不遵循道德原则，就必定要伤害民众的利益，必定引起民众的仇恨和反抗，仇恨和反抗的力量积累到一定程度，再强大的权力也不能维持，最终必然要令统治者自身陷入绝境。

太康因为败德而"黎民咸贰"，"有穷后羿因民弗忍，距（之）于河"（《五子之歌》），甚至五个兄弟都埋怨他（"五子咸怨"）；夏桀因为暴政而"有众率怠弗协，曰：'时日曷丧？予及汝皆亡。'"（《汤誓》）所以，统治权力对统治者而言，不但是力量，而更是巨大的危险。所谓"予临兆民，懔乎若朽索之驭六马"（《五子之歌》）。

## 【叁】强权不足恃

权力越大，危险越大。要避免权力的伤害，就必须谨慎地运用权力，正确地运用权力，而要正确运用权力，又莫过于用道德来指导和约束权力的运用。所以，权力越大，道德的必要性也越大。权力越大，就越要以更大的道德力量驾驭权力的车轮。正是在这个意义上，道德又必然获得复兴和新的发展。这种道德是要指导已建立起来的强大权力，实质也是要维护这种权力。

考虑到统治权力是在某个特殊家族中世袭传递，道德不是获得权力的主要资本，血缘才是主要资本，这更容易导致道德的衰弱，那么权力的危险也就始终盯住这个家族，挥之不去，因此，为了保持家族的利益，道德的必要性也就更加强烈，一代传一代的道德教育更加意义深重。

统治权力的危险正在于其可能引起人民反抗，如果人民群起反抗，任何的统治权力都将不堪一击，所以强权不可恃，权力的基础在于人民的支持，所谓"民惟邦本，本固邦宁"（《五子之歌》），而要得到人民的支持，就必须善待人民，这是政治道德的根本点。

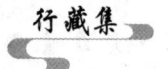

# 敬天保民　君之命也
## ——《尚书》中的民本主义

前文提到在《尚书》中"天命"既是不可抗拒的规则，又是仁厚的道德。但天命不是人人皆能把握的。《咸有一德》说："天难谌。"《君奭》也说："天命不易，天难谌。"《说命》说："惟天聪明，惟圣时宪。"只有圣智之人方能认识天命，领导生民遵天命。此等人即应为万民之统领。因此，在先民朴素的政治观中，统治仅是为了带领人民顺从天命，所谓"奉答天命，和恒四方民"（《洛诰》）。不能不说，这就是"为人民服务"的民本主义思想。因此，《尚书》虽然言辞古奥、佶屈聱牙，但是它所蕴含的思想却是历久弥新的。它代表了从政治出现那天起到现在这漫长历史进程中所有人民对一个国家的统治所保有的最美好的理想。

## 【壹】民为国本

《泰誓》说："天佑下民，作之君，作之师，惟其克相上帝，宠绥四方"，"亶聪明，作元后，元后作民父母"，"惟天惠民，惟辟奉天。"《说命》说："明王奉若天道，建邦设都，树后王君公，承以大夫师长，不惟逸豫，惟以乱民。"人民才是天命所在！人民是目的，君主只是手段。正因如此，《尚书》又说："天视自我民视，天听自我民听"（很多现代人都会惊叹这句话的民主精神，但这种惊叹本身表明他们对中国传统的民本精神缺乏理解）。

统治者处于上天与下民之间，而天命又在于孚佑下民，天命实在人民身上，履行天命的优劣要通过人民的赞成和反对来表现，所以周公说："人无于水监，当于民监。"（《酒诰》）所以人民是聪明的，可畏的，所以《皋陶谟》说："天聪明，自我民聪明。天明畏，自我民明威。"那这岂不和"惟天聪明，惟圣时宪"（大意：只有圣人才能认识和遵循天命），互相矛盾？这一贯是政治学中的一个难题。其实，天恰恰与人民有着极其深刻的相似性。

天的运行是国家社会存在的基础，人民的生产生息也是国家社会存在的基础。天是广阔的，人民同样是广阔的。天是沉默的，却有强大而不可抗拒的力量，孔子曰："天何言哉？四时行焉，百物生焉。"人民也往往是沉默的，默默地劳作和生活，但是总体的力量也是强大的，"君者，舟也，庶人者，水也，水则载舟，水则覆舟"（《荀子》）。

## 【贰】圣者为君

正因天与民都是广阔、沉默的而又强大的，才令执政者难以把握，《尚书》的主角们常感叹："天难谌"，"小民难保"（《康诰》）！于是上天和人民就被赋予了聪明和意志。其真实意思是，统治者的聪明还不能够完全把握上天和人民的力量，这种力量令统治者由衷敬畏，所以才可以说，上天和人民都比统治者"聪明"。进一步说，人民是整个社会的利益主体，其利益立场有着天然的政治正确性，这种天然的"正确性"就是人民的"聪明"，而统治者的一切聪明才智都仅仅是为了达成这个"正确性"，服从人民的利益立场。人民的这种基于切身利益的"正确性"不需要任何"聪明"即能达到，在此人民也没有什么"不聪明"，这正好是不可企及的"大聪明"，"弃圣绝智"方可达之。而统治者的"聪明"完全是另外一回事，他们必须想方设法达成人民的利益才能算作聪明。那些能够深察天道和民心的统治者的确是智慧绝伦的圣人，圣人之所以是圣人，就因为他能够"道洽政治，泽润生民"（《毕命》）。所以尽管"天聪明，自我民聪明"，但天下仍然需要圣人，人民期待之，天命眷求之。

## 【叁】民为君天

从以上两方面我们可以看出，《尚书》一方面是浓厚的民本主义，另一方面又是强烈的圣人精英主义，这两者的结合点正是其精义之所在。《尚书》认为圣人就是能够实现人民利益的人，他的一切明德与智慧都归宿于人民的利益。所以人民是圣人的真正的道德之天。

《尚书》的这种民本主义和精英主义的结合，其实是一种国家主义。所谓"惟天生民有欲，无主乃乱，惟天生聪明时乂"，"民非后，罔克胥匡以生"等，实质也是一种国家起源论，在"天视自我民视"的民本主义基础上，《尚书》认定人民需要一个统治者的管理，"民非后，罔克胥匡以生"，所谓"主"和"后"就是统治者，而"乂"和"匡"则是管理，这就肯定了国家存在的合理性，认为人民对国家管理的服从是必要的。

《尚书》是中国最早的统治集团的意志表白，这是一种聪明的意志，它主动地承担起了"敬天保民"的使命。一切伟大的精神都在于自觉主动地使命精神。天是统治者的楷模，统治者必须努力向天学习统治法则。这种学习的态度也是道德，努力效仿天道是统治者最重要的道德之一，所谓"克堪用德，惟典神天"（《多方》）。学习的过程既增长了智慧，也升华了道德，道德就像天一样，广阔无垠。尊天则道善，保民则国兴，此言得之！

# 莫计眼前利　知本须正心
——《智囊》中的利弊观

《智囊》是明代大文学家冯梦龙编撰的一部著名类书，收录明代以前史籍、文集、笔记、传说中的智慧、谋略、技巧等故事1238则。全书依内容分十部二十八卷，上自治国用兵之术，下至百姓生活技巧、市井小智，无所不包，且格调较高，品位不俗，今日读来，仍觉趣味横生，亦能启迪智慧，甚而发人深省。

那是明天启六年（1625），冯梦龙已届天命，仍只是馆塾里的教书先生，生活清苦。为解无米之困，兼为书商编书。其时奸党魏忠贤弄权朝野，特务机关东厂大兴冤狱，是中国专制社会最黑暗的时期之一。《智囊》一书中有多篇文章恰是直斥阉党掌权之弊，单凭这一点就不能不令人对冯梦龙大智大勇的胆识无比敬佩。编书可赚钱，却不仅仅是为了钱，中国传统知识分子的担当和气节就在这里。我从书中选取了三则小故事，与诸君共同品咂，去洞彻世态人情中那些足可为我辈所借鉴的智慧。

## 萧何　任氏

刘邦大举攻克咸阳之后，手下将领立即如饿狼般纷纷奔入秦朝大库哄抢金帛财货，唯有萧何独去搜集秦朝丞相、御史的法章和文献。后来，刘邦之所以能详细了解天下关塞的险隘、人口的多寡、地区之贫富及百姓之疾苦，全赖萧何所得秦朝之文献。

宣曲人任氏，原先担任过督道仓吏。打败秦军后，豪杰们争着去抢金银玉器，唯独任氏窖藏了大量粮食。后来楚汉在荥阳相持，百姓无法种地，致使颗粒无收，粮价飞涨，一石米高达一万钱。于是豪杰们的金银玉器，都成了任氏的囊中物。

## 【品悟】

　　萧何之智在于不贪一己之利而计一国之兴，任氏之智在于不贪眼前之利而求长久之安。可能我们会评说萧何之智大哉，任氏之智小矣。我认为，二者格局的大小之别皆因"不在其位，不谋其政"。设若任氏处在萧何的位置上，他同样会如萧何般智慧，而二者思考问题的方式是没有差别的。葛洪在《抱朴子·百里》中说："庸猥之徒，器小志近，冒于货贿，唯富是图。"清代学者魏源在《默觚上·学篇三》中也说："不知其心易盈者，正由其器小乎！"那些将领、豪杰只知道金银布帛值钱，却不知道邦国之兴是无价的；此时令世人趋之若鹜的财货，灾荒之年却如同粪土，空守着满箱宝器却填不饱肚子，实为可悲之极。

　　被誉为群经之首的《周易》自始至终贯穿着一个道理：变化。易者，变也。世界就如同水一样，不动不变就是死水，唯有时时变易方得水清如许。人、事、物皆同此理，此时宝贵的，将来未必宝贵；此时廉价的，彼时或许就会价值连城。器小者只看眼前，唯图当下快活；大智者却能洞悉变易之理，放眼未来，着眼大局。这是我们每个人都应学习并具备的素质，这般思考问题，不仅很多烦恼没有了，或许命运还会赐予你很多意外的惊喜。

### 李渊

　　唐高祖李渊攻克了霍邑。到了论功行赏的时候了，军法官认为那些奴隶从军者不能与平民从军者同等对待。李渊说："战场上，不分贵贱；论功时，怎么能有差别呢？应该一视同仁地授勋。"于是，他在西河犒赏霍邑的官员和百姓，并且挑选壮丁补充军队。家在关中的军士想回家，他都会授予五品散官，让他们返回故里。有人提出官授得太滥了，李渊说："隋朝吝惜授勋行赏，以致失去了人心，我们为何效法他们呢？况且用官爵来收买众人之心，不是比武力更好吗？"

### 白起祠

唐代贞元年间，咸阳有人上奏说他们看到了战国时秦国的大将白起。白起叫他们转奏当今皇帝："请求为国家捍卫西部边疆，正月间，吐蕃一定会来侵犯。"没过多久，吐蕃果然来犯，被打败后撤退了。德宗以为真是白起在保佑他，打算在京城为白起建造祠庙，并赠封他为司徒。李泌说："我听说'国之兴，在人心'。如今将帅们击退了吐蕃，建立了功业，陛下不予以奖赏，却要褒赏一个早已故去的白起，我担心这样的话守边将领就没有干劲儿了！况且在京城立庙，隆重地祈祷，流传开来，必将使巫风盛行。我听说杜邮那里有座白起旧祠，请下道敕文命当地府县将其修缮一番，这样不至于惊动人的耳目了。"德宗听从了李泌的意见。

## 【品悟】

《大学》为我们展现了儒家的政治理想，与道家的"小国寡民"不同，儒家的视野是放眼天下的，也就是我们所熟知的修身、齐家、治国、平天下。想平天下先修身，修身即修心，修心须正心。把心放正了，说的话响当当，做的事坦荡荡。李渊的智和李泌的智都在于他们懂得："国之兴，在人心。"人心散了，国岂能存？此谓知本，此谓知之至也！

在李渊眼中，所有将士都是同生共死、浴血杀敌的同袍，岂有贵贱之分？更何况，英雄不问出处。这是难得的平等观。李泌于一件事中见出两处危害，思虑之周全令人赞叹。此两则故事值得我们借鉴的是看问题、做决断必须从根本处着眼，分清利弊，切忌因为一时兴起或是刻板偏见使心不得其正，最后落得个追悔莫及。

## 鹖冠摇摇　圣心昭昭
——《鹖冠子》的人本思想

《鹖冠子》作者相传为战国时楚国隐士鹖冠子。《汉书·艺文志》称作者为"楚人","居深山,以鹖为冠"。应劭《风俗通义》佚文也说:"鹖冠氏,楚贤人,以鹖为冠,因氏焉。鹖冠子著书。"据此我们可以知道他的大概形象:怀济世之才而不被重用,故隐居深山,以鹖之羽为冠,发愤著书,潇洒楚狂人也。

此书多阐述道家思想,也有天学、宇宙论等方面的内容。原著不分篇目,后世按内容分为十九篇。行文古奥典雅,字里行间皆表现出"道化腐朽为神奇,润万物而无声"的神奇而不可抗拒的力量。其对后世影响颇深,杜甫、陈子昂、刘勰等人不仅以鹖冠子自喻,且对《鹖冠子》一书博辩宏肆的文辞、天下大同的政治主张亦称道不已。唐代大儒韩愈赞叹道:"使其人遇其时,援其道而施于国家,功德岂少哉!"其经天纬地之功用可见一斑。

然今人缘何对此书不甚知之?皆因柳宗元在其《辩鹖冠子》一文中言此书"尽鄙浅言也,吾意好事者伪为其书"。自是以来,《鹖冠子》的伪书之名几成定论。由于柳宗元的影响力,长期以来敢为其翻案者几乎没有。近代学者吕思勉指出:"此书词古意茂,绝非后世所能伪为,全书多道、法二家论,与《管子》最相似。"幸而1973年马王堆汉墓出土了《黄帝四经》等大量帛书,有学者研究发现,《老子》乙本卷前的古佚书中有不见于别书而与《鹖冠子》相合的内容,证明了其为战国时所作,为证明其并非伪书提供了有力证据。自此《鹖冠子》方重新受到人们的重视和关注。

《鹖冠子》继承和发展了先秦道家一向关心人的生存境遇,具有浓郁人本主义色彩的特点,十分重视人的生存与发展。该书将天道、地道与人道联系起来,提倡尊重人的天赋禀性,肯定人的主观能动性,体现了对人自身原始生命力的尊重与关怀,蕴涵着丰富的人文情怀。

## 【壹】自若则清　人之性也

《鹖冠子》对人的本性进行了探讨。《博选》在论及选贤问题时指出:"君也者,端神明者也。神明者,以人为本者也。"虽然这里的"以人为本"概念与现在有很大差异,但它强调精神依附于人体,显示了对人的重视。

《鹖冠子》对人性进行了很好的总结:"所谓人者,恶死乐生者也。"这不仅道出了人类在生命历程中对生死的本能态度,而且包含着浓重的生命意识。

虽说贪生怕死是人之本性,"见遗不掇,非人情也",但《鹖冠子》对人性并不抱失望态度。正如《泰鸿》所言:"毋易天生,毋散天朴;自若则清,动之则浊。"这就是说不要改变人淳朴纯净的自然天性,其中"朴""清"表明《鹖冠子》相信人性是善的,"毋"则表明对人性的肯定与尊重。

《著希》在阐述希人之道时说:"故希人者无悖其情"即希望得人者不违人情,这也显示出《鹖冠子》对人自然本性的尊重。在这点上,《鹖冠子》与《庄子》颇为相似,无论是物的自然,还是世事的自然,抑或本心的自然,都应因顺不悖。但其对人的认识与尊重是为了实现"因物之然,而穷达存"的目的,反映的是人类认识与把握自身过程中的文化心态,关注的终极目标是人类的前途与命运,具有深厚的人文蕴涵。

## 【贰】凡五不通 人之悲也

《鹖冠子》在关注人的生存与发展的同时也表现出对人生存困境的悲悯。

它首先对人在社会生活中的作用给予了高度的肯定。《博选》曰:"道凡四稽:一曰天,二曰地,三曰人,四曰命。"在地位上,鹖冠子把人提到与天、地等同的位置,这是很了不起的人文主义思想。在《备知》中他又说:"天高而可知,地大而可宰",这是对人的能力的充分褒扬。

对君子,他更是毫不吝惜溢美之词。《著希》曰:"夫君子者,易亲而难狎,畏祸而难却。嗜利而不为非,时动而不苟作。"然而这样的贤人在乱世的遭遇却是"绝豫而无由通,异类而无以告。苦乎哉"。无疑是对黑暗现实与小人得志的控诉。鹖冠子本人就是不得志的,但他并没有牢骚满腹地对社会现实批判个没完,而提出人应适时调整心态,以实现自我价值,这是难能可贵的。《世兵》曰:"曹子去忿悁之心,立终身之功;弃细忿之愧,立累世之名。故曹子为知时,鲁君为知人。"面对现实,灵活应对,不拘泥于旧俗,只有这样才能充分实现自我价值,并成就大业。这就是我们通常所说的知时务者吧。

鹖冠子没有对人进行一味地肯定,也深入总结了人的认知局限,在《天权》中他说:"故人者,莫不蔽于其所不见,鬲于其所不闻,塞于其所不开,诎于其所不能,制于其所不胜。世俗之众,笼乎此五也而不通。"这表达了对芸芸众生的悲悯之情。"病视而目弗见,疾听而耳弗闻",鹖冠子因人们生理或心理的缺陷导致不能正确、全面地认识事物而哀其不幸,又因其不能冲破束缚克服自身局限而怒其不争,显示出悲天悯人的情怀。

阅读《鹖冠子》,如同沐浴在阵阵仙风道雨中,在一片寂静中可以聆听往圣先贤娓娓道出的宇宙奥秘和人生真谛。我们仿佛看见那鹖冠之上摇摆的羽毛,而一颗关注生民的圣贤之心就在那摇摆间现于世人面前。

## 立俗举贤　大同之国
——《鹖冠子》的理想社会蓝图

鹖冠子处在一个君主昏庸无能，佞臣恣意横行的晦暗时代。他虽心怀抱负，但志翼不得舒展，只好在《鹖冠子》中对其理想的社会蓝图——成鸠氏之国（成鸠，汉族传说中为太古天皇氏的别号）进行描绘。鹖冠子对老子"大同世界"的理想进行发挥，勾画了成鸠氏时代的理想国：人民生活安定，社会高度和谐，制度严明，政治有序，贤人君子尽其所能，奸臣小人被疏远而不能乱世，善者得褒，恶者得惩。成鸠氏理想国着眼现实，展望未来，表达了鹖冠子的美好愿望，同时也体现了他为人民找寻安身立命之所的努力与苦心。

### 【壹】重视教化　化立俗成

《鹖冠子·近迭》提出圣人之道应"先人"，把"人道"放在"天""地""时"之上，因为"法天则戾""法地则辱""法时则贰"，"三者不可以立化树俗"。具体而言是，天高远而难以知晓，有福祉即使请求也不能得来，有灾祸又不可以避开，那么效法天就会与人道违逆。大地广大深厚，多有利益而少有威势，效法大地就会受辱。时运的换代变更没有一致，效法时运就会产生背离之心。这三样不可以建立教化、树立风俗，所以圣人不效法。

由此也可以看出《鹖冠子》对教化的推崇。教化注重以教育感化的方式来对人们进行潜移默化的影响，从而在社会上形成向善的社会风气。成鸠氏理想国就是里、乡、郡等各级社会治所要扬善抑恶，按时对民众进行宣传教育，从而达到"化立俗成"的目的。《鹖冠子》提倡通过以下方式来推行"慈孝"之道,即"父与父言义,子与子言孝。长者言善,少者言敬。旦夕相熏芗以此慈孝之务。"做父亲的彼此探讨何为道义,做子女的互相讨论如何行孝。年长者言必说善良,年少者言必说尊敬,早晚如香草般互相熏染。

通过在日常生活中对民众施行教化,进而在一家乃至一国形成良好的社会风气。"若有所移徙去就,家与家相受,人与人相付","受"可作"爱"字解读,意思是在旅途中家与家互相关爱,人与人互相保护。在这里,关爱与互助既是一种人文要求,也是社会关系和谐之表现。"化立俗成,少则同侪,长则同友。游敖同品,祭祀同福,死生同爱,祸灾同忧,居处同乐",这描述了人与人之间的团结与友爱,表达了对和谐人际关系的向往。如果能做到"化立俗成",那么就能使善者得举,使恶者得诛,从而做到"其教不厌,其用不獘。故能畴合四海以为一家",这也是出于其教化的一种考虑。

教化强调对人的道德及高尚情操的培养,有利于形成和谐有序的人义环境。无论其教化是出于怎样的考虑,其本身就体现了一种人文关怀。

## 【贰】选贤举能　唯才是任

鹖冠子对成鸠氏之国举贤任能、贤愚各得其位的理想社会大力倡导,与老子不尚贤的主张相去甚远,同时也传达出《鹖冠子》爱人、善用人的人文思想。

《鹖冠子·博选》名即为广泛地选拔人才,它提出博选以"五至"为本。鹖冠子本人胸怀经纶,有积极救世之心,隐世实为不得已之举。因此,他十分重视人才的推荐,追求个体生命价值的实现。鹖冠子主张任贤以利国家,认为"贤人不用,弗能使国利,此其要也"。《鹖冠子·天则》强调"任贤使能,非与处也",提出选贤要不拘一格,不以出身贵贱为标准。在理想社会蓝图的勾画中,鹖冠子设想建立严明的体制以保障贤能之人施展抱负。成鸠氏之国采用"天曲日术"以保证贤者能得到重用,在全国设伍、里、甸、乡、县，各级必须按时向上级汇报情况以使下情上达。这里面就特别提到了对贤能者的举荐，《鹖冠子·王鈇》曰："县啬夫不以时循行教诲，受闻不悉以告郡，善者不显，命曰蔽明；见恶而隐，命曰下比，谓之乱县"，一旦不如实上报则要受到相应的惩罚。"属各以一时典最上贤"，即伍长至郡大夫须登记各属地贤者之名以时上报，使"不肖者不失其贱，而贤者不失其明"，从而达到治理的有序与政治的清明："上享其福禄，而百事理。"鹖冠子在此显示了其自身的人格智慧，其照亮千古的人格意识，正是在道德践履中和至圣达贤的途径上，才显示着崇高和文明。这也体现出了其思想中人文意识的进步性。只有举贤任能，才能充分调动个体的主观能动性，进而使个体生命价值得到实现。成鸠氏之国对贤能者的重视，既是鹖冠子也是时人的期盼和愿望。

同时，这样的愿望只能作为一种理想来进行描绘，这也反映出鹖冠子对现实的无奈与痛心。理想带有指向性、目标性，理想社会蓝图的勾画也是鹖冠子充分发挥个人智慧以积极救世的人文关怀之体现。

《鹖冠子》是针对现实出发的一部言志之作，它兼容各家学说为其所用，实为对救世方法的探索。它重视对人文教化作用的发挥，强调万物各归其位，以便更好地发挥集体的智慧与力量去推动社会发展，于今读来，仍闪现着烛照千古的人文之光。

## 修德虑祸　安身立命
——《颜氏家训》中的人文关怀

作为是我国家训里程碑式著作的《颜氏家训》集前代家训之大成，不仅以丰富的内容、系统的理论、范式的文体，将家庭教育与社会大众化生活紧密契合，事理与亲情融合，言训与心育并用，且在严肃的道统传承和尊长期待中包含了浓郁、细致、深远的人文关怀。

《颜氏家训》诞生在政权更替、战乱频仍、社会动荡，人的生存环境恶化，发展前景严峻的南北朝时期。即便世家子弟，亦常因"朝市迁革"而"被褐而丧珠，失皮而露质"，致使"鹿独戎马之间，转死沟壑之际"。因此，《颜氏家训》是一个生于乱世、为宦四朝、饱经沧桑，对人生、社会有着深刻认识，对家庭、子孙有着高度责任感的传统知识分子面对子孙时的人生全书式的真情道白，以期实现前代尊长与后辈子孙间家族文化遗产的自觉传递，使子孙后代上可"绍家世之业"，下可安身立命。

在这部集大成的著作中，既有历代圣贤者之言，也有颜氏家族的祖风遗训，更多的是颜之推自己亲历乱世与披览群书的阅历、体察和感悟，透视着中国社会的纷纭万象、人情世故的门里婉曲，散发着中华人文传统的芬芳气息。

### 【壹】养德保身的生命观

颜之推生命观的核心是"保身、养生"。集中体现在《养生篇》中。首先，他承认生命的唯一性："性命在天，或难钟值。"因此，"夫生不可不惜"。基于此，提出人必须保身、养生。

保身是尊重生命的存在,是养生的前提,"全身保性,有此生然后养之,无徒养其无生也。"他特别强调社会因素,那就是"先须虑祸"。所谓"祸",指因自身修养与德行而造成的祸患。他以例释之:"岩居水饮,不与民共利"的单豹,虽七十高寿而死于饿虎,是不合群所导致的祸患;张毅人际关系很好却四十病故,是不善养生所导致的祸患;嵇康深得养生之道,终因性格孤傲、不容于权贵,而导致杀身之祸,是明哲而不善保身的典型;石崇因贪婪溺财导致祸患,是积财者不善积德的典型。这些典型举例,表现出作者对人世祸患的归因思考,那就是"德"与"祸"的反正关系。此"德"应为广义的人格修养的概念,既包含品格的自我修养,也论及人际关系的协调能力,还涉及健康与生命、人事与天命的和谐关系。

充分意识到修身养德与保身的因果关联的颜公,出于对生命的尊重,对于世俗贱视女婴,甚至"贼行骨肉"的行为,他表示不忍与不平:"天生蒸民,先人传体,其如何哉!"养生是对生命的呵护。他告诉子弟们养生必须得法:

要注重合理有度的饮食起居,"慎节起卧,禁适寒暄"。要注意心理健康与养生的关系:"爱养神明"。他赞同药物保健:"诸药饵法不废世务也",但又告诫说,"但须精审,不可轻脱"。他质疑时下盛行的道家养生学说的虚妄,明示子孙不取。他的"保身"有鲜明的价值原则:"夫生不可不惜,但不可苟惜。"对于"涉险畏之途,干祸难之事,贪欲以伤身,谗慝而致于死"之类,君子自然惜其生。但对"行诚孝而见贼,履仁义而得罪,丧身以全家,泯躯而济国"之类,君子应不足惜。

## 【贰】安身立命的处世观

安身立命是中国哲学的基本命题之一,安身立命之途是每一个"个体"将自己纳入社会群体之中,按照群体规则(伦理原则)与这个群体或群体规则保持一种"和合性"。

颜之推从"保身"的立场出发,强调保身"先须虑祸",虑祸则须修德,这是安身立命的前提。因此,他在《风操篇》中不厌其烦、连篇累牍、极致琐细、深入浅出地向子弟们传授道德修养与处世为人的个中道理,其目的是让子弟们通过内心的自我完善以实现个人与社会的和谐。

他推崇房文烈、裴子野待人的宽仁笃厚,贬斥邺下将军的贪婪刻薄和南阳富翁不近人情的吝啬,并以他们的可悲下场告诫子弟引以为戒。他教导子弟在社会交际中要注重礼节、礼貌。要待客以礼、待客以诚;要辨明礼俗,待人接物乃至称呼用语都要合礼、得体;参与亲朋的红白事要真诚、适时;要注重亲情关怀与表达,无论亲人临战、还是临危都要给予心灵抚慰,休戚与共,但对于不同个性的人,在表达情感的形式上不要一概而论;语言要文明、慎重,不要以伤害别人来取悦自己;结交社会朋友,要注重志趣与节义相投、始终如一;青少年选择社交圈子,要注重"与善人居",讲求"但优于我,足贵之"的原则;在名利问题上,要洁身自好,"窃人之财,刑辟之所处;窃人之美,鬼神之所责"。这些贴近社会生活实际、周全精到、无微不至的谆谆之教,体现了颜之推慈父严师式的人文关怀风范。

颜公此类人文关怀式的家教风格可用八字概括:仁爱、真切、细致、深远。仁爱是其人文关怀的核心,真切、细致是其人文关怀的质地,深远是其人文关怀的视野。无怪明人张璧在《明嘉靖甲申傅太平刻本序》中感慨道:"乃若书之传,以身,以范俗,为今代人文风化之助。"

# 恻隐发于中　此义之性也
——有情有义的《白虎通义》

历史的篇章翻过春秋、战国，中国从王权社会逐渐转变为皇权社会，至秦、汉而完成的，由此成就了直至清代的中华帝国时代。秦汉确立起来的一套皇权帝国社会制度，充分顺应了当时的中华民族的生活方式、生存环境的需要，因此，在这个长久的历史时代中，中国一直是世界上最先进、最强大的国家之一。汉武帝采纳董仲舒的建策"罢黜百家，独尊儒术"；然后则是皇帝亲自主持统一"经义"的工作，西汉宣帝于甘露三年（公元前51年）主持了石渠阁会议，东汉章帝于建初四年（公元前79年）主持了白虎观会议，并由班固做了会议记录，由此撰集而成《白虎通义》这样一个帝国意识形态的权威文本。它建构起一整套皇权帝国时代的国家意识形态。这种帝国意识形态的核心便是"正义"的观念。其实这也正是儒家的，乃至整个中国文化传统的一个通行观念，即"义"的观念。

## 【礼义总关情】

"义"对于我们中国人来说好像是一个极高的道德准则。提到它，我首先会想到一个因为"义"字而成为神明的人物——关羽。形容他的词是"义薄云天"，就是说情义之至犹如天高了。在日常生活中，我们赞扬那些见义勇为的人说他们有"正义感"，赞扬那些重感情的人说他们"有情有义"，兄弟之间要讲"义气"，一个和谐的社会呼唤的是"道义"……简单的一个字代表的是中华民族悠久文明的厚重积淀。而《白虎通义》认为："礼"是形而下的人道，而"义"则是形而上的天道；人道应该效法天道，所以制度规范应该遵从正义原则。这就是"圣人承天而制作"的观念。但事实上《白虎通义》同时又认为，正义原则的精髓在于：制度源于人们的生活，而与人们的具体生活方式密切相关。因而义就从一个国家的法律殿堂里走出来，走到每一个百姓的身边。

从我们常说的"有情有义"这个词可以看出来，古人认为"义"与"情"是密不可分的，并且"情"是先于"义"的重要因素。很多人对儒家思想有误解，总认为孔子及其后代的儒生们是古板而不懂情感的，只会中规中矩地遵守一些条条框框，实际上恰恰相反——在儒家观念中，生活首先显现为情感，尤其是仁爱的情感。比方说为什么谈到"礼"就不能不谈"乐"，而合称为"礼乐"呢？这与儒家重视生活的情感显现密切相关。我们应该知道，儒家尤重情感问题，以至于有人称其为"情感哲学"；而儒家最大的贡献是总能将人们的情绪与感情导向仁爱和乐，《白虎通义》恰恰也体现了这一点，《总论·礼乐》章说：

乐者，乐也。君子乐得其道，小人乐得其欲。

王者所以盛礼乐何？以节文喜怒……乐在宗庙之中，君臣上下同听之，则莫不和敬；在族长乡里之中，长幼同听之，则莫不和顺；在闺门之内，父子兄弟同听之，则莫不和亲。故乐者……所以和合父子君臣、亲附万民也。是先王立乐之方也……故乐者，天地之命，中和之纪，人情之所不能免焉也。

闻角声，莫不恻隐而慈者；闻徵声，莫不喜养好施者；闻商声，莫不刚断而立者；闻羽声，莫不深思而远虑者；闻宫声，莫不温润而宽和者也。

因此，所谓"圣人"就是能够"闻声知情"。由此我们可以看到儒家"乐教"传统的意义就是音乐可以起到教化、陶冶的作用。为此，《礼乐·帝王礼乐》还举了一个例子："周室中制《象》乐何？殷纣为恶日久，其恶最甚……武王起兵，前歌后儛，剋殷之后，民人大喜，故中作所以节喜盛。"音乐因情而作，反过来又能节制人的情感，汉代一定是认识到这重要的一点了，所以设置了"乐府"专门发挥音乐的这种重要作用。由此可见，礼义这种制度规范是源于人们的生活情感的，此即所谓"礼以饰情"（《丧服·变礼》）。

## 【情动而义生】

关于聚族而居的宗族制度，《白虎通义》是这样解释的：

"族者，凑也，聚也，谓恩爱相流凑也。上凑高祖，下至玄孙，一家有吉，百家聚之，合而为亲，生相亲爱，死相哀痛，有会聚之道，故谓之族。"（《宗族·九族》）

宗族之间必须要有亲情的维系才能长久地聚居在一起。人们珍视这种情感，为了维护这样一种亲族之间相亲相爱的局面，在情的基础上生发出了义。谁背叛了亲族，便是"不义之举"了。

亲族之间有血缘关系还容易理解，而君臣之义呢？《白虎通义》在谈到"五谏"之中的"陷谏"时，正面讨论了"义之性"："恻隐发于中，直言国之害，励志忘生，为君不避丧身，此义之性也。"（《谏诤·五谏》）之所以能够在谏诤时做到舍生取义，是因为"恻隐发于中"，亦即发自内心的仁爱之情。它超越了亲缘关系的"小爱"，是具有普世价值的"博爱"。在这个意义上，所谓"义之性"实则"义之情"，亦即正义原则的仁爱情感渊源。通常所谓"情义"之说，也透露出"情"对于"义"的本源意味。

在世人普遍感慨世风日下、人心不古的今天，如果我们都能超越"亲吾亲"的小爱境界，"老吾老以及人之老，幼吾幼以及人之幼"，将整个社会真正当作自己的家族，以情动作为出发点，将正义作为信条，老爱幼、幼敬老，就会少一些熟视无睹的冷漠，少一些"扶不扶"的可悲猜疑，真正走向有道义、有正义，有情有义的和谐社会。

# 诸葛亮的管理哲学
## ——《便宜十六策》品读

作为古代杰出军师的代表者,诸葛亮可谓家喻户晓。《隆中对》一出,他便展现了他对时局形式的清醒认识和深刻分析。后来帮助刘备建立蜀国,担任丞相职务;刘备死后,他又长期主持蜀汉的军政大事,是蜀汉的实际管理者。在其戎马倥偬的一生中,能多次出奇制胜、化险为夷,并为蜀汉立下汗马之功,他在管理方面的才能值得我们学习。

《便宜十六策》是他传世的少数作品之一,在《隋书·经籍志》中有收录,在中华书局出版的《诸葛亮集》中也有收录。此文凡六千言,从十六个部分分别论述治国治军之道。本书择取对我们当下有指导意义的部分与大家分享学习。

管理者最大的忌讳就是独断专行。商纣、夏桀和周幽王皆因此而亡国,因此诸葛亮在《便宜十六策》的"视听第三""纳言第四"这两部分着重强调了作为管理者应明察善思、广开言路:

## 【视微形　听细声】

诸葛亮在"视听第三"中做了这样一个类比:"夫五音不闻,无以别宫商;五色不见,无以别玄黄。"未曾听过音乐,就无法分辨音阶高低;不观察万物,就无法辨别出颜色的变化。作为管理者,只有多听、乐听下属的声音,才能真正了解到管理的得失。一个过于严苛、独断的管理者往往只喜欢听到溢美之词,便无法发现管理中的问题。诸葛亮是这样说的:

"视听之政,谓视微形,听细声。形微而不可见,声细而不可闻,故明君视微之几,听细之大,以内和外,以外和内。故为政之道,务于多闻,是以听察采纳众下之言,谋及庶士,则万物当其目,众音佐其耳。"

管理之道在于能看到不被重视的问题,听到不为人知的意见。如果能做到观微听细,就能使下情上达,以巩固团队,鼓舞士气。多多采纳下属的意见,那么下属都会成为自己看问题的眼目,听声音的耳朵。优秀的管理者必须要具备这样的视野。

《尚书》中说:"圣人无常心,以百姓为心。"是说一个优秀的管理者不应固执己见,而应善于倾听、采纳下属的意见。这就涉及"纳言"这一部分的内容了。

## 【开言路 采众谋】

身为管理者应广纳众议,虚心接受意见。

"故君有诤臣,父有诤子,当其不义则诤之,将顺其美,匡救其恶。"

为人君者有极言直谏的臣子,为人父者有直言不讳的子女,那么当他们行为不义时,臣子、儿女便会提出告诫,及时挽救危机,也保全为君为父的美德。管理者如果专断固执,忠诚的下属的建议无法上达,趋炎附势、言语谄媚之流却得到重用,久而久之便没有人愿意直言不讳。管理学中有一个经典的小故事:

古时候有个小国到中国来,进贡了三个一模一样的金人,把皇帝高兴坏了。可是这小国同时出一道题目:这三个金人哪个最有价值?皇帝想了许多的办法,请珠宝匠称重量、看做工,都是一模一样。怎么办?使者还等着回去汇报呢。泱泱大国,不会连这点小事都不懂吧?

最后,有一位退位的老大臣说他有办法。皇帝将使者请到大殿,老臣胸有成竹地拿着三根稻草,插入第一个金人的耳朵里,这稻草从另一边耳朵出来了。第二个金人的稻草从嘴巴里直接掉出来,而第三个金人,稻草进去后掉进了肚子,什么响动也没有。老臣说:第三个金人最有价值!

使者默默无语，答案正确。

这个故事告诉我们，一个人最有价值的品质便是善于倾听。孔子不耻下问，周公乐与百姓结交，而能成就伟大的学问，为后世万代所景仰，奉为圣人。所以管理者有缺失，却不能改过，团队必定人心涣散。

## 【善察疑　辨虚实】

管理者善于倾听了却不会加以分辨，同样危险。所以诸葛亮紧接着强调了"察疑"的重要性。他首先告诉我们世间的很多物质虽然本质不同，却因形色相近而容易让我们难辨真伪：

"白石如玉，愚者宝之；鱼目似珠，愚者取之；狐貉似犬，愚者蓄之；栝蒌似瓜，愚者食之。故赵高指鹿为马，秦王不以为疑；范蠡贡越美女，吴王不以为惑。计疑无定事，事疑无成功。"

白石如玉，鱼目似珠，狐貉似犬，栝蒌似瓜，不明事理的人就把它当珍宝。因而赵高指鹿为马，秦王不加反驳；范蠡进贡越国美女，而吴王不加怀疑，此皆将酿成大祸。因此管理者必须明察秋毫，杜绝歪风。人心涣散往往发生管理未及的地方，谣言总是因众心疑惑而产生的。

决策让人心生疑虑，即使再高明，也无法施行。"士为知己者死，女为悦己者容，马为策己者驰，神为通己者明。"当下属之间发生矛盾，最怕管理者不能查明真相，而累及无辜，或纵容小人，而致使刚直者被陷害，有冤屈者不得伸张，忠良、信义之士被害，这些都是败德的事，必会引来灾祸。此时必须察言观色、慎而又慎，如此方能公平处之。

诸葛亮认为君臣之间的关系关键在于上下和顺，"君以礼使臣，臣以忠事君"。这同管理者与下属的关系一样，管理者要广采众议，采纳微言，明辨是非，亲贤者，远小人。这样下属就能对上级忠心耿耿，整个团队就会同心同德、通力合作。古人的智慧今日观之，仍为至理名言。

# 循天以行　天下为公
——《尔雅》中的"天"与"人"

## 【近于雅正　是为《尔雅》】

"尔雅"两字作为书名首见于《汉书·艺文志》。据今人管锡华考证，自西汉至今，对《尔雅》书名的解释曾出现过七种，如今公认的是"近正说"。西汉刘熙《释名·释典艺》解释说："《尔雅》，尔，昵也。昵，近也。雅，义也，义，正也。五方之言不同，皆以近正为主也。"也就是说，"尔雅"乃是"近于雅正之言"。所谓"雅正之言"即先秦时期的标准语。因此，以此二字为书名是指以标准语解释古语、方言，从而辨识名物。

《尔雅》一书的成书年代和作者也是历来众说纷纭，至今仍无定论。自东汉郑玄所著《驳五经异义》中最早提出的"孔子门人所作说"，到当代学者赵振铎、何九盈分别在《训诂学史略》和《〈尔雅〉的年代和性质》中提出的"战国末年齐鲁儒生所作说"，两千余年间，共有十几种观点。

近年，学者们分别从语言、哲学、政治、文化等多个方面对《尔雅》进行动态研究，认为《尔雅》在战国末年已基本成书，后又经西汉增补。

作为辞书之祖、《十三经》的一种，它是汉民族传统文化的核心组成部分。凡十九篇，今天我们先从《释义》这篇来探讨一下古人的天人观。

## 【仰观俯察　天在人心】

《尔雅·释天》邢昺疏列举"天"之六解，非关天体运行，大类冥想玄思。略做介绍如下：一曰"盖天"，如盖在上。二曰"浑天"，形如弹丸，地在其中，天包其外，犹如鸡卵白之绕黄。三曰"宣夜"，此称出于殷，不详所指。四曰"昕天"，"昕"读为"轩"，吴时姚信所说，以为天北高而南下若车轩然，亦属强解耳。五曰"穹天"，仅称有"穹隆在上"，描象绘形。六曰"安天"，晋时虞喜所论，郑玄注《考灵耀》："天者纯阳，清明无形，圣人则之，制璇玑玉衡，以度其象。"指出"天"本无形体，可称大虚，诸星运转之处所是为天也。凡此种种名称与解释都是东方式的感性思维，与近代天文学大异其旨。

更有"地则中央正平，天则北高南下"之说，北极南极之说、地之升降说、星辰随地升降说、二十八宿之考等，大体出于郑玄所注之《考灵耀》及《周髀》文，繁缛而荒诞，殊不足观。而邢昺亦觉"先儒因自然遂以人事为义，或据理是实，或构虚不经"，其所感受大概会与今人趋同。远古时期的人正如人的童年，带着一双好奇的眼睛，遇到难解之象先命名之，再研究之。然毕竟人的认知要经过一个漫长的过程，所以难免会显得幼稚。但这幼稚却是成熟的基础，不容忽视。通过这些学说，我们可以想见古人在仰观俯察时内心的崇敬与震撼。

《尔雅·释天》云："春为苍天，夏为昊天，秋为旻天，冬为上天。"郭璞注："春，万物苍苍然生；夏，言气皓旰；秋，愍万物凋落；冬，言时无事，在上临下而已。王先谦于《释名疏证补》所疏春、夏、秋与郭璞大体相同，唯于"冬"则径引刘熙《释名》卷一原话，与郭璞注不同，刘熙云："冬曰上天，其气上腾与地绝也，故《月令》曰：'天气上腾，地气下降。'"中国古代天文学虽感性多于理性，但觉言之有理，亦有趣味，未必非如近代西方天文学之精审也。

## 【天垂以象　人以弘道】

苍天、昊天、旻天、上天，皆可为天之代称，并无绝对界限。亦有尊称其为"皇天"者如屈原《离骚》："皇天无私阿兮，览民德焉错辅。"远古先民皆以"天"为至高无上，《说文·一部》："天，颠也。至高无上。从一、大。"段玉裁注："至高无上，是其大无有二。"缪篆先生于老子古微中释"大"字以为:"一"指天,加上负阴抱阳之"人"则成"大"。《老子·第二十五章》云:"有物混成,先天地生,寂兮寥兮,独立而不改,周行而不殆,可以为天下母。吾不知其名,字之曰道,强名之曰大。"其意指"大"字亦即无可穷极之"道"。强名之曰"大"。"强"者,实指人之认识本无能力名之。"人法地,地法天,天法道,道法自然",此处,人、地、天是目所能见者;而道、自然则目所不能见者。《礼记·礼运》云:"大道之行也,天下为公。"指循道以行,则"天下为公"的盛世方会来到人间。天之下为人间,而天之上则为道,道之上更有"自然"。自然者,自在而已然之存在也。自在,言其无处不恰如其分,这是无始无终的至大无二的存在,是为一。一与人合是为"大","大"即"道"之名,"道上加一则为天",这其中所蕴哲理可谓交错而不紊,奥繁而显易。

天—道—自然,笼罩自然万物、社会人生。孔子曰:"人能弘道,非道弘人。"(《论语·卫灵公》)意指人类是可以依循天所垂象,依之弘扬;而"天"则其大无涯,其所具之伟力唯展示"道"而已,不能命人弘扬之。这是孔子对认识主体——"人"之潜力的无限信赖。天,无所不知;然天,非无所不能。"能"须凭借人类自身。这就是在天人关系上中国所固有的无穷智慧。

许慎所云"天,颠也",极言天之高不可攀,人如微尘,于天之伟力下,唯其仰瞻烟霞、伏惟再拜,然后努力行事,庶可弘道焉。

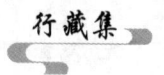

# 梦断天一涯　魂系国与家
## ——元散曲中的天涯

> 枯藤老树昏鸦，小桥流水人家，古道西风瘦马。夕阳西下，断肠人在天涯。
>
> ——【双调】天净沙·秋思　马致远

谈到元散曲，永远也避不开马致远。他的名字本身就给人无尽遐想：一匹瘦马远赴天涯，苍凉无奈之感顿生。人们惊羡他的才思，九个意象连用，连缀出一幅秋郊游子漂泊图。而结尾像极了美国西部片惯用的画面：硕大的血红色落日将天地的之开阔放大成一个痛心的梦境，那瘦马上心碎的旅人只留给我们一个单薄的背影，在天地间如此孤单，真的只有断肠可以形容了。而整个场景在让人神伤的同时却又带着一丝悲壮。秋天，旅人，马致远把这一题材写尽了。所以同时代的很多人的作品都能看出《天净沙·秋思》这首小令的痕迹。也许有人会说马致远也借鉴了前人的，即便如此我也会固执地说："要说借鉴，也是超越性的借鉴。"

如今很多人狂爱"天涯"这个词，总觉得去漂泊是最酷的事，总认为只有"在路上"才是最自由最真实的。其实这样想就表明他们并不是真正的浪子，而且恐怕元朝的散曲家们听后会很生气。他们本不想漂泊，他们早已厌倦漂泊，却又不得不漂泊，这才是真正的天涯旅人。

瘦马驮诗天一涯，倦鸟呼愁村数家。扑头飞柳花，与人添鬓华。

——【越调】凭阑人·金陵道中　乔吉

乔吉一生漂泊江湖，伴他的也只有一匹瘦马和马背上的诗卷了。鸟飞倦了还有家可回，而漂泊天涯的浪子呢？偏偏柳花又飞来捣乱，簪上华发雪白一片，让人更添年华逝去的感伤。天涯旅人的辞章里少有旖旎的意象，即使有也被滴血的心染红了。就如王仲元，他写的可是水乡啊，但对于一个旅人来说，这也不过是自己漫长的旅程中匆匆的一站罢了。如此这般，柔美缱绻便无心去看，当下只思量着"孤航夜泊谁家"这最实际的问题了。

树杈桠，藤缠挂。冲烟塞雁，接翅昏鸦。展江乡水墨图，列湖口潇湘画。

过浦穿溪沿江汉，问孤航夜泊谁家？无聊倦客，伤心逆旅，恨满天涯。

——【中吕】普天乐·旅况　王仲元

一缕青烟就将大雁的行程阻断了，作者因为漂泊而变得敏感多愁的心可见一斑。结尾处将这愁无限放大，填满了天涯，让人读完顿生同情之感。由此我们可以知道：天涯实际一直在元散曲家心中。那里由于信仰的荒芜，永远是一派颓败的景象。所以极目所见的那些物象也大致相同：枯藤、老树、昏鸦，要么是归雁、孤舟、瘦马。天涯极阔，却没有让人心胸开阔，因为天涯虽阔，填满它的却是映着如血残阳余晖的羁旅之愁。

在游子心中，故乡是漂泊无依的灵魂最后的避难所。只要还有一个故乡可以思念，心就不会那么冷。而故乡的人呢？他们会不会想念游子呢？李致远为我们做了解答。

> 梦断陈王罗袜，情伤学士琵琶，又见西风换年华。数杯添泪酒，几点送秋花，行人天一涯。
>
> ——【中吕】红绣鞋·晚秋　李致远

晚秋时节，友人即将奔赴天涯，归期渺茫得像更换年华的西风吹落繁花一般。故乡的人当然会想念那些在天涯伤心处思乡的旅人了。游子因不知何时能归家而愁，家人苦盼游子归乡却不晓归期而愁，这份等待渐渐拉长了思念，变成丝线将心缠得更紧。

我们同时还要明白这样一点：作品中写漂泊天涯也不一定说他们真的都漂泊在外居无定所，更重要的是精神的漂泊无依。因为作为一个汉人，生活在元朝，处处都是在漂泊。读书人的那种"万般皆下品，唯有读书高"的核心价值观被蒙古人的铁蹄踏碎，空有抱负又无处施展，所以他们要么选择归隐，独善其身；要么流连在酒肆妓馆间，将愁交付酒与歌，麻醉自己。诸般皆不可，便让自己的灵魂在茫茫天涯间去放逐。在这种放逐间，他们实现着自己与自己的对话，想要为苦闷寻一个出口，没想到，天涯不能解忧，只能将忧愁越放越大。而这份愁在被放大后，就不简单是作者自己的不得志或是思乡之愁了，而是与家国之愁紧紧联系在一起了。

元朝虽说在中原统治近百年，但在一般士大夫心中，夷夏之防的界限还是很清楚的。蒙古人的铁骑可以踏平华夏，但士大夫心中的华夏之旗从未倒下。从文化上看，他们并不认同元蒙。然而对于现实，他们无力改变，于是便只能在愤懑与幻想中寻找代偿，这种代偿幻化成了元散曲中的那片天涯。

诗意是人类栖居的基本能力，漂泊的生存情境与漂泊的自我犹如不系之舟，因而精神放逐的元人总是像远航者期盼着陆地与港口。然而这种期盼最是渺茫，所以浓浓的家国之愁与一己之愁牢牢牵连在一起，也许永远不会消解。就像程昱在【双调】《清江引·钱塘怀古》中说的那样——"江流今古愁,山雨兴亡泪"。

  我想,如果要给元曲中的旅人取一个共同的名字的话,最好的选择就应该是"天涯"。或许那里,才是他们最为认同的故乡。

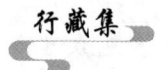

# 愿为耕读孝友家
## ——《挺经》中的齐家之道

《挺经》一直被看作是曾国藩的成功心法，这部书是他从自身的成败得失中总结出的一套独到的为人为官的基本原则和理论，展现了其"内圣外王"的睿智权谋。本书要与大家分享的是《挺经·家范》所谈到的齐家之道。曾公云："孝致祥，勤致祥，恕致祥。"祥就是家庭和睦，只有做到孝、勤、恕这三个方面，才能实现家庭的祥和，并有望代代传承下去。

## 【孝致祥】

在"家范"这章的一开始，曾国藩就摆出了其祖父留下的八字家规："家中兄弟子侄，惟当记祖父之八个字，曰：'考、宝、早、扫、书、蔬、鱼、猪。'"

曾国藩认为，无论是盛世还是乱世，家境贫寒还是富裕，只要能守住祖父的这八个字，就不失为受人尊敬的上等人家，可见他在治家之时对这八个字的重视。而这八个字可以从孝、勤这两方面去谈。

"考"，就是认真祭祖。曾子曰："慎终追远，民德归厚矣。"祖宗虽远，祭祀不可不诚。

祭祀的意义在于缅怀祖先创业之艰难，继承祖先的良好美德。祭祀仪式还能将家族的成员都召集起来，不忘同宗同族之亲，如此便能团结族人。从祭祀中往往能看出一个家族是否和睦，因此古人历来对祭祀都是特别重视的，这是礼的体现。所以孔子在谈到"孝"时才会说："生，事之以礼；死，葬之以礼，祭之以礼。"

"宝"，是"考"的引申，即善待亲族邻里，也就是孔子所说的"弟子入则孝，出则弟，谨而信，泛爱众，而亲仁"。古人以孝治国就因为孝悌是人之根本，《论语》中的有子说："其为人也孝弟，而好犯上者，鲜矣；不好犯上而好作乱者，未之有也。"一个人知道孝悌之道了，一个家就和睦了，每个家都和睦了，整个国家也就安宁了。反之，则家不宁，国不安。正如曾公在"居家八败"中所说的："子弟傲慢者败。"孩子傲慢无礼，不懂得长幼之序的家庭是不会兴盛太久的。

曾国藩一生都是个孝敬父母的人，他的这些品质是建功立业路上的必要条件，守业之人自然也要恪守此道。

## 【勤致祥】

"早"，就是早起。一年之计在于春，一日之计在于晨。曾国藩十分注重早起，在给自己所列的"十二课"中有一条就是早起。他认为"居家以不晏起为本"，从不准许子女睡懒觉，这就是勤的最直接表现。

"扫"，有两层含义。第一层就是家里的卫生要勤打扫，保持窗明几净，庭院整洁。更深一层的意思是自己的内心也要勤打扫，扫除物欲贪念，净化心灵。

"书"，"忠厚传家久，诗书继世长"，古人讲求读圣贤书，并把读书当作功成名就的契机。曾国藩认为，读书更重要的意义在于明智和修身，这样家业才能得到巩固。

"蔬"，即蔬菜，同"鱼""猪"和在一起讲，都是在告诉子孙后代：要耕读传家，艰苦奋斗。曾国藩讲究勤俭持家，自给自足。除了要读书，还要勤恳地劳动，以达到园中有蔬，塘中有鱼，栏中有猪，生活就基本有了保障。大人们辛勤劳动，持家有方，就会丰衣足食。

曾国藩曾在《与纪泽书》中说："既知保养，却宜勤劳。家之兴衰，人之穷通，皆于勤惰卜之。"在他看来，通过家人的"勤劳"与否可以看出一家的兴衰，保持勤劳于每一件事上，便可成就事业，为家庭保福，为自己开创成功的机会。正如他在《家范》中所说的一样："吾辈既办军务，系处功利场中，宜刻刻勤劳，如农之力穑，如贾之趋利，如篙工之下滩，早作夜思，以求有济。"这是真淡泊，把自己的官位看得同农夫、商人、撑船人的工作一样，都需要白天工作、晚上思考，勤勤恳恳，才能成功。

## 【恕致祥】

恕，其实就是孔子的恕道，也就是"己所不欲，勿施于人"。自己不想做的事也不要强加在别人头上，想要让别人做到，自己首先也要做到。如果一个人时刻能够这样去想，要宽恕一个人也就很容易了。

恕的基础是敬，要尊重他人，用宽容的心面对众人。学会推己及人，仁义待人。遇事时，不能把责任一味推给别人，而是要反省自身。这样做不仅可以得到他人的尊重和信任，更能了解自己的不足及错误。

曾国藩待人处世圆融，秉持"敬恕"二字。他在《与泽书》中说："做人的道理，古代圣贤千言万语也无外乎敬恕二字。"他将"敬恕"视为"能设身处地"，在待人处世上尽可达于"絜矩之道"。人要学会恕人，才能让别人宽容对待自己，这样就能避开许多祸端。

"孝、勤、恕"三字其实应该作为每一个人基本的道德标准。看似容易，完全遵守却不易，难在时刻以其为准则，从每个细节上严格要求自己。

"孝"为家庭之祥瑞，"勤"为家兴之象征，"恕"为家德之根本。只有家中子孙儿女一直将这三点作为家训，才能建起一个真正称得上忠贤的家庭，使家道保有良好的风尚，家族方能维持长远悠久。

# 积善有余庆　修德可齐家
——《围炉夜话》中的齐家之道

《大学》有云："一家仁，一国兴仁；一家让，一国兴让。"所谓治国在齐家，家齐而后国治。自古以来，齐家之道是一个关系到个人前途、国家命运的重大课题。良好的家规、家训、家风、家道不仅可以培养杰出的人才，更能作为一种文化基因促使一个家族长盛不衰。本期我们就来看一看清代学者王永彬在他的著作《围炉夜话》中是如何谈论齐家之道的。

## 【壹】积善可兴家

"积善之家，必有余庆；不善之家，必有余殃；可知积善以遗子孙，其谋甚远也。贤而多财，则损其志；愚而多财，则益其过；可知积财以遗子孙，其害无穷也。"

父母之爱子，则为之计深远。"富不过三代"绝非危言耸听。财富虽多，仁不能守之，虽得之，必失之。古今许多世家，无非积德。累积善德就是留给子孙最好的财富。古代许多名门望族绝不可能是土财主养着一批纨绔子弟，一定是心怀仁德，广结善缘的贤良之人培养出一批谦谦君子，所以才有"乡贤"一词的诞生。家业大不一定能守住，而家风好却能为乡里做出表率，敦民化俗，为善一方。

如果我们从社会学的角度看积善这件事，大凡多做善事之家，必受人感激，有朝一日即便子孙身陷困厄，众人也会鼎力相助。反之，多行恶事之家，仇家众多，难保将来墙倒众人推。为福为害，首赖教育，积善人家教导子孙以善，子孙必然多正直，发达自可预期。积恶之家教子孙以恶，子孙必多邪曲，其倾败自然也可以预知。

如果广积财货呢？子孙后代不是可以过上舒适富足的生活吗？有何不对呢？王永彬的观点是：即使是贤能的人拥有许多金钱，也难保不受物质的迷惑，以致耽于逸乐，意气消沉；反之，愚昧的人如果有了金钱，就更容易去从事非法的勾当，甚至危害大众了。与其这样，倒不如钱少一些，才没有力量犯什么大的过失。由此可知，遗留财富给子孙，无论子孙贤与不贤，都是有害无益，因为继承者没有经受创业者创业时的种种艰难，所以对财富也不会那么珍视，与其这样，倒不如留"德"给子孙设想更为周到。

## 【贰】敦厚以为宝

"打算精明，自谓得计，然败祖父之家声者，必此人也；朴实浑厚，初无甚奇，然培了孙之元气者，必此人也。"

凡事精打细算，拼命占便宜的人，遇到与他人利益相冲突时，必然也会不惜牺牲别人。曹雪芹看到家族一步步走向没落肯定看透了这一点，所以才会用"机关算尽太聪明，反误了卿卿性命"来为精明的王熙凤的生命作结。人之所以能发达家业，并不在处处与人争利害，最重要的应是在学问道德以及为人处事上谨厚忠实地去修养，做子孙的榜样。与人争利害，多半要尔虞我诈一番，不免被人视为奸狡之徒，反而自掘坟墓。倒不如宽厚待人得"人和"，对于事业，有无穷的帮助。斤斤计较的人，子孙的胸襟多不宽广，自己死后也会争夺遗产，甚至闹出丑闻。只有以敦厚教子孙，子孙方能同心协力将祖先的事业拓展得更加辉煌。所以家族的领导者必须以身作则，因为"父兄有善行，子弟学之或不肖；父兄有恶行，子弟学之则无不肖；可知父兄教子弟，必正其身以率之，无庸徒事言词也。"

人的本性就像水流一般，下流容易上流难。修德好比爬山，父兄登在高处，子弟不一定爬得上，父兄若在坑谷，子弟一滚就下。因此，可知教子弟最重要的是自己先端正身心去引领他们。如果长辈满嘴仁义道德，实际的行为却违法乱纪，晚辈就很容易受到影响而为非作歹。俗话说："上梁不正下梁歪。"身教重于言教，做长辈的，还是要多多检讨自己的言行才对。

## 【叁】孝悌以安家

古人以孝治国，就是因为"其为人也孝弟，而好犯上者鲜矣，不好犯上而好作乱者，未之有也"（《论语·学而第一》）。一个家族人口众多，只有每个人都能严守孝悌人伦，父慈子孝，兄友弟恭，方能上和下睦。

"守身不敢妄为，恐贻羞于父母；创业还须深虑，恐贻害于子孙。"

我们可以想一想，所有那些为非作歹之人，他们在行恶的时候一定没有顾念到生养他的父母会因为他们的行为而蒙羞。话说回来，如果他们有一些孝心的话，就不会做坏事了。有孝心的人做任何事，都是洁身自好的，以免让父母愧对世人。

换位思考，当你创立家业，要成为一个家族的创业者时，也同样要想到自己创业的方式是否合乎正道，会否危及自己的子孙。譬如，那些开设酒吧、麻将馆、夜总会的人，子孙在耳濡目染之下，不也就成了此辈中人？这岂不是害了子孙？我们常说："男怕入错行，女怕嫁错郎。"其实，如果为下一代考虑，无论男女都怕"入错行"。

严父慈母的传统家庭模式强调的就是要严守家训、家规、家风，以孝悌慈爱之心对待父母兄弟。因为纵使家财万贯，如果兄弟姐妹弃善逐利，相互算计，亲情荡然无存了，家都不安宁了，要那财货又有何用呢？

## 家有贤母 天下太平
——浅谈中国的母教传统

> 桃之夭夭，灼灼其华。之子于归，宜其室家。
> 桃之夭夭，有蕡其实。之子于归，宜其家室。
> 桃之夭夭，其叶蓁蓁。之子于归，宜其家人。

《诗经》中最喜欢这一首《桃夭》，因为它蕴含了家人们对一个新婚女子所有美丽的期许。很多人在解读它的时候会说这个女子容貌艳若桃花，很快就会像桃树结出桃子一样为这个家族绵延后嗣，使这个家族人丁兴旺，因而就会宜其室家了。但我更愿意把它理解为是位母亲在女儿出嫁前教育她要以女德修己，用良好的涵养使家族和睦，子弟成器。

汉字"安"是一位女子跪坐在屋子里，实在是很妙的表达。当一位成年男子把新娘娶回来，就意味着真正地成家了。而家就意味着能使人心安，心安之处即是家。女性之德具有一种温润的美学风格，尤其是女子为人母之后，所有你能想到的温暖的词汇都可以用在母亲身上，或许这是因为我们每个人内心深处都有襁褓时对母亲怀抱的一种眷恋吧。所以，中国传统文化中对父母的教育方式进行了精准的概括：严父慈母。父亲就要像父亲，母亲就要像母亲。唯其如此，家族子孙方有出息，如果反过来了，子孙多半懦弱。严父并不是指棍棒教育，它指的是父亲就是家德、家风、家训、家教最主要的传承者和维护者。我常常会想到这样一个场景：你在原野上玩耍，走远了，走到了悬崖边，父亲严厉的一声呼唤让你立即返回，避免了危险。所以"严"代表的是对道德的坚守。而母亲的教育多是春风化雨式的，如一双温暖的手始终牵着你,不让你走向黑暗。《弟子规》讲:"父母呼,应勿缓。"父母这一呼,呼唤回的是孩子的良知。今天,我来和大家探讨一下我们中华文明教育中最重要的一个环节:母教。

## 【壹】贤母使子贤

中国有着悠久的母教传统,历来重视母亲对子女的养育作用,《韩诗外传》卷九说"贤母使子贤也",说的是贤良的母亲重视教育,使孩子长大成为德才兼备的人。中华民族历史上出现过许多贤母名母,她们深明"妇道",教子有方,培养出众多的杰出人才,充分显示了母亲教育的力量。

在远古的周朝,三太(周朝"三母":太姜、太妊、太姒)的德行照耀古今,母仪天下,为天下女子所效法。孟母三迁,培养出了儒家的"亚圣"孟子。孔子、岳飞、寇准、柳宗元、欧阳修以及元太祖忽必烈等著名的英雄大德都是在年少时就主要受到母亲的教育和影响。

在人类文明史上,女性的作用和贡献是不可替代也不可忽视的。近代著名的佛门大德印光法师曰:"盖以世少贤人,由于世少贤母。有贤女,则有贤妻贤母。有贤妻贤母。而其夫与子之不为贤人者,盖亦鲜矣。其有欲挽世道而正人心者,当致力于此焉。"可见作为一个母亲,最重要的天职就是教育好自己的儿女。当代的女性既要担负社会职责,又要承担家庭事务,还要挑起教育子女和孝敬老人的重担,在家庭中的地位既重要又特殊,她们时刻用贤淑端庄的气质为子女做榜样,用优秀的人格魅力感染孩子,是孩子心目中女子的典范。母亲的综合素质与教养方式会影响孩子的一生发展。德国教育家福禄培尔说过:"国民的命运,与其说是操在当权者手中,不如说是握在母亲手中。"

## 【贰】孤独的母亲们

母教实际上是母系氏族社会的遗存。太古之时，母氏当道，婴儿出生，只知其母而不知其父，教养子女的义务和责任，就理所当然地落在母亲身上。进入父系社会以后，家庭表面上是父亲当家，但男性由于社会分工不同，要么公务缠身，要么游学赶考，要么塞外征战，要么行走经商，长年在外漂泊已成生活常态。所以唐诗宋词中有那么多的思乡诗，家中的母亲常常是"玉枕纱橱，半夜凉初透"，或是"玉户帘中卷不去，捣衣砧上拂还来"。即使是平民百姓，也有劳役、徭役在身，经年不顾家。教养子女的重任就不得不压在女子的肩膀上。诸如：大禹治水，三过家门而不入，儿子启的教诲就有赖母亲涂山氏得成。文王生十子，然治国理政无暇，十子皆赖妻子太姒得以成教。苏轼十岁时，父亲苏洵游学四方，母亲程氏亲授苏轼、苏辙—于以书。而一旦父亲早逝，那些勇敢的母亲坚志守节，继承夫君遗志，抚训遗胤，修理家业，继续维持家庭的稳定兴旺。历朝历代，这样志坚德高的母亲不胜枚举。当我们去观赏明清以来以家庭课子、教子为题材创作的绘画、瓷器、绸缎、玉器、插屏等艺术品时，就会惊讶地发现，主角无一例外都是母亲和孩子。可以说，在中国古代家庭中，亲自承担教子任务的多是母亲，子女一生品性的形成，全赖幼年时母亲的言传身教。

## 【叁】母教的内容

母亲的素质决定子女的素质，子女的素质决定家族的兴继。《女范捷录》有云："上古贤明之女有妊娠，胎教之方必慎。故母仪先于父训，慈教严于义方。"可见，母教始于胎教。子女出生后到十岁之前，教育的责任主要是由母亲亲自承担。从吃饭的基本礼仪、男女相处之道、忠孝信义廉勤等品性的养成、诗书经史的基础等，均由母亲亲自教诲。当子女为人父母、为官做宦之后依然有母教伴随，史籍所载，数不胜数。诸如孟子娶妻，母亲仍教之何为"礼"；田稷为齐相，孟仁为吴司空，田、孟二母以"廉"教；东汉严延年为河南太守，隽不疑为京兆尹，严、隽二母以"仁"教；颜之推说南朝梁大司马王僧辩为三千人将，年逾四十，母亲依然"少不如意，犹捶挞之"。上述这些儿子们之所以能成其功业，全赖他们一生都有母教相随。

世人皆知教子重要，其实，教女远比教子切要。因为正如陈宏谋于《教女遗规》中所说："有贤女然后有贤妇，有贤妇然后有贤母，有贤母然后有贤子孙。王化始于闺门，家人利在女贞。女教之所系，盖綦重矣。"今日之人女，即日后之人母，今日有贤女，日后方有贤母，贤母之儿女，皆能教以为贤子孙。所以对女子的教育更加重要。

齐家、治国、平天下，母教是决定家齐的关键，母贤而后子孙贤，子孙贤而后家齐，家齐而后国治，国治而后天下平。养而不教等于未养，教养相随，但教远比养重要，母德在教，故明代的吕坤在《闺范》"母道"篇中有言："母不取其慈，而取其教。"为了我们的人生少走弯路，为了我们教育孩子时少犯错误，让我们循着古圣先贤老祖宗的智慧去寻找正确的方法，理智地去追求幸福的生活。

## 行合趋同　千里相从
——《幽梦影》中的交友之道

《诗》云："嘤其鸣矣，求其友声。"鸟从深谷之中飞出，栖于高树，嘤嘤鸣叫着，是想寻求朋友啊！我们每个人也一样，在人生之路上总希望嘉友常伴，良朋在侧。然而群聚者众，知己者寡，所以我们都期待着思想上的和鸣。张潮的良朋很多，这一点我们可以从《幽梦影》中每一则下面的"跟帖"就能看出来。这样一位性情中人，对交友之道又有哪些高见呢？

### 【壹】益友可贵

云映日而成霞，泉挂崖而成瀑，所托者异而名亦因之。此友道之所以可贵也。

天边的云朵因为有了太阳的映照而变幻成绮丽多彩的云霞，潺湲流淌的泉水依托悬崖的地势而飞流成瀑布，人亦如此。我们常说"鸟随鸾凤飞腾远，人伴贤良品自高"，并不是说交友时要依仗朋友什么，而是那种"近朱者赤"的熏染会让我们在无形中提升自己。所以孔夫子说"毋友不如己者"，交友不可以交那些志趣不相投、不能提升自己、不能涵养自己性情的人，这就是"君子以文会友，以友辅仁"。上面这一则道出了择友的标准。

为什么很多人在人群吵嚷之中仍然会感到寂寞，恐怕就是因为相交者甚多，知心者甚少吧？子曰："群居终日，言不及义，好行小慧，难矣哉！"酒肉朋友整日厮混在一处，言必称兄道弟，却多是场面上的话，除此之外再无有益的言谈。而且各怀心机，最喜欢耍小聪明，这样的一群人，连圣人来教导都不会有大成就的。古人云："宁学桃园三结义，莫效瓦岗一炉香。"桃园结义只三人，因道义在胸，始终忠肝义胆，成就一方霸业。瓦岗寨初期兄弟甚多，最终分崩离析，皆因李密心胸狭隘、忘恩负义。

结交益友，可以相互扶持、相互提携、成就彼此。

## 【贰】良友如书

对渊博友如读异书，对风雅友如读名人诗文，对谨饬友如读圣贤经传，对滑稽友如读传奇小说。

读好书，交好友，对于张潮来说这两件事是平生至乐了。他说："读未见书，如得良友；见已读书，如逢故人。"实在是妙哉！书读到化境，可以与作者对话，与古今对话，与天地对话，不正如与良友畅谈可神游自然物外吗？和那些知识渊博的好友结交，就如读那些从未读过的书，总能获取新知，给人惊异之感。与风雅之士结交，正如品味名人诗文，那份情致，那种清雅，总能荡涤内心，使人吐纳如兰。与那些人品正直、做事谨慎的好友结交，可以从心所欲不逾矩，稍稍走偏了路，他们总能将你导于正途。幽默是需要智慧的，所以要珍惜你身边那些喜欢开一些格调高雅的玩笑的滑稽之友，那种灵光一现的智慧，那种悦人心志的狡黠，会让你如同读了传奇小说一般回味无穷。交良友，读好书，其致一也！

孔子评价益友有三种："益者三友，友直、友谅、友多闻，益矣。"正直、宽容是朋友之间相处的最重要的原则，如果此友还能多闻，那么就会成为你的一笔莫大的精神财富。听朋友讲过，外出旅游的时候，同伴中有历史老师、地理老师、语文老师，还有对建筑学有研究的老师，所到之处，风俗典故、山水风物、民居建筑、诗词歌赋，等等，必会赏玩良久。旅游有了文化的点染便显得丰富充实、妙趣横生。

## 【叁】密友难觅

现在的女孩子总喜欢称呼最好的女性朋友为"闺蜜",意为闺中密友,可以无话不谈,遇到大事可以相托。其实古代的男子同样喜欢结交密友。

言妻子难言之情,乃为密友。

亲密如妻子者,可以无话不说了吧?倒也未必。人的思想极其丰富,所以不可能有一个人的内心完全契合你的内心。比如好饮者必有酌友,好游者必有驴友,好风雅者必有文友,好对弈者必有棋友,甚至好麻将者必有麻友。有些话只适合对能懂的人讲,讲完不必有任何顾忌,对方或认真倾听,或耐心开解,总能使你畅快。连妻子这般亲密的人都难以与之言说,可见密友的珍贵,亦足见其难得。如果说上面我们谈的还是思想、志趣的契合与交流,那么下面这一番话则是侧重信任与扶持了。

一介之士,必有密友。密友不必定是刎颈之交。大率虽千百里之遥,皆可相信,而不为浮言所动;闻有谤之者,即多方为之辨析而后已;事之宜行宜止者,代为筹划决断;或事当利害关头,有所需而后济者,即不必与闻,亦不虑其负我与否,竟为力承其事。此皆所谓密友也。

如何判断一个人是否是密友呢?第一,即使相隔千百里,仍能坚守信任,不会被流言蜚语挑拨离间。第二,乐道人之善。听到有人诽谤自己的密友,一定会为其辩护。第三,只要你想做的事是合乎时宜、合乎道义的,二话不说为你全力筹划。第四,在利害关头,在你需要帮助的时候,能够不计前嫌,竭尽全力提供帮助而不会刻意让你知道,也不会考虑自己是否会受到连累而有所损失。

儒家强调"君子之交淡如水，小人之交甘若醴"。真正的君子之交不必整日厮混、称兄道弟，但是遇到大事相托必能不负所望。小人则不然，平日里勾肩搭背、成群结伙，一旦受人离间或是身陷险渊，便作鸟兽散，飞鸟各投林。

我们应常怀感恩之心，感谢人生之旅中温暖陪伴的友人。同时要记得，既然别人视我如友，我必待人以真。在交友之道上，切磋琢磨，砥砺同行。

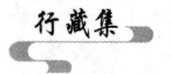

# 对人对事　公正客观
## ——《论语》中的君子交往之道

君子是做人的楷模，君子人格是中国传统知识分子一生的道德追求，是中华民族最宝贵的精神财富。我们在生活中处处都要与人打交道，和谐的人际关系是人人渴求的。谁不希望走到哪里都受人尊敬，受人欢迎，良朋相伴，善言相随呢？然而现实却是，与人交往的道路沟沟坎坎、崎岖不平。不被理解，甚至误解，陷入窘境，百口莫辩；择友不慎，识人不明，阳奉阴违，暗箭伤人。这些遭遇都会影响我们的正常生活，心理脆弱一点的朋友便可能会怀疑人生，不禁感慨："画龙画虎难画骨，知人知面不知心。"渐渐地，我们离初心越来越远，为了防止受伤，穿上厚重的铠甲、带上伪装的面具，怀揣着"逢人便说三分话，未可全抛一片心"的处世信条，自以为怀瑾握瑜，实际上已经变得圆滑世故了。我们常说要坚守原则，做好自己，说起来容易做起来难，有谁可以面对人世上的风风雨雨而始终不低头呢？《论语》告诉我们：君子可以。

### 【壹】正视问题　反躬自省

子曰："君子求诸己，小人求诸人。"
——《论语·卫灵公》

这一章我们不妨从两方面来理解：一是君子不管做什么事都全靠自己的努力。大学时代的一位老师常常教导我们要做到"绝望式独立"。绝望的意思是你必须时刻提醒自己：我是孤独的战士，不能指望任何人来帮我。我不拼爹也不拼家世背景，所有外在的附加条件我都没有，只有抱定这种绝望的信念，才能激励自己去独立奋斗，培养主动寻找机会的意识，不断磨炼自己，把自己做大做强，成就一番事业。岁月浮沉，人事变迁，这些都无法磨平你的棱角，反而会使你那些骄傲的棱角变得更加锋利。

二是遭遇挫折后，更要反求诸己，从自身找原因，也就是"躬自厚而薄责于人"。复圣颜子的志向便是"不迁怒，不贰过"。能够经常从自己身上找原因的人就会发现不足并且加以修正补救，能力便会不断提高。总把问题推到别人身上的人无论做什么事都缺乏基本的责任感，这样的人难成大事，小事也往往办砸。在团队中常常会让别人感到焦虑，久而久之就没有人愿意与其合作，在缺少支持的情况下，获得成功的可能性就更小了。同时，总归咎别人，永远也发现不了失败的真正原因，问题就得不到解决，即使有重新开始的机会，也会在同样的问题上遭受挫折，一再摔跤，成功就更变得遥不可及了。因此，面对失败也好，面对问题也罢，一定要反躬自省，客观对待。

## 【贰】无关好恶 以义取之

> 子曰："君子不以言举人，不以人废言。"
> ——《论语·卫灵公》

对待问题要客观，对待人更要客观。不能因某人说了几句正确的话，就全面肯定这个人；也不能因为某人说了几句错误的话，就全面否定这个人。说起来，这个道理还是孔子的弟子宰予教给他的呢。一天，宰予在大白天的时候没有学习而在睡觉，孔子看到后非常生气，评价道："朽木不可雕也，粪土之墙不可圬也！"继而他感慨地说，"起初我对于人，听了他的话就相信他的行为；现在我对于人，不仅要听他的话，还要观察他的行为。这是因宰予而改变的。"宰予在孔门四科中位列言语科第一，排在子贡前面，是能言善辩之人。夫子原先也是够真诚的了，听某人说了什么就相信他一定会做到,直到见识了宰我的言行不一之后,才变得更为慎重了。

其实,影响我们对别人做出公正判断有好多原因。《大学》有云:"人之其所亲爱而辟焉,之其所贱恶而辟焉,之其所畏敬而辟焉,之其所哀矜而辟焉,之其所敖惰而辟焉。故好而知其恶,恶而知其美者,天下鲜矣!故谚有之曰:'人莫知其子之恶,莫知其苗之硕。'"

人和言并不是一一对应的,二者的关系非常复杂。如果好人只说好话,坏人只说坏话,判断起来自然十分简单了。可事实是好人也可能说坏话,坏人也可能说好话,因此评价人、判断言,一定要从实际出发,客观为上。比如历史上臭名昭著的大奸臣秦桧,他为官之时就没做过好事吗?自然不会。在徽宗和钦宗被俘虏后,金人要立主和派的张邦昌为傀儡皇帝,秦桧认为张邦昌趋炎附势,对金兵请求割地赔款议和,有损朝廷和百姓的利益,因此极力持反对。可见,没有人会一直正确或一直错误,再坏的人,也可能做好事。因此,当我们想评判一个人时,一定要慎而又慎,不要轻易地给别人定性、下结论,因为即便是对自己,我们也不能完全判断、剖析准确,又怎么能随便评判别人呢?俗语讲:"谁人背后无人说,哪个人前不说人?"实际上是批评这种不良现象。因为俗语还说:"晚上不说鬼,白天不说人。"《圣经》中也说:"你们不要论断人,免得你们被论断。"东西方的智慧都是相通的。

在人际交往中,如果我们一方面能清醒地认识自己,多反思自己的问题;另一方面又能不情绪化地臧否他人,那么我们一定可以不断地取人之长,补己之短,成为人恒敬之的君子。

卷三·见众生

## 远怨之道　责己恕人
——《省心录》中的交往之道

谈到咏梅的诗,很多人都会自然地想到"疏影横斜水清浅,暗香浮动月黄昏",但对于作者,却未必熟知。此等咏梅的千古绝句便出自那"梅妻鹤子"的北宋著名诗人林逋之手。

林逋,字君复,幼而好学,通晓百家。本性孤高自好,唯喜恬淡,勿趋荣利。曾漫游江淮间,后隐居杭州西湖,结庐孤山。常驾小舟遍游西湖诸寺庙,与高僧诗友相往还。每逢客至,便唤门童纵鹤放飞,其见鹤必棹舟归来。不娶无子,种梅养鹤,人谓"梅妻鹤子"。善绘画,工行草,书法瘦挺劲健,笔意类欧阳询、李建中。逋善为诗,自写胸臆,多奇句,风格澄澈淡远。只是他作诗随就随弃,从不留存。有人问:"何不录以示后世?"答曰:"我方晦迹林壑,且不欲以诗名一时,况后世乎?"有心人窃记之,得300余首传世,即《林和靖诗集》。

当时杭州郡守薛映爱其诗敬其人,常至孤山与之唱和。真宗闻其名,赐粟帛,诏长吏岁时劳问。逋虽感激,但不以此骄人。人多劝其出仕,亦被婉言谢绝。既老,自造墓于庐侧,作诗云:"湖上青山对结庐,坟前修竹亦萧疏。茂陵他日求遗稿,犹喜曾无封禅书。"1028年(天圣六年)去世,享年62岁,宋仁宗赐谥"和靖先生"。

《省心录》是一部关于为人处世、涉政归隐等诸多看法的格言小品文集,为林逋的代表作。全书凡一百六十余条,多为对孔孟之道的继续诠释,亦是作者人生观和价值观的外在体现,历来为文人雅士所欣赏。本文择取五条,皆为谈论与人交往中的责己责人之道,希求与诸君共勉。

己所有者,可以望人,而不敢责人也;己所无者,可以规人,而不敢怒人也。故恕者推己以及人,不执己以量人。

这一条很明显就是孔子所倡导的"恕道"。己所不欲勿施于人,己所欲者慎施于人。自己已经具备的美德,可以希望别人也具有,但是不能强求别人具有;自己尚不具备的品德,可以规劝他人具有,却不能怪罪别人没有。因此待人宽容的人一定会根据自己的心理来体察别人的感受,决不能按照自己的情况来衡量别人。

这里所说的"己所有者",一定是符合道义的仁善之品,独善其身自然不如众人皆善。在儒家的道德理想中,是希望国家的居上位者能够"举善而教不能",即通过表彰提拔善人来推广善行,使人人皆成为有道德的人,那样的社会自然风清气正,国家必定长治久安。但是一个道德的人切不可凭借道德优越感而对那些未尽善者任意指责。为什么呢?下面这一条很好地解释了。

礼义廉耻,可以律己,不可以绳人。律己则寡过,绳人则寡合,寡合则非涉世之道。故君子责己,小人责人。

处在道德优越感中的人看谁都有缺点,于是便开始指手画脚、大加指责了。如果只是严于律己,那么则能使自己少犯过失,善者更善,而不断地指责别人则难以与人和睦相处,这是不符合为人处世之道的。所以说君子会严格要求自己,而小人则对别人求全责备。林逋引用了北宋名臣范仲淹的次子,人称"布衣宰相"的范纯仁的话一针见血地指出了人性中的一个重要缺点。

范忠宣公戒子弟曰:人虽至愚,责人则明;虽有聪明,恕己则昏。尔曹但常以责人之心责己,恕己之心恕人,不患不到圣贤地位。

哪怕是再愚蠢的人,一旦到了指责别人和提出要求时却总是很在行;而哪怕再精明的人,宽恕自己的过错时却显得很糊涂,因为毫无原则。我们说"当局者迷"也好,说"自己的刀削不了自己的把"也好,都是在说这一问题。范纯仁看透了人性中这一缺点对人际交往和进德修业造成的障碍,所以告诫自己的子弟说,你们只要能经常以要求别人的心思来要求自己,以宽恕自己的心思来宽恕别人,就不用担心达不到圣贤的境界了。然而我们都知道,世上的圣贤太少了,可见能做到上面这一点有多难啊!也无怪曾子在每天反省自己的时候也常常要反省"传不习乎"？对这四个字的翻译历来有多种，我认为有一种最好：我要求学生做到的事我自己做到了吗？看看我们自己，在指责别人或是给他人"指点迷津"时皆是一副学者、专家的做派，又有几人能够先把自己的品性修养好呢？可见真是"自知则明"啊！接下来，和靖先生为我们指出了做人务必要改正的几种毛病。

责人者不全交，自恕者不改过。自满者败，自矜者愚，自贼者害。

喜欢责备别人的人难以维持与别人的交情，经常原谅自己过失的人永远不可能改正错误。骄傲自满的人必定失败，自我夸耀的人愚蠢可笑，自我戕害的人必然害己害人。

"大道至简"，然躬行实难，品性当如镜面，常磨方可明鉴。最后且用这一句值得我们时刻警醒自己的话来收尾：

但责己，不责人，此远怨之道也；但信己，不信人，此取败之由也。

行藏集

# 口乃心门　真恳言之
——《菜根谭》中的语言艺术

感谢造物主，赐予我们说话的能力，从此，世上多了一种充满智慧的声音。

感谢造物主，赐予我们说话的能力，从此，人与人可以尽享沟通的愉悦。

但是很多人吃过说错话的亏，所以小心又小心，谨慎再谨慎。琢磨着对方的意思，揣测着别人的想法，甚为疲累。那么《菜根谭》的作者洪应明又是怎样看待说话这件事的呢？他又给予了我们什么样的建议呢？

## 【壹】说当说之话

《菜根谭》中，直接提到说话的只有三段话。话虽短，但却是句句在理，作为一个平凡的人，如果真能做到这几点，也就应该足够了。

口乃心之门，守口不密，泄尽真机；意乃心之足，防意不严，走尽邪蹊。

诚然，人的嘴就是心灵的大门。所有你的想法、意见、态度，甚至是秘密都是从嘴里出去的。所以假如这道大门防守不严，内中机密就会全部泄露，很显然是要惹大麻烦的。如果你是商界人士，与他人毫无节制的闲聊往往会将商业机密泄露；如果你是政界人士，一不小心透露了政府部门的机密，那危害程度就更大了。即使只是你自己的小秘密，不慎说出恐怕也会对你的生活造成一定影响。如今通讯异常发达，稍有不慎可能就会惹祸上身。因此，我们都应做一个守口如瓶的人。但有时也不是我们主动说出去的，而是有人诱导我们说出那些不该说的话。此时就需要意志来把好大门了。意志是心的双脚，假如意志不坚定，就会像跛脚的人一般走入不正当的小路。其实这一句话就是给我们先敲了一记警钟，切记不要随便把我们的大门敞开，说当说之话。

## 【贰】多为他人着想

说错一句半句的话就真的有那么严重吗？

十语九中未必称奇，一语不中，则愆尤骈集；十谋九成未必归功，一谋不成则訾议丛兴。

即使十句话能说对九句，也未必有人称赞你；但是假如你说错了一句话，就会遭受别人的指责。即使十次计谋你有九次成功，也未必得到奖励；可是其中只要有一次计谋失败，埋怨和责难之声就会纷纷到来。看完这句劝导之后颇有一失足成千古恨，一着不慎满盘皆输的感觉，只觉脊背发凉。但仔细一想又并非危言耸听。

说话直爽常常被人们当作一种优点，但在实际生活中，同样是直来直去的人，有的人处处受欢迎，而有的人却处处得罪人，人们都不愿意与他交往。这就涉及讲话的方式方法的问题。聪明的人懂得，直爽并不等同于言语毫无顾忌，只图一时之快，不讲方式方法，而那些因说话直而得罪人的人，问题就出在方式方法上。说话得罪了人，理应道歉。但是一个经常得罪人又经常道歉的人，他的道歉却会对他人的伤害更深。因为别人会认为你是口是心非或有意伤害他。

其实你不妨沉下心来检查一下自己：是否忽略了说话的场合，说话方式是不是触及了别人的隐私？同样是提意见，为什么不以好的方式达到预期的效果呢？说话时先为对方着想，不要动辄以教训的口吻指责别人，要注意维护对方的尊严，这样你才能成为一个受人欢迎的直率的人。

## 【叁】言不在寡而在真

此外，我们说话一定要区分对象。《菜根谭》中说的好：

遇沉沉不语之士，且莫输心；见悻悻自好之人，应须防口。

假如你遇到一个表情阴沉，不喜欢说话的人，千万不要一下就推心置腹表示真情；假如你遇到一个自以为了不起又固执己见的人，你就要小心谨慎尽量不和他说话。

俗话说："一言可以兴邦，一言可以丧邦。"所以，老于世故的人，说话前总是看看对象。在一般情况下，可以不开口的，就尽可能三缄其口。因为在复杂的社会环境中，正人君子有之，奸佞小人亦有之；既有坦途，也有暗礁。在复杂的环境下，不注意说话的内容、分寸、方式和对象，往往容易招惹是非，授人以柄，甚至祸从口出。因此说话要小心些，为人要谨慎些，无疑是百益而无一害的。如此一来，便可使自己置身于进可攻、退可守的有利位置，牢牢地把握人生的主动权。况且，一个毫无城府、喋喋不休的人，会显得浅薄俗气，缺乏涵养而不受欢迎。西方有句谚语说得好：上帝之所以给人一个嘴巴两只耳朵，就是要人多倾听少说话。《增广贤文》中也说："逢人便说三分话，未可全抛一片心。"知己之所以难求，就是因为在他那里你可以毫无顾忌，随意畅谈。但是凡事皆有度，即便是知己，也不要什么都和盘托出，以免给对方造成不必要的困扰。

说了这么多，似乎有的朋友会觉得洪应明多少有些狡猾了，做人有必要这么累心吗？其实《菜根谭》中谈到的说话的艺术并不像那本被一些人奉为至高准则的《厚黑学》那般"狡猾阴暗"。洪应明强调的是少说，不是说假话。因为他还说："做人无点真恳念头，便成个花子，事事皆虚。"就是说一个人做人如若没有一点真情实意，就会变成一个一无所有的乞丐，不论做任何事情都不踏实。只要我们为人坦诚，心存恳切之意，即使寡言，但字字皆真，那也一定会成为一个受人尊敬和信赖的人。

卷三·见众生

# 不拘虚名与常道
# 狼虎丛中也立身
## ——《荣枯鉴》的圆通之道

有人说这是小人之书，防小人必读。曾国藩称其："道尽小人之秘技、人生之荣枯。它使小人汗颜，君子惊悚，实乃二千年不二之异书也。"对其作者，从古到今颇有争议。司马光评其为官："历五朝、八姓，若逆旅之视过客，朝为仇敌，暮为君臣，易面变辞，曾无愧怍，大节如此，虽有小善，庸足称乎！"元代刘因以诗讽之："亡国降臣固位难，痴顽老子几朝官？朝唐暮晋浑闲事，更舍残骸与契丹。"文化学者余秋雨在《历史的暗角》中慨叹："他的本领自然远不止是油滑而必须反复叛卖了……要充分地适应中国封建社会的政治生活，一个人的人格支出会非常彻底，彻底到几乎不像一个人……"历史学家葛剑雄在《乱世的两难选择——冯道其人其事》中则认为他为了天下苍生而"以人类的最高利益和当地人民的根本利益为前提，不顾个人的毁誉，打破狭隘的国家、民族、宗教观念，以政治家的智慧和技巧来调和矛盾、弥合创伤，寻求实现和平和恢复的途径。"此书便是《荣枯鉴》，此人便是冯道。

冯道（882—954），字可道，自号长乐老人。他生逢改朝换代最为频繁的五代十国，一生虽历五朝八姓十一帝却始终位列宰辅，堪称人类文明史上的世界之最。生前享尽荣华富贵，死后葬礼万人空巷。后周世宗柴荣罢朝三日以示悼念，并追封其为瀛文懿王。他还是大规模官刻儒家经籍的创始人，好学能文，主持校订了《九经》文字，雕版印书，世称"五代蓝本"。代表作《荣枯鉴》分圆通、闻达、解厄、交结、节仪、明鉴、谤言、示伪、降心、揣知共十卷，道尽人生闻达与困厄时的处世法则。让我们一同来领略此书开篇的圆通之道。

## 【智者不拘虚名】

人过留名，雁过留声。古往今来，一个"名"字，白了多少少年头，流尽几许英雄泪！"老冉冉其将至兮，恐修名之不立。"这是三闾大夫屈原的恐慌。"十年寒窗无人问，一举成名天下知。"这是科举时代读书人的最高理想和精神支柱。"不能流芳百世，宁可遗臭万年。"这已把对"名"的追求推向了极端。冯道名声不好，讥讽、挞伐的言辞比比皆是，难道他不重名吗？

善恶有名，智者不拘也。

《荣枯鉴·圆通卷一》开篇便讨论了名声的问题。世间有善名也有恶名，有美名也有骂名，真正的智者却不会拘泥于此。一个"拘"字警醒我们做事决不能刻板地拘泥于常理，更不可过分看重名声。名声不重要吗？冯道为何这样说呢？

君子非贵，小人非贱，贵贱莫以名世。

这是真正经历过大起大落、大喜大悲的人才能真正看透的。我们常说"成王败寇"，历史往往是胜利者书写的。那些史书上所谓的君子并不一定都尊贵，而小人也并不一定都卑贱，尊贵和卑贱不取决于名声的流传。

惜名者伤其名，惜身者全其身。

更何况越是爱惜名声的人越容易为名声所伤，只有珍惜生命的人才能保全生命。韩信当年若只顾及名声，不肯忍胯下之辱，恐怕早死在市井屠夫刀下了。成就了勇敢的虚名，历史上却会因此而少了一位伟大的军事家。而且一个人越在乎某件事，这件事就往往会成为此人的软肋。

齐宣王爱好射箭，他的弓只用三百多斤之力即可拉开。他喜欢别人夸耀他有猛力，便常表演给近臣看。那班大臣为讨好宣王便装模作样地把弓拉开一半，故作惊讶地说："哎呀，要拉开此弓至少要一千斤之力啊，不是大王又有谁能用这么强的弓呢？"宣王非常高兴。可怜他一辈子都以为自己有一千多斤的力气,始终活在谎言之中。无怪乎冯道感叹道:"名者皆虚。"

冯道并非不在乎名声,只是不愿拘泥于虚名罢了。生逢乱世,比起拼死争名而言,他更愿保全自身多做好事。这就是"临事而惧,好谋而成"的智慧。

## 【易者不拘常道】

*天理有常,明者不弃也。道之靡通,易者无虞也。*

名利可成全一个人,也可毁灭一个人,处在名利场中能够全身而退的秘诀是什么?冯道的答案是不弃天理。天理是颠扑不破的大道,明智之人须臾不离。前途纵有艰难险阻,懂得变通的人根本就不用担心,因为他不会一条道跑到黑。譬如水之德,行乎当行,止乎当止,用舍行藏,大智慧也。下面冯道举了具体的例子:

*荣或为君子,枯必为小人。君子无及,小人乃众,众不可敌矣。*

处在尊荣之位,或许还可以修养君子人格,但是处在卑微之境时一定要行小人之道。这当然不同于"小人穷斯滥矣"那种背信弃义的委曲求全之举,而是强调君子往往曲高和寡,小人则人多势众,切不可硬碰硬。俗语云:"宁得罪君子,不得罪小人。"

孔子评价宁武子:"邦有道,则知;邦无道,则愚。其知可及也,其愚不可及也。"时运好就发挥聪明才智为国效力,时运不济时就不妨装傻,韬光养晦。此时的装傻往往是常人无法学会的大智慧。

人生之荣枯,譬如草木之春秋。只有天道恒常,断不可欺。正所谓:"穷达皆由命,何劳发叹声。但知行好事,莫要问前程。冬去冰须泮,春来草自生。请君观此理,天道甚分明。"

行藏集

# 悦纳忠言戒机心
# 积善成德心自安
—— 《近思录》品读一

幸福，是每个人对生活的期许。在物质极大丰富的现代社会，人们对幸福的定义也发生了转变。从简单的解决温饱，到逐渐提高生活的品质，再到追求内心的平和、疏朗。在追求物质的道路上走了好远的人们忽反顾以游目兮，发现内心越来越躁动、不安、空虚，所以很多人开始怀旧，怀念那些物质虽不丰富但人们简单快乐的年代。逝川不回流，往者亦难觅。那我们该如何重新寻回内心那份简单的恬静，让清风明月、幽谷暗香重新停驻在我们灵魂的花园里呢？《近思录》或许会给你答案。

《近思录》，南宋时由朱熹与吕祖谦合作编成，题目来自《论语》中的"切问而近思"，提醒我们提问题要提得真切实用，思考问题要从自己的身心出发，不要虚无缥缈、漫无边际。

书中的每则语句，皆出自北宋时期的四位思想家——周敦颐、程颐、程颢、张载的笔下。实际上，该书总结了自《易经》以来的儒家思想的精华。朱熹说，四书是六经的阶梯，而《近思录》是四书的阶梯。所以，在中国的明清时代，《近思录》家喻户晓，士子必读。

我要与诸君分享的是其中的《警戒》章。此章为《近思录》第十二章，讨论的是改过，纠正人心的种种病症。现代人的一大问题就是人类在实现物质的极大发展之后，妄图征服自然，人心越来越不知道敬畏，从而产生更多的"现代病"，也许本章能给人带来有益的启示。

## 【喜闻过　戒机心】

最混乱、最危险的时代，是人心不知警戒、无所畏惧的时代。无论个人还是社会，失去了警戒、敬畏之心，现实将会变得残酷而可怕。社会安定局面的维系，除了要依托外在的"他律"手段，更须借重个人的"自律"。就是说人要学会警诫自己，改过自新，使人心能安其位，从而实现天下大治。

濂溪先生曰："仲由喜闻过，令名无穷焉。今人有过，不喜人规，如护疾而忌医，宁灭其身而无悟也。噫！"

仲由即子路，以政事见称，性格率直，有勇力才艺，敢于批评孔子，是孔子的得意门生，他听到别人指出自己的过错，就感到高兴，因而美名流传。当今的人犯了过错，却不喜欢听到别人的规劝。这就如同讳疾忌医，宁可不治身亡也不愿醒悟。可悲啊！

都说忠言逆耳利于行，可细想想，若想悦纳逆耳忠言实非难事。我们每个人身上都有缺点，有些自己知道，有些不知道。自负的人知道了缺点也会假装不知道。子路喜欢别人指出自己的缺点是因为他懂得：在通往完善自我的路上，他又可以斩断一条看不见的荆棘了，怎能不喜？

与之相反的，奉承之语悦耳、逢迎之言好听。古今多少君主在敌寇面前没有倒下，却毁身于巧言令色，所以夫子云："巧言令色，鲜矣仁。"每个人都有自己的行事准则，可为什么有那么多人以虚伪、投机作为自己的行事准则呢？恐怕还是因其大有销路。

伊川先生曰："阅机事之久，机心必生。盖方其阅时，心必喜。既喜则如种下种子。"

程颐说：看到智巧诡诈的事情多了，就必然会产生机心。因为他最初看到这种机巧事情的时候，内心一定会产生喜悦。而这喜悦便是机心生长的种子。机心一生，从此想的只有投机钻营，以假面示人。暗枪和冷箭或许就会在不知不觉间打造了出来。这是一条幽暗逼仄的路，偶有的明媚也一定是幻象。

## 【德善积　福禄臻】

然而很多时候我们发现,成功者身边总会簇拥着一些机心满腹之人。此类成功者也多为好大喜功、目蔽耳塞之人,失败也是迟早的事。因此,越是站在山顶越要时刻警惕,不能因山顶的无限风光太过迷人就放下戒备之心。

"圣人为戒,必于方盛时。方其盛而不知戒,故狃安富则骄侈生,乐舒肆则纲纪坏,忘祸乱则衅孽萌,是以浸淫,不知乱之至也。"

圣人一定是正当自己志得意满的时候注意警诫自己。因为人在志得意满的时候,如果忘记警诫自己,贪图富贵就会导致骄奢淫逸,惯于散漫肆意则容易导致纲纪败坏。忘记了导致祸乱的历史教训,那么叛乱的因素容易萌发,你只是身处其中,不知道大祸马上就要临头罢了。

在经济大潮中,很多弄潮儿迅速积累了财富,但是修养的积累没有跟上,因此"土豪"大批诞生。拜金炫富、庸俗土气成了他们的代名词。在中国文化中一直推崇儒商,因为他们在追求经济利益的同时更加讲求道德修养。

伊川先生曰:"德善日积,则福禄日臻。德逾于禄,则虽盛而非满。自古隆盛,未有不失到而丧败者。"

程颐说:如果你日复一日地积累自己的善行善德,那么你的福禄也每天都在增加。如果你积累的德行超过了你享有的福禄,那么即使你享受的福禄非常丰盛,也不能认为是过多了。自古以来的富贵之家,没有不因为失去道义而导致衰败的。我们所说的"富不过三代",多是因为缺失了德善的积累。不惜福,福必远之。

自省之时,心自安也;喜闻过者,机心远矣。志得意满,戒之时也;积善成德,福禄广矣!

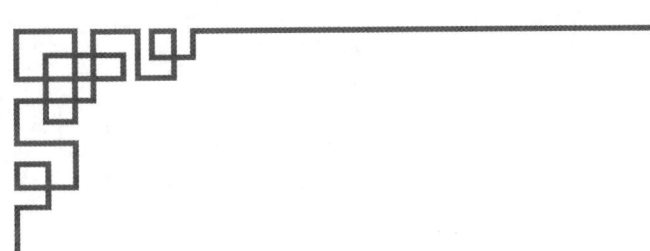

　　地理是沟通天地人的重要智慧,政治是沟通人与社会、国家、世界的智慧,历史则是沟通古今未来的智慧。我们每一个人所经历着的都必将成为历史,如果我们真实地记录下昨天、今天,我们每一个人就都是那个书写历史的人。

# 引来"诗意"享自在
## ——拨开今人的诗意

"诗意自在天地山水间，智慧自在诗意间。"

## 【看不见的诗意】

诗意，似乎是一个距离我们如此遥远的词。你也许会说，在快节奏的生活中，人们整日为了生计奔波劳碌，甚至都没有时间停下匆匆的脚步抬起头看天，还谈得上什么诗意？

诗意，其实是一个距离我们如此切近的词。我要对你说，生活就是一片开满了诗意的花圃，只要你愿意在人生的旅途中放慢脚步，驻足观赏，那些诗意的芬芳就会钻进你的身体，种在你的心间。

意大利著名的哲学家维柯说，"在世界的儿童期，人们按照本性都是崇高的诗人"。回想一下童年，世界对你来说是如此新鲜，即使是一件微小的事物也能触动心弦，让你不由自主地发出感叹。那也许是草叶上滚落的露珠在阳光下折射出的光芒，也许是天空中的流云不断地幻化出的奇妙的形态，也许是夏夜池塘里的青蛙和草丛中的夏虫共同演奏的夏夜协奏曲，也许只是田地里那一株向日葵在夜里低下了头……

长大成熟的你看来微不足道、自然而然的事物，在一个孩子的眼里具有无限的意义和饱满深沉的情感。人并不是妄自尊大的世界的主宰，人与世界也不是单纯的主客关系，而是一种浑融的天人合一的关系。天、地、人三者的和谐状态就是"道"。

所谓诗意，并非诗人的专利；诗意的生活也并非奢侈的生活。诗神赋

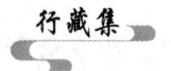

予每个人一双诗意的翅膀,关键就看你能否展开这双翅膀,乘着风,在诗意的天空中尽情翱翔。所以,请珍惜这对翅膀,不要让它日渐萎缩,退化。诚如海德格尔所说,"人的一生充满劳绩,却仍诗意地栖居在大地上"。

## 【诗是心灵的出口】

诗意,应该是一种良好的心态。生活中有太多的坎坷和不如意,人难免有沮丧和灰心失意的时候,这时如果你能用诗意的眼光审视一下这个世界,或许你就会找到心灵的出口。

你可以跺跺脚,叩问一下大地。地以厚德载物,无论大地上的万物怎样残忍地对待它,剖开它的胸膛也好,汲取它的血液也好,它都能沉默以对,泰然自若。此大德难道不足以让我们惭愧吗?

你可以挽起裤腿,亲涉河流。水至柔而绵长,遇山则绕,遇涧则下,常行于所当行,止于所不可不止。而人在社会中安身立命,最重要的就是要学会如何与人交往,如果能像流水一样从容应对,还有什么是做不到的呢?诗意自在天地山水间,而智慧自在诗意间。

如果你能懂得诗性智慧,并能践行之,你会成为生活的智者。让脚步慢下来,让心平躺下来,听听大自然中那些未曾发现的乐音,看看天地间那些未曾留心的风景,你会获得重生般的快感。为何你无法看透这个世界?因为你从未学会如何去看。在世间所有生灵中,人之所以是幸运的,就是因为人可以仰观天、俯察地,辨识万类,感悟天地变化以及万物繁衍生息。于生活的每一个精微处发现美,你将感悟到造化的神奇,每一个生命的形成都不是偶然,每一个生命都有非凡的意义。

袁枚说,"所谓诗人者,非必能吟诗也,果能心境超脱,相对温雅,虽一字不识,真诗人矣。如其胸境龌龊,相对尘俗,虽终日咬文嚼字,乃非诗人矣"。如果我们真正做到了"心境超脱,相对温雅",那么也就真正能够诗意地生活,成就自在的生命了。我想那将是最富足,最幸福的人生。

## 千古繁华梦　诗眼倦天涯
——元曲中的"梦"

元代，中国古典戏剧达到了一个前所未有的繁花似锦般的时期。在这场如云花期中，又有多少场或甜或苦的浮生之梦。那些曾为天之骄子，铁骑一来转瞬即成马下飞尘的失意文人们，愁肠百转，只能托咨嗟与魂梦。因此，在《全元散曲》中，有十分之一都是梦幻的曲调。那些梦里的欢歌与悲叹，那些梦醒后无尽的失落，穿越历史的风尘，将那些元代知识分子寂寥的身影完全呈现在我们眼前。

有元一代，汉族知识分子身份的沦落，造成了他们政治上的危机感、生命的不安全感、人生如梦的虚幻感和及时行乐的现世感。在社会上话语权被剥夺，但他们并没有因此失语，而是将一腔热忱倾注于文字之间。元代第一大家关汉卿创作了杂剧六十多种，其中许多都与梦有关，如《西蜀梦》《绯衣梦》《蝴蝶梦》等，而最有名的《窦娥冤》写的是窦天章梦见女儿窦娥的鬼魂而为之申雪的故事，千百年来演唱不衰，烫痛了演员的嘴唇和听众的耳朵。再如马致远的《梧桐雨》、王实甫的《西厢记》，都分别描绘了许多不同人的不同梦境。

而那些灿若繁星的散曲和小令，也不乏记梦之作，他们以梦写真，以梦寄意。理想和追求这些毫无出路的劳什子，只能被他们敝帚自珍地藏进心里，然后再借助梦境来揭露讽刺现实的黑暗，抒发自己心头的郁积和愤慨。如马谦斋【越调·柳营曲】《楚汉遗事》的结尾，就是"江山空寂寞，宫殿久荒凉。君试详，都一枕黄粱"，而张可久【黄钟·人月圆】《山中书事》的开篇，则是"兴亡千古繁华梦，诗眼倦天涯"，细至具体的楚汉相争，大至广义的千古兴亡，都离不开一个"梦"字。刘致则在【双调·殿前欢】《道情》中这样吟咏：

醉颜酡,水边林下且婆娑。醉时拍手随腔和,一曲狂歌。除渔樵那两个,无灾祸,此一着谁参破?南柯梦绕,梦绕南柯。

结尾的反复吟唱,不仅表现了回环往复的音韵之美,更以梦境的形式,针砭了政治的险恶与现实的丑恶。人生如梦,梦亦如人生,文学之梦所表现的,归根结底是人生之梦,正如镜花水月并非水月镜花,镜中与水中所反映的,毕竟是地上的春花与高空的明月。

如变幻多姿的万花筒,元曲中写梦境之作角度不同,写法各异,可以说多姿多彩。有的直接写梦境,如刘秉忠的【南吕·干荷叶】之四:

夜来个,醉如酡,不记花前过。醒来呵,二更过,春山惹定茨藜科,绊倒花抓破。

有的则渲染梦醒之后的情景,如陈草庵的【中吕·山坡羊】之二:

林泉高攀,斋盐贫过,官囚身虑皆参破。富如何?贵如何?闲中自有闲中乐,天地一壶宽又阔!东,也在我;西,也在我。

有的表现其甜如蜜的甜梦,如查德卿的【仙吕·一半儿】《春梦》

梨花云绕锦香亭,蝴蝶春融软玉屏,花外鸟啼三四声。梦初惊,一半儿昏迷一半儿醒。

有的则是苦比莲心的苦梦,如吕止庵的【仙吕·后庭花】:

西风黄叶疏,一年音讯无。要见除非梦,梦回总是虚。梦虽虚,犹兀暂时节相聚,新近来和梦无。

喝酒过了,有醉乡可以到,而以上曲家心神向往的,看来则多是梦乡了。何以解忧,唯有杜康吗?在民间作者和一些曲家充满柔情蜜意的心中,何以解忧?恐怕唯有梦乡了。如若不信,请看无名氏的【中吕·齐天乐过红衫儿】《闺怨》:

孤眠冷冷清清,恰才则人初静。又被和风,风,吹灭残灯。不由的见景生情,伤心。暗想才郎,全无些志诚。

月下星前,海誓山盟。想起来,添愁闷,不觉的倒枕翻衾。窗外寒风动,吹觉南柯梦。好伤情,好伤情,独自珊瑚枕。泪如倾,泪如倾,眼见的我今春瘦损。

对于南柯梦的内容,作者没有具体描绘,而是重在人物心里世界的揭示和刻画,然而读者可以凭借联想与想象得知。于是我们便可以倾听到,她被"才郎"疏远甚至遗弃的那种哀怨。又如曲家倪瓒的散曲【双调·殿前欢】:

愠啼红,杏花消息雨声中。十年一觉扬州梦,春水如空。雁波寒写去踪,离愁重,南浦行云送。冰弦玉柱,弹怨东风。

倪瓒现存词二十余首,写到梦境的竟多达十处。此词写的是旧梦,将眼前的梦境与对往事的回想交织在一起,表述梦前、梦中与梦后,层次分明而焦点集中,记梦怀人,一往情深。"世事一场大梦,人生几度秋凉",这是苏轼的感叹,而倪瓒所咏叹的,不就是人生大梦中的爱情小梦吗?

梦,是爱情的守护神,是人生困厄的避风港,是精神的理想国,是基于现实又超越现实的世外桃源。往事已成空,还如一梦中吗?人似秋鸿来有信,事如春梦了无痕吗?不,不,古希腊哲学家希波克拉底早就说过:"艺术长存,而我们的生命短暂。"元曲中写梦的许多优秀之作,为古人的好梦、美梦、痴梦、噩梦皆留下众多的诗证与实证,让今日的读者一卷在手,可以一一按图索骥,重温旧梦。

行藏集

# 千古是非心　一夕渔樵话
——闻散曲　识白朴

潇湘夜雨凭谁听？一盏瘦灯到天明。茅庐之内，烛火摇曳，帘外苦雨随秋风，一阵凄凉一阵悲。时将天明，看着怀抱里刚刚睡着的男孩，男子细心地轻轻拭去他额上豆粒般的汗珠，长舒了一口气。他已经数夜未眠，只为怀抱里身染瘟疫的男孩。当晨曦悄悄潜入室内，映在男孩脸上，男孩终于醒来，用虚弱的声音说着："元伯，我饿了。"男子喜不自胜，连声说："好，好，元伯这就为你做饭。"但刚一起身，便晕倒在地了。这男子便是著名才子元好问，而他怀中男孩便是元代著名剧作家白朴。

## 【壹】沧桑中的清醒

白朴出身于官宦世家，更是文学世家。其父白华与元好问是至交好友。金灭亡时，汴京城破，白华与妻儿失散，蒙古兵进城大肆劫掠，白朴同姐姐与母亲分离，幸而元好问及时赶到，救下白朴姐弟二人，并带着他们四处奔逃，生活极为艰辛。之前的一幕，便是元好问在白朴身染瘟疫、生命垂危之际对他悉心呵护的真实写照。因此，对于这位虽无血缘关系却胜似生父的男人，白朴始终铭记在心，无论在品行上还是文学上，均受到了他的熏陶。而元好问见白朴如此聪颖灵秀，更是对他喜爱非常，在读书、为人处世上都格外用心地培养他。

元太宗九年（公元1237年），十二岁的白朴被元好问送回了父亲身边。白华欣喜若狂，十年一觉，浮生若梦。此时他已为元朝的官了。在金国沦丧、妻离子散之时，他先是改投宋氏，后又归顺蒙古。他没想到有朝一日还能见到失散多年的儿女，顿感漂泊多年、荣辱尝遍的生活也是值得的。

白朴就此在北方真定城（今河北正定）安居下来，并成了当地有名的才子，很早就被朝廷启用。但甫一做官便萌生退意——幼年蒙古兵烧杀抢掠、使其痛失生母之伤萦绕心头，历久弥深。他对元统治者深恶痛绝，更不解父亲为何仍愿屈于元朝淫威之下。面对满目苍凉的山河，他忍不住伤心欲绝，只想甩手离去。

知荣知辱牢缄口，谁是谁非暗点头。诗书丛里且淹留。
闲袖手，贫煞也风流。

——【中吕】《阳春曲·知几》

半生荣辱，早已看透，只不过不想说罢了，谁是谁非暗自琢磨，即使能辨别出对错又怎样，他改变得了现实吗？一曲《阳春曲》向我们道出：年纪尚轻的白朴，却已看破红尘。人最苦的是过于清醒，将一切彻底看透，便毫无希望，白朴当时该是怎样沉重的心思啊！此曲风格亦如他的字"太素"一样，充满了沧桑的味道。

## 【贰】在元曲里生长

元代是一个汉族知识分子被严重边缘化，被迫在夹缝里生存的时代，文化价值的丧失与终极意义的失落，使沦为弱势群体的元代文人的精神发生了转向，他们充满了生存与文化的焦虑，在边缘与中心的冲突中痛苦挣扎，最终走向市井与田园，追求他们生命得以安顿的居所，追求生命和精神得以言说的机遇和方式。所以翻检元散曲的画面，太多是秋风秋雨愁煞人，夕阳西下人断肠的萧索场景。以至于一提到元代，我总以为元代的汉人心中只有秋天可以入心。其实这正是元代文人内心挣扎的完美体现。脱离世俗，流连江湖，嘴上说着潇洒风流，实际上愁苦之情最难化解。但得忘机友，共破珍珑迷，促席说平生，聊解心头苦。所以白朴的一生亦如所有隐士一样，在寻找可以促膝交谈的知己。

黄芦岸白萍渡口，绿柳堤红蓼滩头。虽无刎颈交，却有忘机友，点秋江白鹭沙鸥。傲杀人间万户侯，不识字烟波钓叟。

——【双调】《沉醉东风·渔夫》

　　黄芦白萍相绕生，绿柳红蓼交相映的滩头，白朴寻得了可以陶然共忘机的好友。他不是饱读诗书的文人，却是大字不识的钓鱼翁。然而白朴却认为这钓叟可以和他一起笑傲、鄙视官场的达官显贵。"人生忧患识字始"，东坡之叹在白朴胸中变成了更为深沉的叹喟。纵有学富五车，在黑暗的社会里，还不如目不识丁的江上渔翁逍遥自在。而在【双调】《庆东原》中，他又借渔樵闲话，将功名利禄之虚无表达得淋漓尽致。

　　忘忧草，含笑花，劝君闻早冠宜挂。那里也能言陆贾？那里也良谋子牙？那里也豪气张华？千古是非心，一夕渔樵话。

——【双调】《庆东原》

　　草有忘忧草，花有含笑花，而人世烦根遍生，又何以拔除？当年纵有盖世之功、倾国之富，千古之后，是非曲直，不过是渔樵朝夕之闲话罢了。

　　叹世是中国古代文人长写不衰的题目。在词中，白朴呈现的常是流泪叹息的面影："莫唱后庭曲，声在泪痕中"（《水调歌头》），"少陵野老，杖藜潜步江头，几回饮恨吞声哭。"（《石州慢》）而在曲中，他却每每"笑叹"："忘忧草，含笑花，劝君闻早冠宜挂。"他希望一笑治百忧，但他笑得并不轻松，在故作旷达的背后，是更为深沉的忧愁。

　　白朴一生多情多愁，本不应长命。但天意弄人却在他身上一一应验，活到耄耋之年仍不肯放过他。于是，在他八十一岁那年，他已觉生无可恋，便择一良辰，步入深山，且歌且行。是日雾气氤氲，万影皆隐。风咽山石冷，日卧花林眠。白朴如一缕孤鸿影，消散天地间。

　　他的一生都在挣扎，离去时却是真正潇洒。就像他的【越调】《天净沙·秋》：

　　"孤村落日残霞，轻烟老树寒鸦，一点飞鸿影下。青山绿水，白草红叶黄花。"

# 弃名心快哉　一笑白云外
## ——贯云石曲中的酸与甜

元代，天崩地坼，异族入主中原。留给汉人的是家国之痛与无尽羞辱。但也是在元代，多民族文化激烈碰撞并重新组合，一些少数民族作家空前地登上诗坛。贯云石，就是其中杰出的一位。

贯云石，本名小云石海涯，维吾尔族人。因父名贯只哥，遂以"贯"为姓。其祖父阿里海涯原为西域农民，因维吾尔族最早归附蒙古，因此阿里海涯后跟随成吉思汗东征西讨，灭南宋时他还是为王前驱的一员大将。元代建国后，他与儿子都成为封疆大吏。于此可见，贯云石出身显贵，系将门之后。少年时代即膂力过人，精于骑射，二十出头即承父荫，曾任两淮万户达鲁花赤（正三品），镇守湖南永州，为掌印的实权人物，后弃武从文，师从北方著名学者姚燧。仁宗皇庆二年（1314年）拜翰林侍读学士，中奉大夫，知制诰同修国史，官秩为从二品，年方二十七岁，故当时即有"小翰林"之美誉。然而，两三年之后，居庙堂之高的他，即以病为由退居江湖之远，隐居于杭州一带，三十九岁即去世，可谓英才早逝。

## 【酸·功名惊险谁参破】

书中自有千钟粟，书中自有黄金屋。传统知识分子对名位之追求似乎是与生俱来的，在官本位的社会中，人人都想从那羊肠小道攀爬到官位的顶点。一旦占有一席之地，一般人都不会抽身而退。在名利的激流中幡然勇退谈何容易？尤其是对一个成长于将门的贵胄子弟。然而，贯云石刚到弱冠之年，就将自己的职位让给了弟弟忽都海涯，一度被迫复出后官拜翰林侍读学士,常可亲近"龙颜"这一最高权力核心,更加青云直上飞黄腾达指日可待,常人恐怕做梦都会笑出声来,但他却于次年即称疾辞官,退隐江南,优游于山水林泉之间,"卖药于钱塘市中,诡姓名,易服色,人无有识之者"(《元史·本传》)。个中原因,除他深受佛道思想影响个性疏放外,也有其家庭变故的原因,让他对官场有切肤之痛如临深渊之感。其祖父阿里海涯是元朝赫赫有名的开国功臣,然而却在政治阶级内部的权力倾轧与残酷砍杀之中,"昔日玉堂臣,今日遭残祸",最终仰药自尽。这对贯云石的强烈刺激,难以用"酸楚"一词概括。他以"酸斋"自称,不知是否与此有关。但从他用《清江引》写就的今存二十一首的小令多写"隐逸"与"惜别"两大主题这一点看来,他确实是对官场的名利之争心灰意冷了。

弃微名去来心快哉,一笑白云外。知音三五人,痛饮何妨碍?醉袍袖舞嫌天地窄。

竞功名有如车下坡,惊险谁参破?昨日玉堂臣,今日遭残祸。争如我避风波走在安乐窝!

避风波走入安乐窝,就里乾坤大。醒了醉还醒,卧了重还卧,似这般得清闲的谁似我?

——【双调】清江引

他定是"参破"了名利场内上焉者尚可保存身家性命,而下焉者死无葬身之地的"凶险",自然要无官一身轻,退隐于林泉这一"安乐窝"了。北宋的理学家邵雍隐于苏门山,名所居为"安乐窝",其题安乐窝诗的名句是:"美酒饮教微醉后,好花看到半开时。"后来他迁居于洛阳桥南,仍用此偏爱之名,表现的是其过犹不及的中庸之道。由于邵雍的首创,"安乐窝"一词就流传后世,成了一个特有所指的名词俗语,到了元代,也被贯云石嫁接到自己的曲中。

## 【甜·芳菲满目索红豆】

除了那些隐约委婉地表现政局险恶、人生酸楚的作品,他还有许多甜蜜的作品,这就是那些抒写女性形象爱情主题的散曲,那些柔美与柔媚的作品,数量占据贯云石现存作品的一半有余。试想英雄垂暮日,温柔不住住何乡?

贯云石关于爱情的篇什,犹如南国的相思红豆,芳菲满目,我这里只能采撷两颗,其他的让读者浮想联翩而自行寻索吧。

若还与他相见时,道个真传示:不是不修书,不是无才思,绕清江买不得天样纸!

——【双调】清江引·惜别

挨着靠着云窗同坐,看着笑着月枕双歌。听着数着愁着怕着早四更过。四更过情未足,情未足夜如梭。天哪!更闰一更妨甚么。

——【中吕】红绣鞋

古今爱情诗多矣,如若没有新感受新视角新表现,就不能引发读者任何新鲜感,还不如免开尊口。然贯云石《惜别》前两句直叙,却如飞来之石,令人心生玄想,那"真传示"究竟如何?中间两句忽作顿挫,否定了并非不写书信也并非没有才思,而是没有天样大的纸张可以援笔一抒心中情愫。清江即清江浦,以造纸闻名。由此观之,其新颖的构思与奇绝的想象,使全曲熠熠生辉。

而【中吕】红绣鞋呢?却别是一番风情,没有扭扭捏捏,没有酸酸涩涩,没有搔首弄姿,没有欲迎还拒,颇具维吾尔族直爽之风。"挨""靠""偎""抱"四个动词写尽恋人之间的旖旎风光。尾句,去重任在呼天抢地之后,竟然忽发痴想,要让天公再闰出一更天好让情人多得欢悦之时。如此真挚痴情,只怕天公都于心不忍而要修订时间运行表了吧。

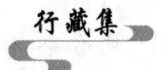

　　出身显贵高居上层而视富贵如浮云，弃荣华如敝屣，古往今来有多少人能够做到呢？品完他的酸甜人生，我们不禁要慨叹：贯云石，真乃异数中的异数，奇迹中的奇迹！

# 香山千载经幡动
# 居士一声阿弥陀
——香山寺与白居易

龙门，两山夹峙一水，望之若阙，古称伊阙。其风光之壮美秀丽令白居易不禁大赞："洛都四野山水之胜，龙门首焉。龙门十寺观游之胜，香山首焉。"因山产香葛而得名的香山即龙门东山，被白居易赞为龙门十寺之首的香山寺位于香山南端。该寺始建于北魏熙平元年（公元516年），武周天授元年（公元690年）予以重修，正式命名为"香山寺"。

这是一座在盛唐诗人秀口中璀璨了许久的寺院。李白在"水寒夕波急，木落秋山空"的空寂中写下《秋夜宿龙门香山寺》，李颀在"峰峦低枕席，世界接人天"的邈远中写下《宿香山寺石楼》。而当它遇见白居易的时候，已是一派"楼亭骞崩，佛僧暴露"（《修香山寺记》）的萧条之状了。那是元和三年（829年）白居易以太子宾客分司东都。从此，一个人和一座寺的长达十八年的传奇故事便展开了。

## 【壹】迷路心回因向佛

唐代文人参佛问道者众，乐天向佛本不足为奇。然似他般虔诚并颇有造诣者却不多。《旧唐书·白居易传》云："居易儒学之外，尤通释典。"说起个中缘由，苏辙在《书白乐天集后二诗》中概括得较为恰切："乐天少年知读佛书，习禅定，既涉世，屡忧患，胸中了然照诸幻之空也。"他一生经六朝，少年丧父和中年丧母的生离死别、战乱中的颠沛流离、两个兄弟的早夭和四个子女的相继夭折、"朝承恩，暮赐死"的危险仕途，以及世态炎凉和人情冷暖使心灵敏感的诗人不由叹惋生命的脆弱和人生的无常。所以他在二十九岁时就写下了"借问空门子，何法易修行：使我忘得心，不教烦恼生"（《客路》）的诗句。

因此当他来到洛阳这个香火鼎盛之地时，内心便生出强烈的亲切感和归属感。洛阳的夏天"炎光昼方炽，暑气宵弥毒。摇扇风甚微，褰裳汗霡霂"，香山寺却是避暑的胜处。白居易有时也会在香山寺住上几天，过着"朝随浮云出，夕与飞鸟还"（《晚归香山寺，因咏所怀》）的日子。白天在寺中参禅问道，"晚下香山踏翠微"，一路沐浴着凉风，"卧乘篮舆睡中归"（《香山避暑二绝》之二）。甚至夜里，他也会"起向月中行，来就潭上浴"，（《香山寺石楼潭夜浴》）。对佛法的痴迷和对香山寺的眷恋使他到了以寺为家的地步，正如他在《〈香山寺二绝〉之一》中所说："空门寂寞老夫闲，伴鸟随云往复还。家酿满瓶书满架，半移生计入香山。"

他是唐代在洛阳与佛门接触最广、最深，所作涉佛诗文最多的诗人。晚年在洛阳的十八年中，与其交往的僧人，单洛阳各寺院就有近三十人。尤其是与如满和尚长达四十年的友谊更传为佳话。他常来常往的寺院颇多，但对香山寺他似乎总有一种独特的情感，据粗略统计，他的有关香山寺的诗文达二十首（篇）之多。

宦海沉浮数十载的白乐天，其实早已"迷路心回因向佛"，因此他与香山寺一见如故，在这里过着一种半官半隐的佛教居士生活。为此他得意地写下"似出复似处，非忙亦非闲。不劳心与力，又免饥与寒。终岁无公事，随月有俸钱"这样的诗句。他一生"常以忘怀处顺为事，都不以迁谪介意"，并能"放心于自得之场"，这种平和的心态和处世的境界也得益于他的虔心学佛。但在他心里一直有块心病，眼前的香山寺破败不堪，他虽有修复之心却无修复之资，故而寝食难安。

## 【贰】他生当作此山僧

大和五年（831年），白居易的挚友元稹猝死，弥留之际留下遗嘱让乐天为其撰写墓志。其家人遂携价值六七十万的马绫、银鞍、玉带等物作为润笔费来见白居易。睹物思人心更哀，乐天一口答应"文不当辞"，但"赀不当纳"。推辞再三，元稹家人留下钱物便离开了洛阳。白居易遂将这笔钱物作为修缮香山寺的费用，翌年五月即开工，经一旬之工，香山寺再现了"关塞之气色，龙潭之景象，香山之泉石，石楼之风月，与往来者耳目一时而新"的景象（《修香山寺记》）。他见之前的寺院"有佛像有僧徒而无经典"，于是又鼎力相助，"于诸寺藏外杂散经中，得遗编坠轴者数百卷帙，以开元经录按校之。"经增补，"合新旧大小乘经律论集，凡五千二百七十卷，乃作六藏分而护焉"（白居易《新修经藏堂记》）。可以说白居易为唐香山寺之再兴，立下了汗马功劳。

开成四年（839年）十月，白居易始得风疾，翌年秋，他不顾体弱多病夜宿"经年不到"的香山寺，不禁感慨万千，以往那些"饮徒歌伴"已经"雨散云飞尽不回"了，年已七旬，而那"十二年来昼夜游"的香山寺，于自己来说，"假如无病亦宜休"，可能来的机会不多了，他不禁满腹惆怅（《五年秋，病后独宿香山寺三绝句》）。同年，他拿出三万两俸银，请人按《无量寿经》经文，画大型西方极乐世界变相图。图高九尺，宽三尺，他每日必焚香顶礼，十分虔诚。翌年十一月，他把在洛阳居住十余年所写的八百余首诗辑录为《白氏洛中记》藏于香山寺藏经堂。

白居易的晚年生活，是"置心世事外，无喜亦无忧"的修行。抛却年轻时赋诗的苦思冥想，他全心专注于参禅，佛教已成他难以释怀的精神支柱。他"朝餐唯药菜，夜伴只纱灯。除却青衫在，其余便是僧"。全身心礼佛、至心求生西方极乐世界的诗人，回想所历种种，竟似前世一般。他"坐倚绳床闲自念，前生应是一诗僧"。他还自号"香山居士"，以居士情结与如满和尚等八人结为"香山九老"，唱吟于香山寺的堂上林下。

71岁那年，他写下一首《念佛偈》，道出自己此生所愿，文辞明白晓畅，流传广远，至今仍脍炙人口：

余年七十一，不复事吟哦。看经费眼力，作福畏奔波。
何以度心眼，一句阿弥陀。行也阿弥陀，坐也阿弥陀。
纵饶忙似箭，不废阿弥陀。日暮而途远，吾生已蹉跎。
旦夕清净心，但念阿弥陀。达人应笑我，多却阿弥陀。
达又作么生，不达又如何？普劝法界众，但念阿弥陀。

武宗会昌六年（846），白居易居洛阳，八月十四日那一天，他"念佛坐榻上，倏然而逝。"（《佛祖统纪》中载）也就是说，白居易最后在念佛声中安然往生。世寿75岁。临终前他特意嘱咐家人，死后将其葬于香山寺北如满禅师塔侧，世称"白园"。或许在轮回的世界里，他会穿着芒鞋，披着袈裟，行走在香山的曲径上，继续他和香山寺未完的故事。

# 一夕挑灯看剑
# 千古义胆忠肝
—— 侠者辛弃疾

塞北大漠，黄沙漫天。龙门客栈内，烛影摇曳中，周淮安望着邱莫言说："又能听你吹一曲《破阵子》了。醉里挑灯看剑，梦回吹角连营。"《新龙门客栈》中的这一幕拍得唯美动人，少年时观之，我痴迷于那油画般的画面质感和宛转悠扬的笛曲，更痴迷于辛弃疾《破阵子·醉里挑灯看剑》中吹出的那缕交织着忠勇与悲怆的侠义之风。

我一直认为，武侠世界里都是些执着的人。或执着于情仇，或执着于名利，或执着于一个恐怕自己也说不清为何执着的念头，而唯有为国为民者，方能被称为"大侠"。辛弃疾恰恰就是胸中有万兵，笔下有千韬的"大侠"。

## 【壹】诗书马上　文武兼修

辛弃疾，原字坦夫，曾自称"六十一上人"，后改字幼安，别号"稼轩居士"，宋高宗绍兴十年（公元1140年5月28日），出生于山东历城（今济南市）四风闸。诞生之际，北方早已沦陷于金人之手。其父早亡，祖父辛赞一手将其带大并深深影响了他的一生。

辛赞可谓是一位兼具文才武略的人物。他迫于无奈，为金人做官，却从未改变恢复宋朝故土、报仇雪耻的夙愿。他经常带领家人，"登高望远，思投衅而起，以纾君父所不共戴天之愤"。在辛赞的这种教育和熏陶下，加之不断目睹汉人在金人统治下遭受的屈辱与痛苦，青少年代的辛弃疾就对兵家韬略之书很感兴趣,并早早地在心底埋下恢复中原、报国雪耻的种子,身上颇有燕赵奇士的侠义之气。

十五岁后,辛赞令其"两随计吏抵燕山,谛观形势",借应进士试的机会,搜集金人政治、军事等方面的情况,使其对兵家方略和攻守利害有了更实际的了解和认识。正是少年时代兵家思想的教育和熏陶,才造就了南宋时期公认的"谙晓兵事"的"帅材"。

## 【贰】汉箭朝飞　起义反金

绍兴三十一年(1161年),金主完颜亮大举南侵,后方汉民不堪金人压榨,终于扛起反金大旗。声势最浩大的一支队伍出自山东境内,义军头领耿京是辛弃疾同乡。义军的出现像一把烈火,少年胸中澎湃的热血迅速就被点燃了。22岁的他迅速拉起两千人的队伍火速投奔耿京。面对这样一个愣头青,耿京并没有委以重任,只是安排这个秀才做了一名文官,掌管文书和帅印。即便如此,辛弃疾也做出了一件令所有人刮目相看的事来,足以证明他确实生就一身侠骨。

义端和尚是辛弃疾的好友,两人因都喜谈论兵法而交往甚密。辛弃疾投奔义军怎能少得了义端呢?于是好友挚交又成了行伍战友。然而"知人知面不知心",这个也曾是一小股义军头领的义端和尚竟起了贼心,偷偷盗走辛弃疾保管的帅印,意欲去往金营邀功讨赏。辛弃疾发现后当即带了一小队人马埋伏在了去往金营必经之路上。天亮时分,义端和尚果真骑马来到,辛弃疾不由分说,一个箭步窜将出来,宝剑出鞘,只一剑便将贼僧劈下马来。和尚一见是杀气腾腾的辛弃疾,吓得魂飞魄散,当即跪地求饶说:"老兄啊,念在你我往日相交情分上,您饶了我吧!我知道您的真身是一头青兕,您力大能拔山,将来定有大造化。您饶了我的小命吧!"这副嘴脸让辛弃疾感到恶心。面对此等贪生怕死的变节之辈,疾恶如仇的他哪里肯听,不由分说,剑光一闪,义端身首异处。怒杀义端并追回帅印这件事让辛弃疾在义军中名声大震。耿京没想到秀才不仅能杀人，且是此等英勇果决之才，故而日渐器重辛弃疾。

这边义军紧锣密鼓部署抗金大计，那边金人内部矛盾爆发——完颜亮在前线被部下所杀，金军向北撤退。时机千载难逢，辛弃疾向耿京建议与南宋联合，趁机给金人致命一击。耿京深表赞同，派他们一行十余人到建康（今江苏南京）谒见宋高宗。高宗得讯，授耿京为天平军节度使，授辛弃疾为承务郎。当辛弃疾快马加鞭终于回到海州准备报告喜讯时，却听到一连串噩耗——叛徒张安国杀了耿京，投降金人，义军溃散。背叛！又是背叛！辛弃疾一点犹豫都没有，立即在海州组织五十名勇敢义兵，直趋济州张安国驻地，要求和张会面，出其不意，将张缚置马上，再向张部宣扬民族大义，带领上万军队，马不停蹄星夜南奔，渡过淮水才敢休息。到临安把张安国献给南宋朝廷处决。一系列行动在极短时间内完成，只能用两个字形容：痛快！很多时候我们敬佩武侠就是敬佩那种快意恩仇的胆识与力量。但这种痛快的兴奋感还未散去，更大的失望却劈头泼来。

## 【叁】宦海浮沉　英雄迟暮

宋高宗既不想抗金，又畏惧起义军，他只想过醉生梦死的安稳日子。为安抚辛弃疾便任命其为江阴签判，义军则就此解散，辛弃疾从此便开始了他在南宋的仕宦生涯，此时他才二十五岁。

辛弃疾初到南方时，对南宋朝廷的怯懦和畏缩并不了解，加上宋高宗曾赞许过他的英勇行为，不久后即位的宋孝宗也一度表现出收复失地、报仇雪耻的锐气。我们现在无法猜测，这些虚假的表象曾让他度过了多少个激动的不眠夜。他写下不少抗金北伐的良策，如著名的《美芹十论》《九议》等。尽管这些建议书在当时深受称赞，广为传诵，但朝廷却反应冷淡，只对辛弃疾在建议书中所表现出的实际才干很感兴趣，先后把他派到江西、湖北、湖南等地担任转运使、安抚使一类重要的地方官职，负责治理荒政、整顿治安。

现实对辛弃疾是残酷的。他虽有出色的才干，但他豪迈倔强的性格和执着北伐的热情，却使他难以在官场上立足，仅十几年间就辗转调任27次。另外，"归正人"的尴尬身份也阻拦了他仕途的发展。屡遭弹劾让他不仅心灰意冷，而且对宦海沉浮感到厌倦，而唯一不变的就是收复失地的赤诚之心。

淳熙十五年（1188年）冬，好友陈亮专程从浙江永康来上饶拜访他。辛弃疾大喜，两人于铅山长歌互答，脍炙人口的《破阵子·为陈同甫赋壮词以寄》就是此时所作：

醉里挑灯看剑，梦回吹角连营。八百里分麾下炙，五十弦翻塞外声。沙场秋点兵。

马作的卢飞快，弓如霹雳弦惊。了却君王天下事，赢得生前身后名。可怜白发生。

酒在身体里燃烧，那一腔的抱负又再次被照亮。他挑起灯盏，拔出宝剑。这把每日擦拭的剑依然锋利，上阵杀敌最适合不过了。剑身映出一张日渐苍老愁苦的脸，他望着那张脸恍了神。耳边响起一阵一阵的号角声，将士们正在饱餐营中战饭，五十弦的瑟声急促地在塞外的风沙中穿梭，这秋日的沙场上，大宋的精兵强将们的步伐和呐喊声敲击着天宇。马蹄似电，弓如霹雳，一封封捷报雪花般飞来。为人臣，止于忠。能为君王了却天下事，赢得生前身后名，此生便了无遗憾了啊！霎时间，所有画面都似泡影般消失，所有的声响也都坠入了无底深渊，只有两鬓的白发格外刺眼。

这是一个迟暮英雄的梦，这是一个侠义忠臣的梦，但是，这却只能是梦。

开禧三年（1207年）秋，朝廷再次起用辛弃疾为枢密都承旨，令他速到临安（今浙江杭州）府赴任。但诏令到铅山时，辛弃疾已病重卧床不起，只得上奏请辞。同年九月初十，辛弃疾病逝，享年六十八岁。他临终时还大呼"杀贼！杀贼！"。德祐元年（1275年），宋恭帝追赠辛弃疾为少师，谥号"忠敏"。

# 拒权抛浮名　寻梦发梅根
——汤显祖的寻梦人生

400多年过去了，戏台上窈窕多姿的倩影和优雅缠绵的唱词都如文昌桥下的流水归入了大海，只有渐渐苍老的文昌里明清老街，像一位故人，痴痴守望着他的梦。在他一个又一个精致的梦幻中，多少人不禁空自嗟呀：但使相思莫相负，牡丹亭上三生路。

## 【壹】书香世家

赣鄱大地，鱼米之乡。抚河水奔涌，文昌桥沉吟。古桥之东有个文昌里，四百多年前的明嘉靖年间，汤氏家族为新生的男孩取名为"显祖"，寓意简单直白：显耀门庭，光宗耀祖。临川自古多才子，汤显祖的高祖汤俊明，在明成化二年，临川遇大灾时捐谷赈济，受到朝廷嘉奖，令其在家乡东门外文昌桥东，树旌旗表牌坊一座，上书"尚义"二字。曾祖汤廷用，"生有隽才，为名诸生"没有参加科举求功名。祖父汤昭，"读书过目不忘，作文顷刻立就，髫龄补弟子员，重望士林，被推为词坛上将。他原可以大展宏图，但四十岁后就离开故居，到酉塘过着隐居生活。父亲汤尚贤，"为文高古，举行端方，学者称畏友"，且尊贤重士，建了汤家私塾。母亲吴氏，诗书棋艺，无一不通。由此可见，汤显祖的家庭并非显贵，但祖上四代有名，又是有相当社会地位的书香世家。祖辈高隐自赏的情操，是汤显祖品操自贞的渊源。

作为书香世家，汤家藏书四万余卷。汤显祖自幼便显示出过人的才华：5岁对对子，12岁写诗，13岁习古文，14岁中秀才，21岁以全省第 8 名成绩中举，26 岁时，首部诗文集《红泉逸草》刊行问世……远近闻名的八股文高手汤公子，似乎距离功名也就一杆笔那么远。然而，临川才子多仕儒，唯有汤生以情长。生活在一个以耕读传家，以科举出仕的土壤里的人，却走出了一条截然相反之路。

## 【贰】义不附势

　　似乎文艺之神都偏爱命途坎坷的才子，他们或是怀才不遇，或是时运不济，或是刚直遭谗害，或是不屈陷囹圄，而汤显祖的颠沛更多源于自己的选择，在这一点上颇与陶渊明有几分相似。

　　对汤显祖影响最大的是明代中后期著名哲学家、教育家和文学家，泰州学派的代表人物，被今人尊为明末清初启蒙思想家之先驱的罗汝芳。罗汝芳的老师颜钧就是一个有古道热肠、侠者风范的名士，在自己的老师被害之后，不辞艰辛远赴边地，求得骸骨。然而却令朝廷愤怒，将之羁押在南京刑部的监狱里，岌岌可危。罗汝芳变卖田产，想方设法援救老师出狱且不畏权贵之举，给 19 岁的汤显祖留下了深刻的印象。

　　22 岁和 25 岁，春试皆不第。28 岁那年，汤显祖第一次和家族的期望离得那样近，因为一个在众人看来千载难逢的机会放在了他的面前：首辅张居正想让二字张嗣修以高名中进士，想让临川才子汤显祖和友人沈懋学与张嗣修结交并同场考试，以衬其"真才实学"。这是一条做官的捷径，但汤显祖委婉地拒绝了。首先，此等行为令人不齿；其次，恩师罗汝芳正是因张居正弹劾而下野，他又怎会拜在张居正门下？因此，沈懋学高中状元，张嗣修高中榜眼，汤显祖落榜。

　　此时的汤生自是落寞的，却并不颓唐，反而到处饮酒作诗。前来探望他的人，竟比探望新科状元沈懋学的还要多。不久，在诸多江西同乡的欢送下，汤显祖返回临川。船至家乡县城码头，抚州知府古之贤率众官员亲到码头迎接，他拉着汤显祖的手说："你这次没有考中，我反倒觉得比考中头名状元更加光彩、荣耀。"此次返乡除了读书交友之外，他开始提笔写戏。万历七年，30岁的汤显祖根据唐代蒋防的《霍小玉传》部分情节改编，借用宋代笔记小说《大宋宣和遗事》片段，写出了他的戏剧处女座《紫箫记》。写完34出后，暂时搁笔，寻思改进。

31岁时，他第四次赴京，张居正故技重施，又想让长子张敬修和三子张懋修与汤显祖结交并推上龙虎榜。汤显祖对来人说："吾岂敢从处女了失身也？"态度异常决绝。毫无意外，这次他又名落孙山。直至34岁那年张居正病故，他终于跻身进士行列。

## 【叁】若进若退

既中进士，就该努力融入官场，谋求官爵。可当张四维和申时行这两位新内阁想拉拢汤显祖做门生时，他婉拒了。友人推荐他到公认的美缺北京吏部供职，他也谢绝了。一年后，他自请到南京做了掌管礼乐祭祀的太常寺博士。

在汤显祖的《酬心赋序》中记载了这样一件事：在一次宴会上，他的考官沈自邠当面对汤显祖说："以你这样的高才，为什么直到现在才考取进士，可以好好想一想。一个人不要上进，就当恬退。看你样子若进若退，究竟想要怎样？"若进若退，正是汤显祖在以科举取士的社会里，对自己人生取向的犹疑。

南京只是明朝的留都，这里的官署也不过是些闲职，很难有政治作为。这反而使他有更多时间和精力专研戏曲，广泛交游，进一步修改《紫箫记》，完成了《紫钗记》的创作。

安逸的日子没过太久，万历十九年（1591年）的闰三月，天空出现彗星，神宗责备言官工作不力。汤显祖觉得是向皇帝进言的大好时机，便撰写了《论辅臣科臣疏》，弹劾皇上身边的辅臣科臣。由于义辞太过犀利，甚至指斥了昏庸的朝政，神宗终于被激怒了。汤显祖的仕途走入最低谷，被贬往偏远的岭南，去广东徐闻县做了一名小小的典史。

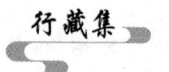

## 【肆】弃官寻梦

在徐闻度过半年光阴后,他调任浙江遂昌知县。由于施行仁政,政绩可圈可点。但越是认真做官,他就越对吏治的腐败深恶痛绝,终于决心弃官归隐。万历二十六年(1598年)三月末,汤显祖赴京述职后便辞职回乡,他终于摆脱了祖辈对他博取功名的期望的压力,开始寻求萦绕心头的那些动人的梦幻。

然而故乡的物是人非、挚友的相继逝去使他心中的寂寥伤感一时难以排遣,倒是自己那一个个或悲或喜的梦反复排演着相聚离别的戏码。我们不知道他是在一个怎样寂寞深沉的暗夜中,忽而想起在大庾岭游过的牡丹亭、凄然倒下的梅树,还有那一段段哀婉的故事。于是他猛然醒悟,翻身提笔。仅数月时间,以《杜丽娘慕色还魂记》为蓝本改编创作的55出戏曲《牡丹亭》问世了。这如梦如幻、惊心动魄、幽艳绝尘、婉转多姿的戏曲,一面世便惊世骇俗,迅速广泛流布,最终成为中国古代爱情戏中继《西厢记》以来影响最大、艺术成就最高的一部杰作。

自此,汤翁不仅自己观看《牡丹亭》的演出,而且还辅导小宜伶们演唱。他以茧翁自号,深居简出,相继又创作了《南柯记》与《邯郸记》。他把此生所有的追念和缅怀,尚存的梦想和追寻,全部寄予在戏里了。

万历四十四年六月十六日,也就是公元1616年7月29日,67岁的汤显祖在临川玉茗堂逝世,同一天,英国戏剧大师莎士比亚也离去了。戏剧艺术天空的两颗巨星同时陨落,不真实得真如一场幻梦。

# 打磨时间　接榫生命
——工匠精神

德国哲学家瓦尔特·本雅明在《机械复制时代的艺术作品》一书中阐明了这样一种观点：机械复制技术不仅能拓展我们视觉体验，快速、大规模的复制也有利于艺术作品广泛传播到世界各地。但是大量一模一样的机械复制艺术作品使得传统艺术作品所具有的"灵韵"（aura）消失了。

即使"灵韵"一词本雅明没有给出十分明确的解释，但其实也非常容易理解，看看现代人的审美追求吧。为了能够满足产能，我们制造出了能够快速批量生产的工具，与古时相比，一件现代家具的成形不再需要工匠耗时费力地敲打，然而我们却失去了观看古代家具时的那份欣喜。当人们意识到这一点的时候，就开始呼唤工匠精神了。

## 【工匠之道】

"匠"这个字最初就是用来指木匠，可见木匠在当时的地位之高。从一根原木开始，到一件家具的成形，历经锛凿砍削锯切铲刨踢雕刮磨等几十道工序，对技艺的熟练程度要求极高。而在家具发展的历史长河中，木工们引以为傲是榫卯。中国工匠可以说把榫卯结构发挥到了极致，榫卯的类型更是层出不穷，并且各有其妙处，我们举一个例子便可以说明。

明式家具中的四面平霸王枨琴桌是古人专为弹奏古琴而做的琴桌。八根方木和一块面板便形成了主体架构。除了掩藏桌面下看不见的横枨以及加强牢度的霸王枨外，再无丝毫多余构件。然而如此简约的四平结构却把复杂的榫卯连接隐藏得天衣无缝。木工们引以为自豪的，就是让复杂的工艺看上去非常简单。尤其是很像粽子的桌角部分用的就是工匠们称为棕角榫的结构。它把面板的两条边框以及桌腿这来自三个方向的构件相互垂直紧密地连接在一起，使家具的四面平齐，看上去素雅大方。

但仅精通榫卯技术是不够的，有时候还要有随机应变的智慧。比如当石材被用来制作家具时，由于硬度的关系，需要工匠们另辟蹊径。古代采石非常困难，打磨技术有限，不可能平滑如镜，因此运用石材的家具都不是绝对平直的，随形将石材敲下后经人工打磨，不平之处就要用通过修整木材使整体看起来平直，工匠术语叫"随"。从近处我们可以看得很清楚，木料是随着石头的高低行进的，然而人们站立或坐在旁边却很难觉察出它的不平，这就是它的绝妙之处。新的工艺就是这样在历史的长河中不断产生和改进的。

透过一件件古典家具，人们可以看到各种匪夷所思的榫卯，鬼斧神工般的雕刻，以及灵活变通地将各种材料与木料进行完美的结合，这些都渗透着古代工匠对工艺的严谨态度，这些工艺除了要满足比如承重、稳定性、结实度等具体需求，还要满足礼仪上的和艺术上的精神追求。

除了技艺上的精熟，工匠或者说手工艺人在干活时的心态是至关重要的。首先要热爱，运用自己的双手做出一件件器物，如果不热爱不喜欢，单凭兴趣和责任感，绝对做不好。试想一下螺钿的工艺：它要求把贝壳磨薄，甚至是 0.5 毫米以下，几乎透明，再切割成不同形状，镶嵌到家具上，打磨抛光，没有耐心和兴趣的人，恐怕不能胜任这项工作。1922 年，英国学者赫伯特·赛斯辛基在他关于中国漆家具的论述中，极度赞叹中国工匠这非凡的耐心。现代的工匠不能说不具备耐心，只是有时市场和产能的需要不允许你有那么多的时间去有耐心。

## 【打磨时间】

作家林清玄在《生命的接榫》一文中讲述了这样一个故事。他请来台北一流的木匠做装修。用到的材料有清朝的门窗，在看到这古代工匠的作品时，那位师傅也忍不住赞叹不已，言词中充满了敬仰与神往。林清玄问他这清朝门窗美在何处，他说："不论是构图、组合、接榫，都是一百分。无话可说。你看这四面门窗，没有用到一根钉子，古代也没有黏合胶，却可以接得如此完美，保留到现代，完全没有损坏。"作者忍不住问木匠师傅："如果把这窗花交给你，做出一个一模一样的，不用钉子与胶水，你办得到吗？"工匠沉吟了半晌说："我可以做得一模一样，甚至做得更好，但是我不能做，也不愿意做。"在作者的追问下木匠师傅道出了一个现代人普遍面临的问题。他说，如果他要以手工不借助任何机器，做出一个镶满窗花的窗子，至少要花一个半月的时间。以一天工资三千元来算，加上材料，一个窗至少要卖十五万元，可是买一个真正的古窗只要五六千元。何况，有谁在装潢时，愿意让工匠花一个半月，只做一扇窗呢？

　　文中工匠的话正道出了我们前面提到的现代工匠面临的困境。但那位工匠说的有对的也有错的。传统家具确实很少用金属螺丝和钉，因为钉子时间久了会生锈，生锈就会腐蚀它周围的木材，钉眼很快就会松脱，家具就会散了架。但古时工匠在必要的时候也会用到胶，不同于现代的含有多种对人体有害物质的化学黏合剂，古代用的胶叫鳔胶，也有用其他的动物胶，比如驴皮胶，它们都统称为鳔胶，都是无毒无害的。

　　然而鱼鳔胶的制作工艺非常复杂。首先将黄鱼晒干的鱼鳔用温水泡两天。泡软之后切成细小的碎片，上锅蒸四十分钟，之后把黏糯松软的鱼鳔放在砧板上趁热捶打。老木匠们常说的一句话是"好汉打不出二两胶"，就是说它的劳动强度很大。鱼鳔温度降低后，要回到锅里加热，然后再拿出来继续捶打，如此反复多次，直到变成黏稠的胶状，放到过滤网上，一边加热一边挤压，将胶水过滤到容器中。这样就可以使用了。

　　在金钱可以买到一切的环境中，传统士绅为了能和新贵们抗衡，拿出了最具杀伤力的武器——时间。他们可以为了一件精品等上几年甚至十几年的时间。

　　再说到百宝嵌，将各种不同材料：玉石、玛瑙、珊瑚、翡翠等拼装在一起，这更是需要工匠们能够沉下心来，所谓慢工出细活。这项工艺据说是由明代的工匠周翥发明的。现在我们能看到的他的作品黑漆嵌牙人物纹轿箱。象牙嵌饰而成，工艺非常讲究。牙嵌的人物栩栩如生，令人叹为观止。但他的作品流传极少。一是因其作品珍贵，在明代的时候要定制他的作品须等上很长时间，甚至是几年时间，时间皆由他定。二是他后来被明朝重要权臣严嵩招入府中，只为他制作这些工艺品。别人不能有。现在已经不可能出现严嵩式的人物，而像周翥这样的工匠也难得一见。这需要方方面面的从容才能做到，急功近利是没有办法产生传世精品的。日常生活其实也是一样。工钱当然很重要，但是做活的整个过程是享受的。很多人认为自己的幸福指数不高，原因还是在于心走得太快了。

今天的社会，已经很难让人有耐心为了一件家具而等上几年甚至十几年，人们为此发明各种机器设备来加速产品的完成。而古代工匠们那漫长岁月的精雕细刻才使得现代人对那些器物充满了敬爱之心吧。

## 北方的两棵树
——李枫诗集《向北方》序

注视着书名和作者名，我默默地读着："向北方，李、枫。"这本身就很有诗意，短短的五个字就巧妙地构成了一个唯美的意境：在狂风肆虐的秋天，在北方的旷野上，有两棵树伫立着、坚守着。它们一棵是李子树，一棵是枫树。李子树牢牢握着手中仅存的几片枯叶和几颗枯果，枫树则把血红色的手掌全都张开，好像要把压向大地的黑云全部推上去，还给苍天……

虽然上面的内容仅仅是我的联想，但是通过和李枫老师的长时间接触，我认为她名字中的这两棵树恰恰准确地体现了她的性格、品质以及她诗歌中的精神。

李子树是北方农家常见的果树，喜光也稍耐荫，抗寒，适应性强，质朴无华。而且它自古以来常和桃树一起，作为意象来赞美教师，比如我们都知道的"桃李满天下"。虽然只是巧合，但是李老师作为一名优秀的教师，确实也是桃李满天下了。由于为人随和，她的身边总是围绕着一群学生，有些甚至是已经走上工作岗位的公务员，或是继续深造的研究生。我也是她的学生，但是我更愿意让她称我"孩子"，或是乡土味十足却又异常亲切的"崽子"。仍记得第一次听她的课是一堂选修课，那是第一次听她讲诗。我完全想不到一位女教师竟然能迸发出如此令人振奋的激情。因为诗，我渐渐走近她，一起谈诗，一起写诗，她鼓励着我，也影响着我。慢慢地我才明白，她的那种激情，就像北方的乔木一样，无论环境多么恶劣，都能用发达的根须从贫瘠的土壤中用力地吸取养分，不断地向上生长。果真是言教不如身教，从她身上，我们都学到了什么是真正的乐观和积极。

在学生身上,她倾注了很多心血,同时还有浓烈的感情。这从她的诗作中就可以很明显地看出来。诗集分3个篇章,共120首诗,在第一个篇章《月亮篇——孩子》中,她以《致你——我的孩子们》为题写了37首诗,感情真挚而深沉,读来让人为之感动。比如在第一首中她这样写道:"有了你／我可以安息。"我们也许常常会看到学生写给老师的赞美诗,却很少看到老师写给学生的诗,况且是这样炽烈的表达。由此也可以看出,她是真正把学生当成了孩子,同时也把她的事业——教育和自己的生命连在了一起。

为了让学生们迅速成长来应对社会的变化,她在教学中没有刻板地传授课本知识,而是经常传达给学生一些生活哲理和人生理念。她严格要求学生,经常乓乓(东北方言,意为批评)一些学生,此时她常常是笑着说,而对方通常是哑口无言,毫无反驳之力。但在她严厉的背后,有的是无尽的柔情。"只有和你在一起／我的窗前／才能夜夜月圆"。《致你——我的孩子们(八)》"每当想起你／我就能看见／我眼里的／柔情和鲜亮"。《致你——我的孩子们(十二)》这样深情的诗行就像是初春的细雨,滋润在每一个孩子的心田。这是一位真正配得上"母亲"这一神圣称谓的教师,而这一称谓上承载的是她无尽的辛劳。然而,她却这样说:"为了你们／我才活得疲惫而憔悴／这就是人生／重要的是／我乐于这样。"(《瞬间感悟》)这就是真正的人民教师,这就是真正的母亲!

枫树得名于风,因其叶片较大,与人的手掌大小相近,叶柄细长,使得叶片极易摇曳,稍有轻风,枫叶便会摇曳不定,互相摩擦,发出"哗啦哗啦"的响声,给人以招风应风的印象。时至深秋,万物萧索,秋风瑟瑟吹来,枫树招手应之,使人心中顿生离愁别绪。怎奈枫叶偏偏又是血红色的,则更为这种愁情染上了悲凉凄惨的色彩。因此,自古以来,咏枫的诗句也大多是表现这种愁情的,比如我们都很熟悉的"江枫渔火对愁眠""青枫浦上不胜愁"。而李枫老师的诗句则表达出了一种更丰富也更新的况味:"我站立成一棵树／在荒原上／在荒原的尽头／那里／彻夜回响／我直入云霄的歌喉"。(《枫树的颜色》)这是一种苍凉的绝唱，这是一种豪迈的誓言。即使在残酷的自然环境下，也仍要保持一种坚定的信念，那就是唱响生命的颂歌，而这颂歌，是可以直入云霄的。"我是一片枫叶／那殷红的颜色／是我周身的血液／我长在深秋／不是要装点／五彩的花山／而是／我不幸地有着／岩石迸裂、粉碎、沉默般的／品格"。（《独语》）外人看来美艳却脆弱的枫叶，实际上却有着"岩石迸裂、粉碎、沉默般的品格"，这是一种代表着倔强、隐忍、坚守的品格，而这也恰恰是生于北方、长于北方、热爱北方的作者的内心真实写照。

东北曾是中国的老工业基地，在新中国成立初期，百废待兴，战争使国人认识到必须发展重工业才能强国。这里的石油、煤炭、木材都源源不断地输送到全国各地。大庆油田、伊春林场、鹤岗和鸡西的煤矿、长春一汽等地，都曾拥有过骄人的成绩，让国人感到振奋人心。但是在信息科技飞速发展的今天，东北渐渐地进入了后工业时代，发展的脚步渐渐放缓。这样的现状让每一个在这片土地上成长起来的孩子都感到心痛。李枫老师在诗集的第二篇章"星空篇——北方"中，用整整27首诗来歌颂北方。面对着故土，她抒发了自己最真诚的情感。其中有些诗篇很具代表性，可以看作是她的明志诗，比如《北方，我是你的主人公》："北方／你一度那样遥远／遥远成荒凉的代名词／……／北方／我的被遗弃的北方／在大兴安岭高高的脊背上／我和你一起／雄壮地呜咽／……／北方／我不需要英文字母／和羽扇纶巾的认可／我只想做你的孩子／我今天的诗句／和明天的墓碑／会让你听到／永远听到／我和你／同样频率的心跳。"即使呜咽，也要是雄壮的，这就是刚性的北方！坚守北方，不仅要和北方保持同样的姿态，就是连心跳也要是同样的频率，如此表达，可谓达到极致了。而在另一首名为《北方（之十一）》的诗中，作者又做了进一步更为直接的阐释："不用千呼万唤／原来你就是我的心脏"。《北方（之十一）》读到这两行，我豁然开朗：无怪乎李老师对北方如此热爱、如此痴迷、如此执着，原来北方就是她的心，这些诗行都不是刻意为之的，而是直取真性情的真情流露。此外的一些关于北方的诗有的气势磅礴、雄浑，似滚滚的黑龙江河水咆哮着奔腾着；有的则深情款款、娓娓道来，似三月的小雨充满温情地洒在北方的大地上。虽然风格有所不同，但是整体上都表达了一致的思想，概括起来就是：北方、坚守。

整部诗集分三个篇章：月亮——孩子、星空——北方、太阳——世界。月亮、星空、太阳，这就是人类自诞生以来一直所仰望的，所追寻探索的。孩子、北方、世界，这就是李枫老师一直所关注的，并为之付出努力的。她是教师，她把她的学生们唤作孩子；她是诗人，她是北方的孩子；而无论是谁，我们都是世界的孩子！

由于每首诗基本上都标注了创作时间，所以我们可以很清楚地看出，李老师的创作在时间上比较密集，同时取材广泛，与时代和自身生存环境结合紧密。

说到和李老师结缘，还是要感谢诗歌。在大庆师范学院文学院的327办公室里，我们经常一起谈诗、读诗、写诗，对于我们而言，对于这个时代而言，这都是极其宝贵的和极其奢侈的事情。那是一方净土，诗的根深深埋在那里。

关于北方这个永恒的主题，我和张康也受老师影响颇多，虽然三个人的诗风格各异，意象的选取不同，但是所传递的情感都是一致的。

凝视着北方荒原上傲然生长的两棵树，我默然无语，只想久久地与它们一起并肩站立，让诗性的枝丫倔强地生长着，朝向生命的永恒的北方，向北，继续向北……

## 向北，诗意地回归
——张康《北·回归》序

形容张康，我喜欢用"汉子"这个词。汉子，北方的汉子。还记得最初结识他时，他给我的就是一个文学青年的印象：长发、高度数眼睛，还有一种无法掩饰的生命激情。后来我们成了文友，直至现在的知己。而促使这一切成为现实的媒介，是诗——我们的精神生命。

初次读他的诗，给我留下最深印象的是他在字里行间流露出的那不可阻挡的生命意识，磅礴、大气，带着北方汉子的刚性和青年的豪迈之气。进而深深品味，或有苍凉、执着和坚守。他写诗比我晚，但由于之前在学习中的知识积累久且多，每有新作，总能让人有耳目一新之感。他的文学功底的扎实，他的博闻强识，每每让我艳羡和感叹。

对于现代人，诗歌已渐渐成为陌生的文学，人们对于诗歌的关注程度远不如一座楼盘、一辆车，甚至一部手机，但是诗歌仍在进行，因为诗歌自身的生命力大大超过了那些瞬间事物。俄国诗人曼德尔斯塔姆说，"人们需要诗歌，它将成为他们自身的秘密，令他们永远清醒，并让他们沐浴在它呼吸之中的闪亮的波浪里。"一切事实都证明，诗歌对于这个时代来说，从未缺席。我和张康都深受李枫老师的影响，她曾说，"在当今这个浮躁的时代，在一起谈谈诗歌是多么奢侈却美好的事情啊！"而每当我们谈诗时，我从张康眼中读出的是对文学，对诗歌的执着、坚守和火一般的意志，也正是这些才促使他写成了这本书，因为我们一直都坚信一点：总有一天，人们会恭敬地将诗歌重新请回神坛！

当然，在他的创作中也有探索、追寻和迷惑。他在《致KT》中写道："我走的每一步／都是寻找。"我们可以相信，这"每一步"不仅有寻找，还有思考和彷徨，但也正是这坚实的每一步，才让他得以在理论和创作上都能迅速地成长起来。在太多人沉迷在世俗的功名利禄的争夺中时，还有一位青年，仍能保持着一颗纯净的心灵，如朝圣者般地向心中的圣地一次次地进发。这是我从他往日的那些掷地有声的豪言壮语中体会到的。

在他激情洋溢的外表下，隐藏的是一颗深沉的、善感的心。当我听到他朗诵的《我不是一个诗人》的时候，我被深深地感动了。而他当时也是哭着朗诵完的。那首诗所传达出的无奈、绝望令每一颗心都为之震撼。他也是从这首诗中感受到了诗歌那宏大的艺术魅力。而我们也都知道，在世俗纷争不绝的当下，对崇高的纯粹的理想的坚持该有多么不容易！

在他坚持写诗一段时间之后，他在无意中已经渐渐确定了自己创作的方向，或者说是他的核心意象——北方。对于北方，传统观念中那是荒凉、贫穷的代名词，但张康通过诗作，赋予了它更丰富的文化内涵，那就是刚性、坚韧、坚守等。从"行吟诗人"到"北蠹鸟"的转变说明了这一点。他曾说过"我是一只发誓栖留在北方的鸟"，北方是他的母亲、他的生命、他的根。在明确了这些之后，他的作品也明显地突出了寻根的意识，这在后来就形成了"回归"。

我们每一个人，都有一个心灵的家园，形成这种象征着精神归宿的家园的原因多半是童年家园的记忆。无论是客居他乡的旅人，还是久居海外的游子，最能拨动人们心弦的，同时也是心底最脆弱的，都是对故土的眷恋，那抹乡愁是挥之不去的。张康深深地清楚这一点，所以他说，"我又抓紧这黑土／她的沉静和温度／和味道／像梦中的青藤一样把我缠绕"（《致北风》）。由此我想到了海德格尔借用赫贝尔的话说："无论我们是否愿意承认，我们都是些植物，必须扎根大地，以便向上生长，在天空中开花结果。"（海德格尔《赫贝尔家之友》）所以他像一只倔强的鸟，饮北风，用嘶哑的喉咙鸣唱。

他的某些诗作，可以看作是他的明志诗。把这些诗联系起来看，我们能看清他的驻留北方的这种意识的形成：

"我的身体已经日渐长出北方的／直来直去的风／它和清晰的枝干共同发音成我的名字。"（《告别》）这是苍凉的北方的风骨。"你的骨头／长在三九的霜雪中／插在哪儿／都是一只北去的飞鸿。"（《北方诗人的朝向》）这就是北蠹鸟的骨头，是用三九的霜雪锤打成的。

这样的诗在他的作品中还有很多。这些诗都让我们看到了他的决心，同时还有一种苍凉的、悲壮的美。

　　他有北方汉子的豪爽、刚强的一面，同时也还有温柔、细腻的一面。对这个世界，对生活，他是热爱的。也许生活中有太多的坎坷、不公，甚至有很多让人无法入眼的惨象，但是他却满含深情地对我们说："一朵花／足够让世界值得留恋"（《夜记17》）。读到这样的诗句，我无法不为之动容。

　　这是一次诗歌精神的回归，这是一次北方精神的回归。请记住这只向北疾飞的鸟，他的每一片羽毛都是用诗意编织成的。总有一天，你们都会听到他的鸣叫，也许并不婉转，甚至有些嘶哑，但是他确确实实曾为北方，为诗意飞翔过，鸣唱过，他也将一直向北，诗意地回归！

行藏集

## 爱路上跋涉的歌者
——贺青雨诗集《素颜》出版

终于拿到了青雨赠送的诗集。

从拿到书的那一刻起，我的眼睛就一刻也不想从上面移开了。除了她自己之外，恐怕只有我知道这样一本书从创作到修改到编排再到印刷其中有多少的坎坷。但有一点是肯定的，那就是这一切都是值得的，为了神圣的诗歌，再怎么努力也不为过了。

我在回家的路上借着昏黄的路灯看完了她给我的赠言还有她的自序。我感到的是一种力量，一种爱的力量。很喜欢她书的最开头的一句话："《圣经》里最美的一句话是 —— 爱是永不停息。"因为爱，一个女孩可以在诗歌的世界里一直跋涉从不停息，我们都知道这条路在现在这样的社会有多么坎坷。因为爱，一个看似柔弱的女子可以在并不富裕的物质条件下让金钱转化成一本本珍贵的诗集。同样因为爱，她可以每天不停地奔波于大庆的东城和西城之间，期间还要采访写稿，看着她娇小的身体，你完全想象不到其中所蕴含的巨大的力量，而那源源不断的动力，我相信只能是爱。

在大学一年级的时候，我在网吧偶遇了班级里这个不太爱说话的文静女生。打了招呼才知道她上网仅仅是为了摘抄席慕蓉的诗。我当时非常激动，马上说要把自己的那本《席慕蓉诗选》借给她，因为诗我们有了交集。等到2008年的时候，她已经开始了诗歌创作，当我得知之后便把她的诗歌本借来看，结果让我吃惊的是，她的诗歌不但写得有模有样，而且有些笔法，尤其是对难以描摹的情感和感受的描写别具一格。特别是她的诗韵律感极强，读来非常舒服。这一切可以说是我没想到的。于是我们一起谈诗，交流心得，互相鼓励。

时光一晃就在路上滑过去了，我们都已经毕业了。我曾多次和她说应该出本诗集。但是也有很多方面的制约，计划也就暂告一个段落了。今年夏天，我和北鼒鸟的"山寨诗集"《北鼒鸟·南枝花》印出来了。也许是受到我们的触动吧，青雨也终于要将想法付诸实践了。她一说，我马上主动请缨担任了封面设计。此后该女子反复夸我的封面做得好，让我的虚荣心也得到了极大的满足。这前前后后就有将近三个多月的时间过去了，这183首诗在她的细心编排下终于成了铅字。说实话我真的特别替她高兴。走在路上我特想对所有的路人扬着手中的书说："知道吗，我的朋友青雨的诗集出版了。"我还为这世上又多了一位至情至性的诗人而感到高兴。

  这本书从序到后记每一处都流露出"爱"。这爱不仅仅是简单的男女之爱，它的外延其实非常的大。扩展开来就是对天地之爱、对苍生之爱，这是一种大爱。这种源源不断的爱通过诗行流淌出来，那每一个字，每一个韵脚都是在情感的浸染下铺排出来的。但丁在《神曲》的末尾说："是爱转动日月星辰。"我们都应该承认爱的力量，同样的，也应该承认诗歌的力量。

  青雨就是这样一位传递爱的歌者。正如她的自序的题目——《为了让你听见我的歌》，也如后记里说的："有些感受，只能在旋律里融解……"

  感谢诗神眷顾了这位女子，让她可以自如地用诗行来表达情感，来传递她内心最纯真的感受，也得以让我们能聆听到爱的旋律、爱的节奏、爱的叮咛……

  这一次，又证明了我所坚持的是没有错的。公正的命运一定会把诗歌还给人民，因为诗歌本是最接近人民的，诗人之心也是最接近人民的。我们的祖先在最开始学会使用文字的时候，就开始用诗歌来记录生活表达情感。从先秦古歌到诗三百再到屈原临江而吟的离骚；从山林里打猎伐木的号子，到牧羊孩子口中的小调，再到山林间男女打情骂俏所对的山歌，哪一处少得了诗歌？在历史的洪流中，诗歌是旗帜是刺痛时代肌肤的利剑；在黑暗的洪荒里，诗歌是火把是开山劈石的火药；而在昏昏沉沉的欲望时代，诗歌是一记警钟，是当头棒喝，是醍醐灌顶。当世俗的风尘血泪封住了你的双眼，缠住了你的双脚，别怕，我们还有诗歌……

我不仅为着身边的这些诗人，也为那些喜欢读诗的，喜欢朗诵诗的，想要了解或者等待了解诗歌的人们；为了所有需要诗歌的人们，我们都会紧握着这支写诗的笔。即使明天早上升起的不再是黎明，即使血淋淋的太阳逼迫我交出青春、自由和生命，我也绝不交出这支笔，也绝不交出诗歌，因为我知道，现在的我本身就是一首没有写完的史诗。不要嘲笑我，朋友，请相信吧，每个人都可以成为史诗，只要你坚信真理、自由、生命、道德、人性、爱……

　　青雨，我知道你是个执拗的孩子。你的笔将会为我们描绘出更多我们所不知道的，或者你不说我们永远也不知道的东西，但我相信，那一定是美好的，对吗？

　　如果人生真的是一首诗，我希望我们的结尾不是句号，而是省略号。省略的那部分，就交给历史来完成吧……

# 乡土与现代性的有机结合
——论王勇男的现代乡土诗的创作

我与大庆诗人王勇男仅见过两次面，所以当面交流得不多，而更多的交流是通过读他的诗。在大庆诗群中，在整个石油系统中，他都很有名气，当然这源于他诗作的优秀。他的诗与他的人一样，一直保持着一种学院派的理想主义姿态，儒雅沉稳却又不乏激情，用"静水流深"来形容再恰当不过了。熟悉他的人都知道，他写雪十分见长，他那本获得了首届铁人文学奖的诗集的名字即为《雪太阳》，但是在他众多的诗作中，最吸引我的却是他的乡土诗。

王勇男出生于沈阳，因此他的笔名叫作奉天，仅仅通过这一点，我们就能看出他对故乡的无尽怀恋。他的诗集《雪太阳》创作于20世纪80年代中期到20世纪90年代之初，而此时正是乡土诗的盛行期。此时期是乡土诗的回望阶段，文化回望是这时期乡土诗的一种趋向。现代性使得城市中的人们日益焦灼、惶恐，因此很多城市中的诗人拿起笔来，撷拾、罗列乡土名词，作为一种表意系统和象征体系并。但这是一种理想图式的乡土诗，为了规避现代性对乡土的冲击，很多现代乡土诗人一头扎进了理想的乡土田园，在幻想中只看到了"乡土美"，却没有看到"乡土苦"。把王勇男的乡土诗放在这个背景下来解读，我们能对他的乡土诗创作有更全面、更深刻的了解。可以说，在他的乡土诗中，相对于"理想图式"，"现实模态"表现得更加明显，也就是说把乡土和现代性有机地结合了起来。有文化回望，但也有理性思考。充分体现了现代乡土诗对传统乡土诗的突破与发展。我们甚至可以说，他的这种创作很好地规避和弥补了现代乡土诗创作中的问题和缺憾。同时，这种主客契合的创作手法，也突破了地域性的局限，这在龙江诗坛上来说也是值得称道的。

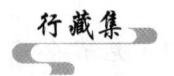

接下来我将从几个方面来分析他的创作,并对一些重要的诗作进行尝试性解读,这样有助于大家更好地理解。

## 【壹】现代性下对乡土的回望

王勇男的现代乡土诗主要收录在诗集《雪太阳》的"幻想里的故乡"这一章。我们如果分析"幻想里"这个限定词就可以知道,在他的心里,"故乡"其实是不存在的,或者说是模糊的。为什么呢?他出生在沈阳市,那不是乡村而是城市。从这里我们可以看出,在他心中,只有乡村才称得上是真正的故乡。也就是说,他追寻的是一个"精神家园"。费孝通在《乡土中国》中说,"从基层上看去,中国社会是乡土性的"。可以说,虽然他生长在城市里,但是往上追溯,他的祖辈们都是地道的乡村人。因此,这就产生了一个身份认同的问题:自己真正的故乡在乡村,而自己的出生地并不能成为故乡。那么对于他来说,他只是一个"侨居"在城市的农民子孙。而这种人被称为"两栖人"。

"两栖人"和"精神家园"这两个概念是江堤、彭国梁和陈惠芳主编的《新乡土诗派作品选》主打的两个核心概念。"所谓两栖人,就是侨居在城市的农民子孙,他们的父辈或祖辈仍生存在城市之外的村庄。所谓精神家园,是指人类生命永恒的家园,是现在时态的人类依据自己的生命需求筑造出的一种精神模型。"当然,从严格意义上讲,王勇男并不算标准的"两栖人",但是,中国本身就是乡土的中国,又有谁不是从乡土中走出来的呢?实际上现代乡土诗的本质指向,是人类生命永恒的家园,是精神处于悬置状态的现代人类对劳动者与大自然的化合状态中呈现出的健康、朴素美德的追取,是以"两栖人"为代表的中国文化社会在自己多重规范的生存空间无法忍受与兑付生命的情感时,对朴素、清贫、真诚、健康美德的回溯。现代乡土诗从乡土透视去把握民族的性格与心理,就成为一个相当理想的角度。

明确了以上两个概念的内涵,我们再来看王勇男的诗就可以很容易地看出他的现代乡土诗中站立着的一个个"两栖人"的形象。比如《妈妈和村口的大河》《给祖母》《忆故乡》《苦菜花》中的抒情主人公，都是土生土长的乡下人。诗人用"大河""羊群""野葱野蒜""玉米地""苦菜花"等与乡村有关的意象组成了一个意象群，以此来进行对自己身份的认同。同时也是对精神家园的向往与追寻。这种渴望在诗中表现得十分强烈。比如在《忆故乡》中有这样的诗句："我是被丢失的粮种"。粮种是农民最珍视的生产材料，也可以被看作是希望的象征。诗人将自己比作"粮种"，表明自己的根在乡村，然而却是"被丢失的"，这表明了诗人在对"精神家园"进行追寻的过程中的焦虑与苦恼。结尾的三行"每当秋天在城外降临／我的舌苔都要伸进我的眼睛／舔舐童年眯进眼睛里的那粒谷子"。这三行的描写非常独特，有明显的"陌生化"效果，同时也将诗人要表达的情感明晰地表达出来。虽然身在城里，但还是会反复怀想"城外"的乡村。"童年眯进眼睛里的那粒谷子"象征的是童年在乡村生活的宝贵的记忆。而之所以要每年都"舔舐"，其实就是在不断地回望。还有《路上》中的"走出了家乡／怎么仿佛永远在路上"。"在路上"即意味着要寻找一个目的地，而"永远"一词却道出了这种寻找的时间的不确定性，同样是带着焦灼的意味的。在诗人那里，唯一能让自己灵魂得到安放的只有那永不褪色的"精神家园"，正如结尾那四行所说的，"老乡，记住家乡的路吧／永远不要放弃归途／也许／这是一生最重要的事"。上百年的工业革命把古老的农业文明打得奄奄一息，人们心理也被改变。乡愁早就不是浪迹天涯的游子思念故乡的浅吟低唱，更多的是对某种生活的向往而不可得的愁绪。

　　实际上诗人因感到"回不去了"而表现出的强烈的焦虑是克罗齐在《历史学的理论和实际》中所描述的典型的现代人的"返回"趋向和怀旧心态。哲学家彼得·伯格也认为，现代人沦陷在"没有归宿"的状态里，现代人面对社会与自我所得到的，是一种流浪的经验，这与形而上意义"故乡"的失落，是相生相连的。因此，在现代化之下，人们必然就会产生一种强烈的文化乡愁，从而不停地回望。而这也是现代乡土诗产生的重要原因。文化回望实际上正是现代乡土诗的一种趋向。李跃的《炊烟是一种文化》

将许多诗人共有的对古典文化的"乡愁"最早说出,使乡土诗由"自然乡愁"进到"文化乡愁""精神乡愁",拓宽了乡土诗的表现领域。

## 【贰】现代性对乡土的冲击

　　现代乡土诗的生命魅力在于以对乡村命运与农民情感旋律的切入,逼近农耕文化实质,使地域性组合意象事态中容纳着乡土心灵的渴望与吁求。现实模态的现代乡土诗正是具备了这种魅力。相对于"理想图式"的现代乡土诗只描写理想的乡村那种田园风光,从而对现代性进行对抗,现实模态的乡土诗主要将视点移向人间烟火气十足的境域,刻写了农家的疾苦与困惑、乡村的愚昧与落后、农民的灾难与抗争。这是因为饱具艺术良知的乡土诗人们深知,对理想乡土的迷恋,若少理智支撑必陷入盲目赞美。看过王勇男的现代乡土诗你就会知道,他就是这样的乡土诗人。我们通过解读他的诗就能更深刻地理解了。

　　最具代表性的我认为应该是《给祖母》这首诗。诗中塑造了"祖母"这个典型形象。她本身就是乡土的代表。"你固守着那个荒僻的山村／就像枯草扎成鹞鹰守着田园／就像孝女守着奄奄一息的母亲。"即使山村是荒僻的,她仍然固守着。因为她生于乡土,长于乡土,早已经成为乡土的一部分。"守"与"攻"相对,那么是什么在攻呢?诗人没有直接说,而是通过对事实的陈述勾勒出来:"几代人都走出去了／树也走出去了／把高跟鞋乔其纱穿了回来／可你仍穿不够家织的渔网布／望不够环绕你天地的山吗//你不稀罕我上大学看到的海／你说村旁的河湾里就有鱼／你说我给你讲的叶塞尼亚大岛茂／准是邻村的疯丫头野小子。"看到这里我们立刻明白了,这说的正是现代性对乡土的冲击。不仅仅是物质上的"高跟鞋乔其纱",更有价值观上的"叶塞尼亚大岛茂"。通过祖母的拒绝,我们清晰第看到了在现代性的冲击下,乡土最后的坚守。可是结果如何呢?"可当你坐在有声有色的电视机前／第一次成了一个自卑的孩子／你不说话一宿地没睡着你流泪了。"读到这三行的时候,我的心灵不禁震颤了。"自卑"和"流泪"证明乡土最终还是难以逃脱被现代性征服的命运。能把这样宏大的一个社会主题仅通过一首诗就将其全景展现，使我不得不佩服诗人高超的技巧。同时也看到了诗人深刻的思考。社会转型期是最痛苦的蜕变期。虽然文化寻根寻的是乡土之根，但是一味地固守乡土并不是最佳的办法。如果完成乡土的现代性转化是值得我们思考的，而诗人的这种将"本土"与"现代性"相结合的叙事策略正好启发了我们的思考，因此是十分成功的。

## 【叁】现代性下对乡土的反思

现实模态的现代乡土诗往往还会表现乡村之苦。比如《苦菜花》这首诗表现的即是乡村农民在青黄不接的时节里用苦菜花来充饥的情景。苦菜花在诗中是农民艰苦生活的象征。"北方／一片一片金黄的花／像一枚枚烫金的勋章／像一篇篇苦味的寓言／写进地碑。"将苦菜花比作勋章是很贴切的，因为在给农民充饥上它确实是有功劳的。这些在别人看来苦涩难以下咽的野草，在农民严重却是如烫金般发着光芒，那是希望之光，生命之光。"苦味的寓言"意味深远，这可以理解为是农民艰苦命运的象征——充满苦涩却又一言难尽。"这花期／曾布满了北方的春天／那苦苦的清爽／填充过多少百姓的肠胃。"这四行在点明了时节——青黄不接的春季——的同时正面描写了百姓用它充饥。"诚然／每块土地上／都有苦涩的花／但春天不是收获的季节／辛勤的劳作不应换来这样的苦涩。"结尾点明主旨，刻写了农民的疾苦和困惑。表现了对农民生存状态的深度同情。

但是只描写农民生活的疾苦和困惑，而不正视乡村的落后还是不够的。在《北方普通列车尾车的农民》这首诗中有这样三行："他们向后望／视野迅速扩大／他们看到一架牛车被远远甩在后面。""牛车"象征的是传统的农耕文明，火车象征的则是先进的科技文明，"远远甩在后面"恰恰说明了乡村传统的耕作模式已经跟不上科技进步的步伐了。

但是乡村的落后远远不只体现在耕作方式上,农民身上的某些缺点也体现出来了。比如"藏货藏人／逃票都很重要／满洲国时爷爷奶奶／他们信奉能逃则逃／气喘匀了鼾声就起。"逃票本是一件不太光彩的事,但在农民看来这却是一件光荣的事,而且还逃得心安理得。这并不是说农民是偷奸耍滑的,而是说在乡村落后的价值观的浸淫下,他们的思想也落后了。

正如我们所见,王勇男的现代乡土诗没有停留在浪漫主义的表现层面上,去一味地凭借想象描画乡村之美,而是带着一种强烈的在场感,用理性思考直击乡村之苦和乡村的落后,只有这样的思考才能发现问题,也只有这样的思考才是对乡土真正的爱。

## 【肆】理性与情思并举的现代乡土诗创作

罗振业在《龙江当代诗歌论》中说:"诗歌观念的偏颇也是龙汀诗歌的一大缺憾。很多人以为诗歌就是主观情感的自然流露,这种迷信必须击破。因为诗是主客契合的情思哲学,优秀的诗要使自己获得深厚冲击力,必须先凝固成哲学然后再以感性形态呈示出来。而黑龙江的很多诗人的诗探索恰恰没有达到这一点,他们的笔在每一次景象过程中很少受到理性对诗的规律性认知的控制。"而通过我们解读王勇男的诗歌,我们就可以发现,他的现代乡土诗创作恰恰规避了这种问题。在表达主观情思的同时也有理性的思考,而且往往还较有深度,能触及问题的本质层面。正如田宝权在《大庆诗群及作品思考》中评价王勇男时所说的那样,是"充沛的情感寓于超拔的理性之中"。

他对乡村是怀着复杂的情感的,一方面怀念"酸麦浆陶醉我的眼睛／野葱野蒜滋养我的血性"(《忆故乡》)的美丽而宁静的乡村,另一方面又没有深陷入对乡村之美的幻想中,而是"爬出河湾温情的顾盼"(同上)回头重新审视着在现代性冲击下的乡村。在历史的车轮碾压过后,纯粹的田园牧歌式的乡土生活已经"在挣扎和呐喊里死去"(《默默面对着焦土》)。正是因为看到了这一点,所以王勇男才能勇敢地拿起笔,将笔触指向很少有人去碰触的现实,使乡村在"现实模态"的书写下渐近真实,同时也在智性之光的照耀下越发深沉感人。

之所以王勇男能够这样进行创作,与他不懈的观察与思考是密不可分的。他在《与〈雪太阳〉同一视角看世界》中说:"北方地域化的语言模式与僵硬的韵律,感觉的平原化与历史感的泛化,皆构成了一种不痛不痒的散击现象。"可见,他同样也发现了龙江当代诗歌创作中存在的弊病,所以才能进行有效的规避。但是如果只是发现问题还是不够的,因为不是经常进行理性思考和深层挖掘,恐怕即使发现了问题也不能策略性地解决。他把诗看作是"自救方式",诗就是他思考的工具。

通过以上对王勇男现代乡土诗创作的分析,我认为他的现代乡土诗在具备现代乡土诗的独特的艺术魅力的同时,又有自己独特的风格。有满怀深情的抒写,也有理性的挖掘。在表现现代性对乡土的冲击的同时又能较好地进行深层探索。尤为难能可贵的是突破了单纯的地域性的抒写,从一个点出发扩散开去,不只有艺术技巧,同时兼具哲学意识,这在龙江诗坛上来说也是值得称道的。王勇男的现代乡土诗可谓是小中见大,以点带面,将乡土与现代性有机地结合了起来。希望日后能看到他更多更精彩的诗作,这对读者来说实为一种幸事。

行藏集

# 现代战争的个人经验书写
——读李枫的《在躲避战争的日子里》

文章虽写于2012年,但在反法西斯战争胜利70周年的今天读来更加有意义。

全文以儿童视角讲述了一段关于战争的个人经验,文中的儿童视角既可作为我们走向作品内部的钥匙,又可以为我们解读《小橘灯》《城南旧事》等作品提供参考。

"儿童视角"即借助儿童的眼光或口吻来叙事,因此思维、语言等皆具有鲜明的儿童特征,叙述调子、姿态、结构及心理意识因素都受制于儿童的叙事视角。文学中儿童视角的"儿童"和医学、教育学、心理学的"儿童"内涵不同,所指年龄更宽泛,更主要的是作品能够反映"儿童"心理特征,因此,《在躲避战争的日子里》的"我"和其他两个女学生,虽不在其他学科的"儿童"范畴内,我们仍认为是儿童视角。用这一理论观照本文,可进一步理解作品的主题和特色。郭秀琴认为:"视角的选取,表面上看是小说叙事的形式问题,但实质上与作家的情感、心理、个性以及世界观、认识论、价值观等都有密切关系。它一方面决定着作品的叙事方式,另一方面也体现着作者的情感判断、价值取向与人生态度。"《在躲避战争的日子里》中的儿童视角同样体现了作者的情感判断、价值取向与人生态度。虽说童年记忆是很多作家创作的重要来源,但因作者是20世纪60年代生人,特定的历史时期的影响使得这个身份带有了某种特殊性。洪治纲说:"在20世纪60年代出生的作家们笔下,童年记忆却是一种极为重要的叙事资源,甚至成为他们探寻历史深层结构的一条重要通道。他们中很多作家的代表性作品,都是以自身的童年记忆作为故事的核心载体来完成的。像余华的《在细雨中呼喊》《黄昏里的男孩》《我胆小如鼠》《兄弟》（上部），苏童的《桑园留念》《刺青时代》《伤心的舞蹈》《城北地带》……"所以我们似乎可以明白作者为什么在叙事策略上要采用"儿童视角"了，那样更便于她以亲历者的身份去探寻那段历史，从而将自己最真诚的价值判断展现出来。

因为采用儿童视角，作品中主人公对战争来临的心理状态是这样的：她"年龄小，不懂得打仗的可怕""没意识到'打仗'派生出来的死人、被害、强暴这些词语表达的内容已和我近在咫尺"，又因为"天天晚上有军车从南边开过来，一辆接一辆"，"当时没觉得害怕"。从表层看，似乎是作为儿童的主人公社会阅历有限造成的。因为在儿童成长中经验是重要的途径，没经历过自然不懂得害怕。但实际上，给她带来安全感的是那一辆辆军车。因为主人公是红色文化培养起来的，带有很浓的"红色少年"情怀。前文我们也提到了，20世纪60年代的作者是身份特殊的群体，在他们的童年乃至青少年时期，国家的政治生活与人民的日常生活联系得异常紧密，受"红色经典"文艺作品的深层影响，他们不自觉地总是把个人的生活遭遇同国家、民族的命运联系在一起，正如汪政曾说的，"对于20世纪60年代出生的人来说……虽然他们的文化立场与知识人格已走向多元与开放，但占主导地位的可能还是充满着温情的、具有强烈的群体意识和人道情怀的东西。"因此我们可以看到，当人们带着些许慌乱去山上躲避战乱，一个高二女生从容镇定、坚守家园的形象，就会让读者很自然地想起《小橘灯》里的小女孩、电影《闪闪红星》里的潘冬子、小英雄刘胡兰、王二小。而她去山上躲避战乱，急忙离家的那个晚上，在车里看到沿途那些面目狰狞的枯树枝时的紧张和恐惧，又是儿童视角对女生心理的准确把握和体现。还有，为什么妈妈、我和妹妹撤退了，"三个哥哥和二姐不和我们一起撤"，"是不是他们要留在县里'准备战斗'或觉得战事还不够紧张，不需要撤退？"按照常理，战争爆发时首先撤退的就应该是老人、妇女和孩子，青壮年要留下来保卫家园。但是儿童不懂这些道理，所以主人公以疑问的方式，表现了一个肯定的事实。

因为采用儿童视角，作品对主人公学习状态和学习动机的把握为性格上的"一根筋"。作品给我们印象最深刻的是在不知道明天将会怎样的时候，她想到的仍然是要读书，要复习功课准备高考。而身边也没有一个人表现出"学那干啥？要打仗了"这一类消极的态度，相反，都予以羡慕、佩服和尊重。这是对知识的尊重，是一个民族大无畏品格的体现，但主人公作为一个高中生，是难以认识到这个高度的，于是，她把自己抛开"第二年太有可能没有高考了，甚至我命都没了"的顾虑，"一上午或一下午地不动地方"的学习，阐释为"一根筋"性格。如同那位在战败时看到日本妇女领孩子读书的记者说出"这是一个可怕的民族"一样，一个对知识尊重的民族必定是有希望的民族。因为任何一个曾创造出辉煌文明的民族都是对知识不断渴求、不断追求的民族。这样的民族只能被打倒而不能被驯服。二战后迅速崛起的日本和德国就说明了这个问题。作者对战争的回忆采用了儿童视角，所以，在插入二战期间日本难民营的叙述时，必须回到成人视角，这样，第二次世界大战、反法西斯战争的话语穿插和主题拓展得以自然展开。当我们看到文中几个年轻的孩子交流看书的情景时，心中会突然生出一种温暖。我想应该是知识的温暖让当年的主人公在寒冷的屋子里一学习就是大半天的时间，战争的阴霾完全没有将她心中知识的太阳遮住，不可知的明天也完全没动摇她求学及憧憬未来的渴望。联想到2012年由世界末日的谣言闹出的风波，想到那些张皇失措的人们，我笑了。有时候人就应该有可贵的一根筋啊！我们人人都应该来一根。

　　因为采用儿童视角，作品的主题以鲜花意象来升华。当读到"在回家的前一天，大姐、几个姐姐带着我们几个外来孩子去山里看清泉，站在潺潺流淌的山泉边，大姐随手指着四周的山坡说：'等到春天来了，漫山遍野都是红彤彤的达子香'"这里时，我彻彻底底被感动了。我仿佛能听见泉水的流动，看见那满山坡的达子香。人类无论经历了多少人为灾难和自然灾害，只要还有春天，就有力量和希望。在主人公心中，达子香已经成为一个永恒的意象，它代表着人们对和平以及一切美好事物的向往和追求，绽放着个人和整个民族的希望，尽管当时他们没有看见，但在每个人的心中早已孕育和成长。女孩爱美，大多喜欢鲜花，作者通过鲜花意象表现了革命英雄主义、乐观主义和浪漫主义精神。这和电影《闪闪的红星》中用映山红在春天开遍山岭来预示着革命以燎原之势展开并将取得胜利有异曲同工之妙。同时这一表现手法也是对茹志鹃的《百合花》中枪筒上的野菊花和《上甘岭》中山洞捉松鼠叙事的继承，这是中国当代文学战争美学的一个重要特征。

因为采用儿童视角，作品感情饱满，真挚感人。我们都知道儿童是单纯的，儿童的情感因没有被世俗浸染而真诚，而晶莹剔透。采用儿童视角的叙事也常借儿童单纯的美丽、单纯的真挚而富于亲和力和感染力。"但我确实曾穿过那段风雨岁月，今天突然想起它，竟觉得那个日子使我的人生陡增峥嵘和峻峭，而我也忽然涌起一股自豪和悲壮之感，仿佛自己高大起来。""从战争的阴影中走过来的我们，迎来民族和自己人生春天的时候，也把青春和生命最壮丽的光华融入了民族振兴的伟大事业。"这两段文字是文章的点睛之笔。它把宏大叙事完全用个人视角展现出来，因此更为真诚。个人的小境界放到家国的大境界里，"就会陡增峥嵘和峻峭"，"就会涌起自豪和悲壮之感"。人微言轻没有关系，高贵的灵魂永远值得称颂。只要我们能多一份对历史的铭记和反思，多一份对民族使命的担当，并且永远保持对真理的执着追求，我们这个民族就会迈进一大步，就会春风万里，漫山红遍。我们每个人都可以是一部史诗，都可以成为个人历史的英雄。洪治纲将这种个体与历史之间的紧密联系概括为一种"隐秘的精神共振"，"这种精神共振主要体现为：革命化的理想主义、英雄主义价值观与少年心理上的冒险梦想之间的潜在契合……它们构成了这一代人的集体潜意识……"这种集体潜意识让这一类作家群体在面对宏大主题时总能保持着高度的热情，并全然没有矫饰之情，内心火热且无比真诚。

现在越来越多的人拒斥宏大叙事，他们总感觉虚伪，仿佛作者完全是在自己感动自己。看着电视上的影视剧不断地在消费历史、消费战争，不断制造雷人剧情，再看看《在躲避战争的日子里》《小橘灯》

《百合花》,我们就能感受到真诚带给我们的震撼和精神塑造,就能发现这些把战争推到背景的个人经验书写对中国现当代文学的贡献。

# 从"走出去"到"走出来"
——对文学理论研究的一点思考

最近读了《文艺争鸣》上的几篇文章，对其中谈到的文学理论与文学作品之间关系的论述颇为赞同，下面摘录一段并谈谈我的感受。

首先是姚文放的《从文学理论到理论——晚近文学理论的深层机理探究》一文：

"文学理论在很大程度上已经与文学互不相干，举凡近期文学理论的热点问题，如现代性问题、全球化问题、文学经典问题、失语症问题、文学终结问题、文学边界问题、文化转向问题等，大多不是从文学创作、文学文本中产生，也不是为了解决具体创作和作品的问题，而是从文学理论自身生发，衍化而来，乃是自我复制，自我增殖的结果。……如今做文学理论的人很多已基本不读文学作品，他们关注的对象无非是尼采、弗洛伊德、海德格尔、伽达默尔、维特根斯坦、罗兰·巴特、拉康、德里达等，对于这些名家论著，占据了大部分时间和精力。"

文章是从现象入手来论述的。文中所谈到的国内文学理论所呈现出的这种现象，在当前学界非常普遍。但是仔细想想，这种现象又是如此的荒谬的。文学理论之诞生是以文学为基础的，该是让人们更好地理解文学进行文学创作的。也就是说对文学创作有一个积极的指导作用的。可是现在我们看到很多文学理论家在做的并不是这类事情，而是颇有些一厢情愿地想让文学按照文学理论所勾描出来的道路去发展，甚至是"为文学立法"，那我就不知道文学理论是否有这个权利了，它好意思吗？如果文学理论离开文学去自我发展，然后回头来再要求文学，我觉得这就缺乏合理性了。所以文学理论家应该多读文学作品，但是仅仅是这样还是不够的，最好还能进行创作实践。为什么呢？因为只有进行身体力行的创作才能更好理解文学的发生,那在进行文学批评的时候才有发言权。说到这里我想起一个从前看过的颇为讽刺也颇为幽默的表述:文学评论家就像后宫的太监,他们知道创作的方法,他们也看过很多作品,但是他们自身没有创作的能力。我觉得如果一个文学理论家能多进行文学创作,理解作者创作时所遇到的所有问题,那么说起话来才会更理直气壮一些。当然,这种要求未免有些苛刻,因为有那么多的理论书籍要去看,哪有时间搞创作?更何况还得发论文、评职称,凡此种种,让人深受其累。这就是我们中国学界出现浮躁风气的根源吧。确实,这种不良现象的出现有社会的原因,但是作为学者,首先要自律。就如苏珊·桑塔格就曾批评过一些文学批评家连作品都不看就在那里夸夸其谈,而这种现象在我国也是屡见不鲜的。知识分子本应是社会良知的代表,但是现在又有多少"知识贩子"混迹于学界。我们的学者不少都是洋人学术的助教、西方理论的小贩,居高不下的复制爱好与亦步亦趋地跟风习惯,使他们永远走在学术不端的边缘地带。这让我想起了路也的一首名为《印刷厂》的诗中的一节:

> 那些以饭碗为己任的论文,冒着热气
> 使一页页白纸失了贞操
> 被污的纸,深陷复制粘贴的阴谋的纸
> 多想变回纸浆,变回森林
> 诵《白桦》,吟《陌上桑》,在春天重新抽芽萌长
> 而窗外,沙尘暴漫漫,从西北向东南
> 正吹过人类的头顶

(《诗刊》2012年7月号上半月刊,第20页)

我认为文学理论的发展如果想走出一种梦呓式的研究误区,首先应该亲近文学,然后走进文学,再从文学中以一个新的高度走出来,此时的它应该是带着一种光芒的,这种光芒不仅代表了文学的精神,而且也将一直照耀着文学。

文学理论就似一株花,而文学是土壤,土壤不肥沃,根就不能伸,花就不能茂。我们不能搞无土栽培,这样做的结果只能是文学理论之花

的枯萎凋零，也就是文学理论的自我消解。

　　林超然老师在《文学理论与大国学术》（《文艺争鸣》2012年6月号第11页）一文中，对这一现象更是进行了充满激情和诗意的阐述："文学会告诉我们什么叫原创，什么叫诗意，什么叫直面心灵，不论是媒体派、作协派、还是学院派，不懂文学创作不肯亲近文学的人就别再滔滔不绝了，请远离话语中心少说一点或者干脆改行做别的。不懂什么叫原创，我们在复制粘贴他人学术心得的时候就不会有丝毫不安，更别说罪恶感；不懂什么叫诗意，我们的论证就会成为一种表达的灾难，会带来一次次艰涩、痛苦令人饱受煎熬每想骂娘的阅读，当然最后必是人家放弃阅读；不懂什么叫直面心灵，我们对眼前水灵灵、毛茸茸的文学现象就会束手无策，无所作为。"

　　他的论争首先就是一种诗意的表达，这也就是为什么我能一口气读完而不觉得枯燥的原因。我们是世界上论文印刷最多的国家，却不是学术成果最多的，科技创新领先的国家。世界上好多高端的产品都是在我国完成组装制造的，但我国的自主研发能力却很弱。如何能走出这种困境？如何能摆脱西方国家的阴影？这是我国的学人需要思考的。首先应当具备的是文化自信。正如葛剑雄所说，若无文化自信，建再多的孔子学院也没用。其次，我国学人应当有血性。只有这样，我们的学术才会有血性。同样，如林超然所说："我们的文学理论也要有血性、有良知、有操守、有高度，不能给文学丢脸，不能给大国丢脸。"这句话说得掷地有声，让我们共勉。

　　啰啰唆唆地说了一大堆，不过一点感受，与大家分享。还请方家多多包涵。

# 增强文化认同　书写历史冷暖
——浅谈如何指导学生从事历史写作

人的世界是由人类构建的社会和所传承的历史构成的。历史沉淀下来的传统实质上是一种价值观，忘记了历史的同时就抛弃了传统、丢掉了价值观，人的生活只会陷入一种本能的蒙昧状态，没有判断的标准，精神世界重新回到盘古开天辟地前的混沌状态。因此，回眸历史可以擦亮双眼，可以汲取我们继续走下去的力量，可以读出时间辗转中世态人情的冷暖。而作为教育者，我希望孩子们在对历史保持一种敬畏心的同时，更能以当代的眼光去温热尘封的那些人和那些事。借此加强文化认同，增强文化自信，牵手历史，拥抱当下，走向未来。

十分荣幸指导学生参加了北京大学历史系举办的首届"燕园杯"历史写作大赛并获得了"优秀指导教师"的殊荣。更加感到幸福的是我的学生通过参赛得到的历练，最最幸福的是触碰到鸡西这所东北边陲小城里曾经发生过的滚烫的故事。下面我就与大家分享一下此次指导学生参赛的心路历程。

## 【壹】缘起：生命教育的崭新途径

或许是孤陋寡闻，在此之前，从未听说过面向中学生开展的历史写作大赛。对于大部分学生来说，能够记录历史、书写历史的人似乎都是高高在上的人，从未想过自己稚嫩的笔也可以将历史变成文字保留下来。所以当我看到大赛通知时，马上感到无比的欣喜，这是对中学生开展生命教育的一个崭新途径。

教育部新颁布的德育工作指南中强调要对学生开展理想信念教育、社会主义核心价值观教育、中华优秀传统文化教育等，这些哪一个不与历史之间有着千丝万缕的联系呢？没有历史上那些值得景仰的人、那些可歌可泣的故事，谁会相信理想信念竟可以使一个人迸发出那样光辉的生命力量？没有先民祖辈恪守的美德，没有那些用血与泪换来的经验教训，谁会认真去思考核心价值观那短短的二十四个字是能够使人获得尊严、使社会和谐稳定、使国家安定发展的精神财富呢？而提到中华优秀传统文化就更无须多言了，若无史书记载下孔子那颠沛坎坷却依然乐以忘忧的一生，《论语》中那一章章的道德规范就只会沦为高不可攀的教条，而不会为人所信服，更不会成为中国人的文化基因。

面对生命，先想想自己从何而来，再审视一下自己该如何去行，然后才能对未来的生命旅途报以无尽的美好期许。庄严的历史观带给学生的是健康的生命观，所以历史写作的教育是中学生生命教育的崭新途径。

## 【贰】选材：乡土历史的亲切召唤

一开始，张曦文同学在选材时首先考虑的是资料是否好搜集，所以着眼点很小。先想的是家族史，然后是校史。然而马上遇到问题了：家里的亲人多在外地，联系起来不太方便，想要梳理出一条清晰的脉络恐怕需要大量的时间。物证的搜集就更困难了，老房子早已拆迁，即使是父母童年生活的痕迹都已荡然无存了，老照片、老物件也都随着多次的搬家遗失殆尽，所以这个选材很快就放弃了。

校史呢？倒是可以去校史馆了解学校的发展历程，但是还需要采访很多历史的亲历者。老教师、老校友，等等，以一个学业繁重的学生的能力也无法做到。最关键的是，孩子对校史并不是十分感兴趣。这时我给她讲了一个故事：孔子周游列国来到陈国，即今河南淮阳县一带。一天，在陈惠公院子里从天上掉下来一只凶猛的鸟，被楛矢石砮射中。箭有一尺长左右。陈惠公不明白这鸟和箭的来处，就派下人把中箭的鸟送到孔子的住处，并问事情的由来。熟诸历史掌故的孔子说这鸟是从很远的地方来的，身上中的箭是肃慎国的楛矢石砮。先前周武王打败商朝一统天下之后，通告边远的夷蛮各部以当地名优作为贡品朝献，以表示永世臣服。北方肃慎国将楛矢石砮作为贡品。武王要使周王朝的恩惠泽遍天下永远延续下去，所以在楛矢石砮上刻字为"肃慎氏之贡矢"，分赐给下属异姓诸侯。那时有一种礼规，分赐珍玉给同姓自家人表示亲近，分赐夷蛮的贡品给异姓下属用来告诫他们不要忘了臣属地位。当时分赐给陈的就是"肃慎氏之贡矢"，如果惠公派下人去祖庙查验，或许还能找到当时的"肃慎氏之贡矢"。陈惠王派人去查，果然找到了用金盒子装着的周武王所赐的刻有"肃慎氏之贡矢"字样的楛矢石砮。然后我说："你知道吗？这里所说的肃慎国就在我们鸡西，肃慎文明已经有七千多年的历史了。"孩子立即表现出巨大的兴趣，没想到孔圣人竟然在两千五百多年前就知道自己的家乡呢！我继续引导说："这里是你自幼成长的地方，你了解她吗？不说太远的，就说东北抗联的红色文化传统和鸡西矿业的发展历程，你了解吗？"她一脸茫然地摇了摇头。然后我说："那你可以去鸡西市博物馆先看一看，大致了解一下基本情况，然后咱们再搜集信息。"

之后，我们联系到了市博物馆的袁馆长。这位馆长非常热心，给她讲了一个多小时的鸡西历史，他说看到对历史这样感兴趣的孩子谁会不喜欢呢？乡土历史所散发出的感召力是联系着每一个本土人血脉的，因此具有强大的力量。这或许是激发学生对历史兴趣的最好切入点。

## 【叁】视角：精神内核的准确把握

在陆续走访了另外几名鸡西历史的书写者并且查阅了大量资料后，我和学生共同梳理出几个可以书写的点：新开流文化、历史沿革、革命传统、煤炭开发史。其实每一个点单拿出来写都大有文章可作的，但是我没有打消孩子的积极性，不妨以此为契机多角度地去了解这座城市。我只提了一个要求，要突出精神，写出温度。

当滚烫的热情渐渐冷却为辛苦的撰写,考验意志力的时候到了。孩子每天晚上写完作业已经很晚了,但是仍然坚持要把历史写好。看过初稿后,我发现选的那几个点都写了,但是笔墨用得比较均衡,看不出亮点,也找不到精神。于是我问她:"你看了这么多资料,有没有打动你的地方?"她首先发现的问题是:当前学界对新开流文化的研究还不够深入,还需要依托更多的考古发现和更加丰富的史料,个人能力毕竟有限,无法写得深入。但是革命传统这一部分因为距今比较近,而且有很多亲历者留下的回忆性文字,所以其中涉及的人物的故事有丰富的细节,这就比较容易打动人。我说:"那好,你抓住革命传统那部分中的几个人物着重写,思考他们的精神品质。"她马上领会我的意思了,将刘传连、谭云鹤的资料对比之后,决定着重写一写谭云鹤。老一辈革命家那种不忘初心、坚强奋斗的精神是她在学习党的革命历史时常常有所体会的,谭云鹤恰恰就是这种精神的杰出代表。他从不忘本,具有一种平民意识,始终坚持"从群众中来,到群众中去"的原则,时刻以人民为本,不正如孔子所说的,是"敬事而信,节用而爱人,使民以时"的人吗?有了这种感受,谭云鹤这个人物形象成为鸡西革命传统的代表,进行了着重的书写。依据这个思路,在煤炭开发史这部分,孙越崎这个人物也跃然纸上了。

历史发展中个人的成长史往往可以作为一个鲜活的侧面折射出一整个时代的价值观。这样的体会只有动笔之后才能深有体会。

## 【肆】表达:史料为本的个性书写

写历史究竟该用什么样的语言?过于艺术性的语言往往因为太过感性而失去了历史的那种相对客观性,会给人"历史小说"或是"演义"的感觉。在保证历史的客观性的同时写出温度,这个尺度的拿捏就很重要。最后我们达成共识:不涉及重要历史事件的部分,可以用个性化的语言去写。对历史事件不做过多的评述。但在一段历史书写结束后,可以简单地写出自己的感受。于是在开篇她写道:

"一座城,要经历多少风雨,才能刻下历史的皱纹!我的家乡,黑龙江省鸡西市,一座建市60周年的新城。她低调地将岁月的痕迹掩藏在高楼大厦之下,隐没于凛冽的朔风之中,冰封于积雪里,又融化于江湖中,流淌于整片肃慎之地。"

简短却饱含深情,点名了书写的对象,又侧面写出了地理位置(朔风、积雪说明是北方苦寒之地),同时点出了地域内的自然景观(融化于江湖中点出了鸡西境内有代表性的"乌苏里江"和"兴凯湖")。

结尾处又以高度的概括点出鸡西历史发展中的重大事件:

"谜一样的乌苏里江,海一样的兴凯湖,大美鸡西,不一样的江湖。7000年前新石器时代满族祖先肃慎人在兴凯湖畔创造了新开流渔猎文明,乌苏里江畔侵华日军虎头地下军事要塞是第二次世界大战终结地,密山东北老航校被誉为人民空军的摇篮,王震将军率师开发建设北大荒的第一把篝火在这里点燃。侵华日军虎头地下要塞遗址博物馆、东北老航校博物馆、王震将军率师开发北大荒纪念园3个全国红色旅游经典景区,在国内外具有较高的知名度和影响力。"

最后,通过书写家乡历史而增强的文化认同和乡土情怀顺理成章地书写而成:

"总之,在撰写家乡历史的过程中,我更加感到这片生养我的土地的滚烫,也希望勤劳善良的鸡西人民会书写出更加壮美的新时代历史!"

当然,这篇文章还有很多可以完善的地方。架子搭得很大,但是实质的内容还应该更加丰富一些。精神内涵性的东西还可以揭示、阐发出来。但对于一个高中生而言,能完成这样一次历史写作已经实属不易了。孩子初稿写了一万多字,最后删改成五千多字,她感慨地对我说:"原来写一篇论文这样难啊!"我问:"那还想写吗?"她想都没想就说:"当然想!"我说:"为什么?""因为我发现历史原来这样有意思,书写历史更是一件神圣而有意义的事。"我笑了,看来无论是否能得奖,目的都达到了。

当张曦文同学凭借着这篇不成熟的《鸡西市历史文化沿革史略》获得赴北京大学参加决赛资格并荣获三等奖之后,她抑制不住内心的激动与兴奋地和我说:"老师,我回去得更加努力了,我想到北大历史系读书。"

中学生能写历史吗?"燕园杯"的成功已经给了我们明确的答案。无论大历史还是小历史,只要能够认真去书写,每一段历史都会因时间的推移而不断获得日益丰富的意义。而我感受最深的,是历史带给孩子文化上的强烈认同,在这个过程中她所获得的历史观和价值观,是死记硬背无法获得的。以往的偏见很可怕,认为学文科只要死记硬背就可以了。其实学文科恰恰更需要有缜密的思维和清醒的判断力。因为地理是沟通天地人的重要智慧,政治是沟通人与社会、国家、世界的智慧,历史则是沟通古今未来的智慧。学习物理、化学、生物可以通过实验去等待一个结果,证明一种理论,让时间去书写答案。学习地理、政治、历史却要通过一代又一代人不断地经历、记录、反思、书写,为后人留下一点雪泥鸿爪。

历史写作,就是中学历史教学的实践性课程。我们每一个人所经历着的都必将成为历史,如果我们真实地记录下昨天、今天,我们每一个人就都是那个书写历史的人。

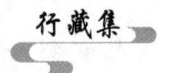
行藏集

# 凝视窗外
——一种诗意的随想

一阵风带着喘息的声音赶到窗前，它已奔走了多时。此时，它也许已找到了歇脚的地方。窗上垂下粉色的纱帐，太久了，她一直死气沉沉地垂在那里，而这阵风的拜访，使她欢快起来，不断地摇摆着她婀娜的身姿。风蹑手蹑脚地拨开纱帐爬进屋里，抚摸着屋里的每一件东西，尤其是我桌上的那一沓稿纸，它不断地把稿纸翻开又合上，伴随着一块块活泼的阳光，稿纸现出耀眼的颜色。

我走到窗前拉开纱帐，发现外面的世界早已被春的气息所覆盖。嫩绿、淡粉、浅黄都在闪闪发光。是那阵迟来的风带来了春的消息吗？我凝视着窗外，眼神在天空、原野、高山、长河中跋涉。

触不到的风景才是最美的风景，绘不出的画卷才是最耐人寻味的画卷。心一旦没有了边界，眼神也长出了脚，不断地在世界的每一个角落漫游。

那片天空永远是属于鸟儿的。鸟儿的一生都应该在飞翔中度过。飞翔就有意义，飞翔是它一生唯一的语言。它在用它的双翅来诠释着生命的内涵，天空有鸟儿的陪伴才不孤单，鸟儿有天空的依托才不会落寞。它们本来就是一体的，就如叶之于树。

那片原野永远以一种宽容的姿态来迎接着一切。风雨的放肆冲刷只能让它更加具有一种沧桑的气息。有时候，牛马会在它的胸膛上奔驰，当那四蹄或快或慢地在厚重的土地上叩击出深沉的节奏，原野露出了笑容，并用茂密的野草拥抱着四蹄，亲吻。

那条长河永远用水晶般晶莹的嗓音唱着歌。有时是欢快的，似一位姑娘在对她深爱的恋人吐露衷肠。有时是悲伤的，似一位老者在幽暗的老屋中守着旧时的照片，拉着悲怆的二胡，如泣如诉。

窗，像一个画框，框住的是一幅色彩缤纷的画卷。

时间在不断地奔走，它在追赶着什么呢？太阳倦怠地在山后歇脚，它的追求又是什么呢？午夜有风，闪电狂暴地撕裂了天空，那道裂缝里便畅快地流出了雨。我关上了窗，仍注视着外面。雨像线一样一条条地从天上垂到地面。雨水顺着玻璃缓缓地流淌，使窗外的世界看起来如梦似幻。这时我的耳边仿佛响起雨打芭蕉那清灵悦耳的美妙声响，脑中出现这样一个场景：一盏清油灯，灯火如豆，照着泛黄的线装书，也同样照着诗人清瘦的脸。他的眼睛模糊了，格子窗外雨下得正欢，他的目光凝固了。也许他想起了上一个雨天里和朋友依依惜别的场景，又或许想起了某一个雨天里身旁坐着心爱的女子，纤指握箫，轻启朱唇，一曲悠扬的乐曲便在这雨夜里蔓延开来。他的胡须微微地颤了一下，然后握起毛笔在纸上刷刷地写下"何当共剪西窗烛，却话巴山夜雨时"。

而此时我向窗外看去，却像在看一部老电影，剧中的人物早已离去。也许故事早该散场，只留下一棵柳树在风雨飘摇的夜里孤独地哭泣。河边那搁浅了的小舟里还摇曳着一盏渔火，静默地透过雨声听枫桥边怨女的哭泣、旅人的叹息，还有寂寞了几百年的寒山寺中那一百零八下的钟声。这段历史的歌谣在时间的洗刷下早已失去了原来那浓郁的韵味，而我却仍一如既往地守候曾经的那份纯真。

渐渐地，雨声停止了。只能偶尔听见从屋檐上一不小心滑下的雨滴轻敲窗台的声音。哪一户人家门前又亮起了通红的灯笼，照着被洗刷得发亮的石板路。月亮探头探脑地爬上树梢，望着下面静得发蓝的一户户人家。也许当年李白就是对着这面月亮举杯相邀的吧！就是不知还能否对影成三人了。

有时候凝视也是一种休息，也是一种陶冶。凝视时，眼是亮的，心是静的，思想是深邃的。在我的视野里，窗外的风景是无限的，永远是流动的，内心的风景永远是延伸的，延伸向山的那头，就像一匹马，它的目的地只能是地平线以下那未知的世界。

　　在我的天地里，爱的芳草正在旺盛地生长，我的窗永远面向阳光。在黑夜里我就以眼为灯，照着外面的路途。路很长，心很远，我的凝视没有极限，就让那阵熟悉的风带走我对一切的呼唤吧！听，鸟儿叫了，窗儿也笑了。

# 秋 叶
## ——一场秋梦

每当秋风拂过面颊，树开始流泪。他的泪水一片一片，或枯黄或娇红，纷纷扬扬、飘飘洒洒、漫天飘零。从儿时起便开始喜欢这种画面，它凋敝中又带着唯美，萧索中又给予人诗意。当我还是个贪玩的小孩，总喜欢踩在轻而厚松而软的落叶铺就的地毯上，叶子落在头顶，落在肩头，窸窸窣窣地唱着轻缓的歌。

我以为秋天的叶是串长长的相思。树经历了冬的寂寞，享受了春的冀望，它在夏季里大口嚼着阳光。然后，当秋风撕开天空钻了进来，树把他对土地的感情写成诗，乘着风寄给了泥土。这样的信一年一封，这样的相思，年复一年。

我以为秋天的叶是一块厚厚的记忆。柔嫩的枝条在春天慢慢吐出羞涩的叶儿，它们张望着看着这陌生而清新的世界，在夏日午后的热风中，片片叶子窃窃私语。聊着对未来的畅想。而凄清的秋来到时，它们伸开了翅膀从空中缓缓地，以极优美的姿势飞下。它们肩并肩地躺着回忆着曾经的绚烂缤纷的韶华时光。它们流着泪感叹年华似水一去不返，而秋风却不留情面地吹向它们将它们四散分开，记忆与现实天各一方。

我以为秋天的叶是首流泪的诗。看那清晰的脉络，由叶柄一直延伸到叶尖，那就是浅浅的诗行。叶尖略发枯萎的浅褐色，是让人回味的感叹号。叶面是秋天的主色——金黄，而叶柄前还残留一丝的绿，那是对曾经美好时光的留恋，而叶面上零星的褐色斑点，我想该是叶的泪痕吧。这样我们会想到：在夏末秋初的一天夜里，叶子们蜷缩在一起，风已渐渐变得刺骨，风波一浪高似一浪地从地上卷起又扬向树梢。叶子们在哭泣，它们在一秒一秒地渐渐老去。秋天即将来临而它们也将不复存在，所以它们抱在一起流着泪，你一言我一语把诗句写在身上，以此来祭奠自己，祭奠逝去的青春年华。

  我以为秋天的叶更像一首歌。它唱着春的生机、夏的热情、秋的收获。也许嗓音是沙哑的，曲调是悲凉的，但我想它们的感情一定是饱满的，就像田地里飘香的谷穗，浑圆，揣满喜悦。

  其实秋叶只是一种象征，象征了秋的凋敝，也象征了秋的静美。它们的生命像惊鸿一般短暂，但它们的信仰是高尚的是亘古的，因为这种静美一代一代地传承着，不灭不休。

  秋天过去了，秋叶将被冬的衾被掩盖。也许它们会做梦吧！梦见春天时枝头嫩小的自己，夏天时油亮而"伟岸"，充满活力的自己。

  愿它们总有好梦。

# 代后记

## 我的纸质年华

当我追溯我的个人阅读史,迅速呈现在眼前的是一轮红彤彤的朝阳,一个小女孩面对朝阳站着。画面下方用大大的楷体字写着:"早晨起来,面向太阳,前面是东,后面是西,左面是北,右面是南。"这应该是一本小学课本,我读到这它时大抵还未上小学。时隔近30年,回忆起来我仍惊艳于那彩色插图的精美,竟仿佛还嗅得到书的油墨香。纸质阅读对人记忆的影响竟能如此深刻。

### 阅读的种子要尽早埋下

后来读大学时,一位教授感叹自己青年插队时期无书可读,但凡有字的都拿来读,因此积累了广泛的知识。我突然觉得似曾相识。儿时家境不甚宽裕,根本没条件给我买书,因此抓到书就开始读。每次去亲戚朋友家,只要看到有书籍、报纸、杂志,别的玩具就都先放一边,拿过来就先过过瘾。哥哥姐姐的课本自不必说,全部提前"继承"。课外读物之类的,比如当年很火的科普丛书《十万个为什么》也囫囵吞枣地啃完。大舅年轻时是个文艺青年,酷爱摄影,订阅了很多摄影杂志。对一个孩子而言,简直就是宝藏。16开全彩,铜版纸印刷,既好看又好玩。好看的图片剪下来当画片赏玩，硬硬的纸张做手工最佳。此外印象中就连什么《工农兵连环画技法》《西安事变》《世界奇闻录》这些杂七杂八的书也都当作至宝翻看过了。那时我的父母根本不用担心我整天到处疯跑，因为只要有书读，想把我从家里撵出去都是不可能的事。我因此成了那种从小就让父母特省心的孩子。

广泛的阅读使我的语文成绩从小学到高中都是一路领先的，高考以135分的成绩摘得了整个考区的单科状元。抛开功利性目的来说，当你不必为了某个学科的分数而纠结的时候，你才可以真正地开始自觉培养这一学科的综合素养。比如作文，我确实是因为能感受到遣词造句的快感才会用心去学习的。因此小学时我有意识开始读的就是作文书。我的母亲绝对是个伟大的母亲，她虽然没有指导我阅读，但是绝对支持。一开始是四处搜罗旧书给我读，后来当我提出要买某类书时，只要在能力范围内，她都全力满足。所以我读了大量的作文杂志、作文选，半生不熟地消化着那些华美的辞藻、句式，死记硬背地在课堂练笔中生搬硬套到自己的习作中，蒙骗了不少高分。即便生涩，但这个过程一定要有。

很遗憾，我到初中才开始读《童话大王》。这还要感谢我的班主任老师，这是她最喜欢读的杂志。写作中有"童心说"，我觉得好的读者也一定要有"童心"。这位老师把《童话大王》当作奖品奖励给作文写得好的同学，如此我方能走进这个奇妙梦幻的世界。我在做作文杂志编辑期间创作连载了作文童话跟那段时间的阅读关系密切。童话给孩子提供的是一种思维，理性的思考借助天马行空的感性符号表达出来后将生发出无穷的力量。记得莫言先生在谈到第一次读《百年孤独》后的感受时说，"原来这就是'魔幻现实主义'啊，这不就是我奶奶小时候给我讲的那类故事吗？"从这个角度说，每个孩子有成为伟大作家的潜质。

阅读的种子一定要尽早埋下，因为它会培养一个人拥有沉潜的心性，它能告诉一个人生命中有一种极致的美好状态叫作"对话"，与古今对话，与灵魂对话。

代后记　我的纸质年华

## 阅读最大的馈赠是表达的欲望

　　作为80后，中学时一定会读到《三重门》。我想很多学生读这本书时都是偷着读的吧。因为它在让学生大呼过瘾的同时却让老师和家长担忧。我和我的小伙伴们的经历却一定大不相同，因为我们是和班主任一起读的。当时社会上对所谓的"韩寒现象"的讨论热潮尚未散去，老师便让我们集体读完后写一篇读后感。我当时没有假惺惺地对林雨翔的做法口诛笔伐或是扼腕叹息，而是从结尾入手，围绕林雨翔的"茫然"讨论小说通篇弥漫着的叛逆与彷徨交织的气息。最后得出的结论是：人们大可不必大惊小怪，这不过是每个人都会经历的成长的烦恼。本以为这一番不太"主旋律"的论调会被老师批评，没想到却被当作范文在全班风光了一把。这让我对这位班主任老师又多了十二万分的敬意。

　　长期以来，我们的阅读教学要么流于简单机械的技巧分析，要么流于美其名曰"读写训练"的程式化读书笔记的写作。反倒是那些应该被鼓励的能够彰显"独立之精神、自由之思想"的个性化阐释被扼杀了。新课标语文学科核心素养的提出恰恰瞄准了这个问题，近几年各地语文高考作文题也越来越注重考查学生的思维和素养。我想目的就是要既葆有学子自由思考的能力和乐于表达的欲望，又教给他们灵活机动地应对测试的态度。以我的经验而言，套路化的答题模板我是没有背过的，反倒是在那位班主任的激励下，即便临近中考，仍然保持一天一篇作文的习惯。而她则一直积极地组织我们参加各类作文大赛，我才得以在初中毕业前收到了人生中第一笔稿酬，拿到了第一本刊印着我的文章的杂志。

　　当我们在阅读后却没有丝毫没有任何表达的欲望，我觉得这种阅读就是失败的。能做读书笔记最好，做批注、摘抄也不错，哪怕只是和别人简单分享阅读感受也好，都会使这次阅读获得提升。读书沙龙最妙的地方就在于对同一本书可以有无数个角度、无数种观点、无数种感受，这种丰富性是阅读给予人无差别的馈赠。

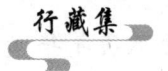

## 纸质阅读最无法替代的是丰富的质感

一本书从排版设计到印刷装帧再到被你从书架上取下开始阅读，这之间要经过多少思想与手工的传递？此时的你可曾严肃地思考过这个问题？

升入高中后，我的语文老师更牛。古文学功底极深，写得一手好书法，画得一手好国画。高中学习任务那么紧，他创办文学社，把我们这些喜欢写些酸诗、拙文的孩子聚在一起，耐心地指导、修改我们的文字，然后手工制作了一本杂志。封面是他手书的刊名和手绘的图案与花纹，素朴典雅。内页是请人打字排版并印刷出来的，但凡空白处都考究地手绘上插画。当我们抚摸着雪白的 A4 打印纸上自己的名字和文章时，除了骄傲和兴奋，更多的是一种近似于神奇的感受。因为对那时的我们来说，能印在书籍和杂志上的，都带着几分权威和神圣的意味。但这本杂志是我们的老师亲手做出来的，怎能不让我们激动呢？这种感觉甚至都比后来我拿到自己出版的诗集还要强烈。

查令十字街 84 号在书迷心中绝对是圣地般的存在。那位一生困窘潦倒的海莲·汉芙小姐因为喜欢阅读旧书而与那间马克斯与科恩书店结下了 20 年不解的情缘。虽然仅是一本书信集，但字里行间流露出的人与人之间最质朴的真情总是让我动容。还有海莲描述书籍质感的文字总是让我着迷："我把它端端正正地摆在案前，整天陪着我。我不时停下打字，伸手过去，无限爱怜地抚摸它。倒不全然因为这是首版书，主要是我打出生起从没见过这么标致的书。拥有这样的书，竟然我油然而生莫名的罪恶感。它那光可鉴人的皮装封面，古雅的烫金书名，秀丽的印刷铅字它实在应该置身于英国乡间的一幢木造宅邸；由一位优雅的老绅士坐在炉火前的皮质摇椅里，慢条斯理地轻轻展读……"这是唯有在美好的纸质阅读年代才能获得的审美体验。电子阅读无论怎样去模拟纸张的质感，总让我有一种在博物馆的玻璃柜前看展品的感觉。一本纸书的质感丰富得会超越你的想象。从封面

代后记 我的纸质年华

的设计到装订的方式，再到纸张的材质、油墨的味道、字体的选择、排版的方式，乃至翻书的声音都有着千差万别的变化。颇有些矫情地说，书的颜值和手感、味道绝对会影响到你的阅读体验。

海莲对阅读旧书的精辟见解同样令我感同身受。比如她感叹道："我着实喜爱被前人翻读过无数回的旧书。上次《哈兹里特散文选》寄达时，一翻开就看到扉页上写着'我讨厌读新书'，我不禁对这位未曾谋面的前任书主肃然高呼：'同志！'"书被阅读过必然会留下阅读者的痕迹，而这些痕迹又进一步丰富了这本书的质感，其作用大概类似邮戳之于邮票吧。学生时代穷得很，旧书是最佳的阅读与收藏的选择。窃喜的是彼时的书贩大都没意识到旧书的价值，书价也没被抬高。我有一套1973年版的鲁迅文集，是分好多次从多个书摊淘到的。封面均是鲁迅的浮雕像和鲁迅手书的书名，素朴典雅，赏心悦目。翻开扉页，或盖着某某图书馆的馆藏章，或用蓝黑色钢笔写着"某某于某年月日于某处购得"。再翻到版权页，它们来自全国各地的印刷厂，如今被我排在一起端端正正地放在书架上。旧书自身带着一种时间发酵的沉稳气味，让人心静。如果你有幸再能读到前任书主写下的批注，便可与之对话，或是猜想当时对方是在怎样的心境下写下这些字的。有一次书中竟然惊现一张糖纸，平平整整地躺在书页间，颜色依然鲜艳，抚摸上去那种敷蜡的质感仍在。花花绿绿的纹样带着那个年代特有的审美。

从我的老师手作的杂志到我为我的学生编印的诗刊，从我自己手工装订的山寨作品集，再到我亲自参与装帧设计的书籍，纸书的质感中流淌出的美学思考始终在影响着我，它甚至成为阅读的一部分，在书页飞扬间沉淀着我们对书香的眷念。

## 我们永远欠这奔波的生活一本书

孔子曾提出好朋友的三个标准：友直、友谅、友多闻。正直、诚信、博学多闻。还有谁能比书更完美地诠释这三个标准呢？一本书一旦付梓，它的价值观就已然确定了，它一定会耿直地忠于自己印上的每一个铅字。它不仅不会说谎，还不会爽约。这次读完，放上书签或简单地折一下页角，下次翻开它就会在那里欣然地等着你，帮你唤醒上一次的阅读记忆。它虽博学多闻，但不驳杂也不啰唆。该多厚就说多厚的话，该专业的绝对不会说门外汉的话。这样的好友值得相伴一生。

即使我们再怎么因疲于奔命而迷失自我、无暇他顾时，也至少该为自己留出一本书的时间。因为在阅读中你或许无法准确地感知时间的流动，却能真切地感受到自己在思考，我思故我在，阅读能让你真实地感知到自我的存在。

我不确定在我的纸质年华中还将邂逅多少美好的书籍，我唯一可以确定的是：与阅读相约的日子永远值得期待。